U0651938

美洲小宇宙

Microcosm of America

毕淑敏

CNS
湖南文艺出版社
HUNAN LITERATURE AND ART PUBLISHING HOUSE
博集天卷
CS-BOOKY

The Microcosm

美洲小宇宙

of

America

目录

Contents

The Microcosm

美洲小宇宙

of

America

去中南美之缘起

什么时候起念做某事、把它完成至何种程度，都是有缘由的。这个缘由，都是你或先人的记忆在某一瞬间神奇复活使然。也许是早年间不经意的一个眼瞟，也许是某个重要或不重要的人物的一句有心或无心之话，也许是一本书一出戏一张画一首歌的触发……总之，电光石火，微妙迅捷。一支宝剑就此砰然坠落，你便在心灵之舟刻下痕迹。千万里掠过，风平浪静夜深人静万籁寂静……总之是静谧时刻，船只泊靠，你便会按照当初刻下的印记，纵身一跳，潜水去寻找遗失的宝剑。在现实中，你当然是再也找不到那支寒光闪闪的宝剑了，但在你的人生中，可以打造一柄类似的复制品，你可以挥动它穿越起舞。简言之，个人脑海中储存的独特记忆，还有祖先们无偿馈赠的集体无意识，如同嘀嗒作响的定时炸弹，不定在哪一瞬间，骤然引爆，直接炸出你的一个选择……

去中南美洲的初心，源自我的少年时代。

50 多年前，我就读于北京外国语学院（今天的北京外国语大学）的附属学校。为什么叫附属学校而不叫外院的附中或是附小呢？这所学校理论上包含 10 个年级。学生们从小学 3 年级开始入学，一路绿灯走过，学完初中和高中各 3 年后，如无特殊意外，将择优直升北京外国语学院。如果叫附中或是附小，就不能涵盖良苦用心的设计，故眉毛胡子一把抓，统称之为“学校”。学校共设有西班牙语、英语、俄语和法语 4 个语种。

1965 年，我考入此校，入的是初中部俄语班。本校的小学部，即从 3 年级招入的学弟学妹们，那时只读了两年书，4年级刚刚完成，预备升入5年级。也就是说，在1967年之前，本校的小学部还没有“成品”可供中学部直接吸纳。为了维持“产品”不断线，要从北京市的普通小学招收初中新生。

入学报名者甚众，考试甚严格。据说最终的录取比例是400取1（当时学校常常如此声称，但我总觉没那么恐怖吧）。学校招收160名学生，其中录取女生40名，占总比例的四分之一，即每班40名学生中，只有10名女生。理由是为了适应将来的外事工作需要，男生更方便。我的小小心思中，觉得这劳什子的外事工作，一定是个重体力活儿，强度大概和炼钢挖煤差不多，要不怎么这么不待见女生呢！

入得学校，我常常端详着周围同学，心中疑窦丛生，心想这就是四百分之一的尖子啊？我自个儿平平不说，其他人也未见有异禀在身啊！

由于各语种的女生人数太少，便混住在一起。大家共用一个盥洗室，早上见面用英语法语西班牙语和俄语乱打招呼，互问早上好。某天我午休时打完球洗头，看到一学西班牙语的小女生，嘴巴里含着一口水，对着水龙头，仰脖漱口。等我胡噜完乱糟糟的湿发，女生满满一口水还未吐尽，咕噜咕噜吐着水泡。定睛一瞅，原来她并非漱口，而是在练西语发音。

那时我们初入学，各语种都要从外语基本功练起。我只知俄语中有大舌颤音，却不知西班牙语也有这等邪恶嗜好。感谢我父母的遗传，让我能够用舌头不太困难地发出这个中文中没有的俄语怪声。该西班牙语女同学似无此等好运气，鼓着腮帮子，前仰后合地咕噜着，简直到了呕吐的地步，那个音还是阴险地躲在她口舌间，不肯露头。我看她眼珠都憋红了，实在不落忍，搭讪道，你学西语的？

她口中有水，困难地点点头。脸腮边的头发绺，被嘴角溅出来的水濡湿了，贴在颊上，像一个美丽的小青衣。

我说，西语里也有这个奇怪的音？

小青衣好歹把水吐了出来，咻咻道，是啊，真倒霉，我就是发不出这个音。

我说，看你这么受罪，真是辛苦。实在发不出来，就凑合一下蒙混过去，我就不相信西班牙人会听不懂。咱国的普通话有很多人说得一点不标准，五湖四海地照样用，不耽误事。

小青衣摇摇头对我说，这个音发不好，对西班牙语的流畅优美大有影响。

小青衣说，老师告诉过她，西班牙语是世界上最动听的语言，用它可以与上帝对话。我一时语塞，我们学俄语的，一直被引导要用语言做斗争武器。我一直设想我首次使用俄语和苏联人面对面交流，是在战场上大喊“缴枪不杀”。

老师说，西班牙语是世界上最动听的语言，用它可以与上帝对话。

我一时愣怔，自惭形秽无言以对。那个时代已经开始反修防修，苏联成了反面教材。我们学俄语的，一直被引导要用语言做斗争武器。从来没有哪位老师跟我们说过这个语言美不美的问题，更不敢说什么和上帝交谈之类的话。我一直设想我首次使用俄语和苏联人面对面交流，是在战场上大喊“缴枪不杀”。

好不容易从自卑中缓过神，我安慰说，我们俄语班也有人发不出这个音，含着水练了几天之后，就好多了。

小青衣依旧愁眉不展，说，我已经练了半个多月，还是不行。要是我始终发不出这个音，也许会被淘汰呢。

那时候，我们学校有一个很严厉的制度，若经过一段时间学习，你最终被判定为身体条件不适宜学外语，就要被劝退，转学至其他学校。我对此满不在乎，并不害怕。对这所将外语提到无与伦比高度的偏科学校，心怀悻悻，要是把我淘汰出局，巴不得的。小青衣显然与我这种自暴自弃之人不是同类，面容凄惨，痛心疾首。那一瞬，我简直想把自己的舌头如猪口条一样割下来，换给她。反正这个会发大舌颤音的舌头，对我也无甚大用，不如成全了勤学苦练的她。

不过这显然没可能。我端着洗脸盆告别时，小青衣对着水龙头发誓说，我要做最好的西班牙语翻译！我一定要发出这个音！

一来二去，我们熟了。她后来告诉我说，西班牙语比英语要科学，不用音标。每个字母只有一个发音，单纯明朗，比较押韵，有节奏感，优美动听。不像英语，一个字母在开闭音节里，会有不同的变音，十分狡猾。此时小青衣的苦练已初见成效，能凑合着发出类乎“德拉忑”的音，口中的水也渐渐不必含得满满当当。

这让我对西班牙语生出了好奇和倾慕。不过这好印象并没有持续多久，就爆发了“文化大革命”，停课闹革命了。再后来，我们分赴农村边疆接受贫下中农的再教育……不知小青衣最终可练出了一口流利的西班牙语？舌音可发得婉转清晰？她后来有没有成为百里挑一的女外交官，我不知道。我们学俄语的这帮人，几乎没有一个人进入外交界，倒是千真万确的。我最终去了西藏当了边防军，学会了用印地语大声喊“缴枪不杀”。

世界上的语言一共有多少种呢？有说7000多种的，也有说5000多种的。取个折中数吧，世界上的语言一共有6000余种（请真正的语言学家原谅我的无知与无畏）。与多达6000种五花八门的语言相比，中国人使用的是一个大语种系列，真是托老祖宗的福气。

刨去汉语不表，当今中国流行一种说法：除了英语以外，其他的语言都是小语种。

不知道这说法起于何时，也不知是什么人发明的。我私下里恶毒揣测——是英国人自己创造出来的吧？依稀透出往日“日不落帝国”的傲慢。英国人这样说说就罢了，骨子里是高度自恋，不过我们为什么要按照他人口径，人云亦云？

为西班牙语抱不平。它属于印欧语系罗曼语族西罗曼语支，按照第一语言使用者数量排名，约有4亿人把它当作母语，为世界第二大语言，仅次于汉语。注意啊，指的是母语，所以英语要甘拜下风。根据2014年6月的统计，西班牙语在语言总使用人数中的排名，为世界第五。

如果把语言比作一个人，西班牙语的辈分挺高，算是语言界的高祖了。公元前218年，罗马人入侵伊比利亚半岛，他们当时所使用的拉丁语，就在该地区流行开来。到了公元5世纪，罗马帝国崩溃，拉丁语逐渐分化。流传于民间的通俗拉丁语，分崩离析地演变为诸种语言，其中一个分支即变成了西班牙语。所以至今西班牙语中的大部分词语源自拉丁语。

16世纪时，哥伦布的船帆在美洲迎风张满，西班牙语随着殖民者的脚步流布各地，北美、中美以及拉丁美洲的大部分国家使用的西班牙语即滥觞于此。西班牙人的航船有去有回，返回本土时，除了载着掠夺来的黄金白银，还带回了与当地土著居民混血后的儿女，当然还有家室们混合杂糅的语言。于是，在西班牙语本来就不纯粹的脉管中，又融入了色彩斑斓的诸多语言颗粒。

西班牙语不但历史悠久，且长盛不衰。它现在是非洲联盟、欧洲联盟和联合国的官方语言之一。恕我啰唆，把现在还在使用西班牙语作为官方语言的国家名称罗列如下：

西班牙、阿根廷、玻利维亚、智利、哥伦比亚、哥斯达黎加、古巴、多米尼加、厄瓜多尔、萨尔瓦多、赤道几内亚、危地马拉、洪都拉斯、墨西哥、尼加拉瓜、巴拿马、巴拉圭、秘鲁、乌拉圭和委内瑞拉。

怎么样？洋洋大观吧。

2015 年，我来到中南美，漫步在古巴海滩，听着路人流利的西班牙语，我想起小青衣，不知她最终可练出了一口流利的西班牙语？舌音可发得婉转清晰？

算来从听她在盥洗室练发音到如今，已经过去整整 50 年了。

在美国，也有超过 4000 万的人，使用西班牙语。

西班牙皇家语言学院的院长认为，西班牙语是一种混合语言，不断同当地文化自由结合，词汇非常丰富，远胜过通行全球的英语。

那么中国有多少人懂西班牙语呢？打个比方，如果说懂英语的有 100 人，懂日语的就有 50 人，懂西班牙语的……你猜一猜有多少人？你尽管往少里猜，估计能猜对的人极少。谜底是——只有 1 个人。结论是，西班牙语人才在中国非常宝贵。统计大学生就业薪酬，学西班牙语的本科毕业生名列前茅。想起当年小青衣的勤学苦练，直到今天，仍令人感慨。

那一年环游地球，经过一些西语国家，下船游览。语言不通，只得由英语转述介绍，颇有隔靴搔痒之感，遗憾多多。某天，我的学西班牙语的学弟学妹们，准备结伴到中美洲出游，那里主要使用西班牙语。他们问我这个学俄语的学姐，是否愿意同行？

太愿意啦！我和丈夫老芦报名！我忙不迭地说。

要知道，这可是国内西班牙语的泰斗级班底！我在 1 秒之内就决定跟随他们去中南美。

回家告知老芦，老芦说，你这个决定也太快啦！

快吗？我反问。我怎么觉得一点也不快啊！

从 1965 年，我的同学小青衣，在北外附校宿舍楼的盥洗室水龙头下仰脖漱口，到 2015 年，已经整整 50 年了。

老了后，我经常热衷于寻找自己做出某些决定的出发点。有时候找得到，有时候找不到。找到了，就顺藤揪扯，把一堆埋藏很深的心灵薯块挖出来，晾晒在太阳底下，自己摇头晃脑仔细端详一番。年岁渐长，不很自恋了，不再用激情夸张的目光打量世界，对自己变得真实贴切。审视零落一地的大小薯类，以确定我是否还要听从这些埋藏很深的心灵块茎摆布。

人们对于自我某些选择的深层原因，常常并不知晓，甚至以为是冥冥之中另有一只巨手在安排着生涯。其实草灰蛇线，有迹可循。比如一个酒鬼的女儿，长大之后，很可能再次选择一个酗酒的男人作为自己的伴侣。她熟悉这种人动作的起承转合，习惯了空气中弥漫着呕吐物的酸腐味道。幼年的她无比期待父亲有朝一日改变这种生活方式，那时她无力回天。现在，她长大了，自认为有机会有本事实现自己的夙愿。她一往无前地涌起要救赎这男人的精神冲动，以为自己有力量拯救他……所以，我们有时亲近一个人，不是因为他的优秀，而是因为他的缺陷。总之，她飞蛾投火，做出了自以为是高尚和献身的决定。结果呢，这个酗酒的男人并没有改变，改变的是女主人公的命运，她无望地沉浸在家庭暴力的黑洞之中。她抱怨上天的不公，让她在遭遇了一个醉鬼父亲之后，又“斩获”了这样的丈夫。历史惊人地相似，但原因不尽相同。命运在她生命的前半部分——也就是她的童年时代，的确没有善待她。后半部分，她却是自投罗网，主动亲吻了沾满酗酒味道的阴冷嘴唇。事情到了这一步，就和命运脱了干系，只和自己的懵懂乏智相连。

哎呀，用一个悲惨女人的不幸命运来做一部美好游记的开头，真不合时宜，就此打住。出发——向中南美！

The Microcosm

美洲小宇宙

of

America

02 旗帜上的火山

你可知哥斯达黎加？

多年前的某天，电视里播出哥斯达黎加国火山口喷发实况。之前，我听说过这个国名，但对它的具体情况两眼一抹黑。火山喷发的情景震撼了我，觉得今生今世如果不曾看到过一次活火山，会有些许遗憾。

当有机会去中美洲旅行、制订计划时，我强烈要求到哥斯达黎加一睹活火山真颜。把这个决定告知亲朋好友时，有一半的人说，哥斯……什么加……这地方，在哪儿？干什么的？口气好像是打探一个从未谋面的异乡人。对一个国家来说，你怎能准确地回答它是干什么的？我张口结舌。

还有一半人会好似熟稔地说，哦，知道知道，足球很棒，基本上总能进32强。这其中有极少数的人还会补充道，自1941年举办中美洲和加勒比地区锦标赛以来，这个国家足球队共9次夺冠。

于是我咂摸出一个规律：凡是不知道哥斯达黎加的人，基本上不喜欢足球；凡是知道哥斯达黎加的人，几乎都是球迷。为了回答哥斯达黎加到底是干什么的这个问题，我在网上搜索哥斯达黎加的概况。首先吸引我的是它的国旗。

该国国旗从1906年11月27日启用，至今已经飘扬了100多年。它的形状没什么特殊，符合美学比例的长方形，自上而下平行排列着蓝、白、红、白、蓝5条色带。有点特殊的是这5条色带并不是等宽，位于中心位置的红色条带

哥斯达黎加国家男子足球队绰号“加勒比海盗”，是中美洲一支老牌劲旅。2014年巴西世界杯，哥斯达黎加力克乌拉圭、意大利、希腊，一路挺进八强。在和身边的人讨论中南美之旅的时候，我咂摸出一个规律：凡是知道哥斯达黎加的人，几乎都是球迷。

的宽度，是上下两边的蓝、白条带双倍宽。

宽度的不同有讲究。蓝、白两色来自中美洲联邦国旗的颜色，属于历史传承。蓝色代表天空、机会、理想主义和坚忍（蓝色代表的前三条好理解，但它代表坚忍？不大容易联想），白色代表和平、智慧和快乐。红色宽条是1848年成立共和国时增加的，代表热忱和为独立所流的热血。在红条偏左位置，镶有哥斯达黎加国徽。国徽和红色宽条乃同年同月同日生，也是哥斯达黎加共和国成立时增补的。国徽顶端，飘扬着一条用西班牙语写的“中美洲”字样的蓝带，代表历史延承。下方是绿色枝叶和写有国名的白色饰带，两侧是颗粒饱满的金玉米粒（一说是咖啡豆）。国徽中央显著部分，是3座火山，分别代表巴尔巴、伊拉苏和波阿斯火山。火山坡下为绿色高原，蓝天上方缀有7颗白色五角星，代表7个省。国徽上画有加勒比海和太平洋，其上各点缀着一艘式样古朴的白帆船，代表本国面向两大洋的海上贸易活动。一轮朝阳正在海面上冉冉升起，寓意曙光带来灿烂前景。

图为哥斯达黎加的国旗，特别繁复吧？老电影中，宁死不屈的革命者，在牢狱中听到新中国成立的消息，在红色被面上绣上5颗星星，做了一面国旗……哥斯达黎加人，无论如何自己是做不出一面国旗的。

特别繁复吧？想起宁死不屈的革命者，在牢狱中听到新中国成立的消息，用红色被面做了一面国旗，用黄丝线绣上5颗星星……哥斯达黎加人，无论如何自己是做不出一面国旗的。

之所以说了这么半天，是因为哥斯达黎加是世界上唯一把活火山安在国旗上的国家。这更坚定了我要去看火山的决心。同旅行社商讨具体路线，人家说，三座活火山当中，有一座时刻有爆发危险，如果你们一行人不打算做电影《2012》中那个预言世界灭亡的科学狂人，最后被炙热岩浆吞没，那么，请放弃这个想法。

我腹诽，哪儿有这么巧，偏偏我们去的那一晌，火山就像啤酒瓶子碰到了不锈钢起子，咚一声爆发了？可我说了不算，得听大家的。讨论结果是行程中去看两座活火山。

哥斯达黎加国，位置夹在太平洋和加勒比海之间。下面的文字，请严谨的地理学家就别看了，省得气坏了身子。恕我用极不恰当的比喻，来说明西半球的陆地（刨去南、北极地部分）态势。南、北美洲就如旧时走街串巷的剃头匠的挑子，两端各担着一大件，是为南、北美洲。中段呢，是根小扁担，就是中美洲。这扁担又细又短，最窄处为巴拿马地峡，只有48英里，以至于人们干脆把此处凿通，抠出一条运河，即为大名鼎鼎的巴拿马运河，将百媚千柔的加勒比海与永不平静的太平洋，生拉硬拽地连上了。这根小扁担上，由南向北依次排着7个国家——巴拿马、哥斯达黎加、尼加拉瓜、萨尔瓦多、洪都拉斯、危地马拉、伯利兹。这7国中，和中国有外交关系的唯有哥斯达黎加，所以去过中美洲的国人不多。2008年我乘游轮环游地球时，在危地马拉下船观光，东游西逛好几天，疑惑手机为什么总是不能用。后来才知晓，中国和危地马拉未建交。危地马拉关防一直把我当日本人，未曾仔细验查文书，我这才在该国履关如平地。

说起哥斯达黎加的历史，要上溯到1502年。那是哥伦布第4次航行美洲，也是他最后一次踏上美洲土地。不巧他的船坏了，被迫在哥斯达黎加休整。哥伦布一上岸，看到当地土著玛雅人披金戴银，心想这儿盛产黄金啊！便将此地命名为哥斯达黎加，在西班牙语中的意思是“富饶的海岸”。此地有黄金的消息，闪电般传回西班牙，殖民者闻风而动，涌向哥斯达黎加。不想大失所望，此地根本不产黄金。当地人披戴的金银宝贝，均来自印加帝国。这里蚊虫肆虐毒蛇丛生，热带雾林瘴气沼沼，气候令西班牙人很不习惯。失望的西班牙人，干脆绕过此地，大军先是向北，征服了北美洲的阿兹特克帝国。之后又掉头向南，灭了南美洲的印加帝国。美洲的首尾于是被彻底剿灭，居中的哥斯达黎加反倒逃过一劫，走上了不同的命运之路。

后来到这儿定居的西班牙人，大都是自力更生的普通农户，并未血腥杀戮土著，手上没有血。西班牙爷们儿和当地人通婚，繁衍混血后裔。纯粹的原住民，由于很容易染上欧洲人带来的新疫病，人口大减。倒是混血的后裔生命力很强，久而久之，构成了哥国的人口基石。现在哥斯达黎加约 95% 的人口，是白人或混血儿，当地人自称是白人（其实看起来有一点棕色）。总之，哥斯达黎加是拉丁美洲肤色最“白”的国家。

青琳是我们的当地导游，华裔哥国人。我们从首都圣何塞出发，去游览国旗上居中的那座火山——波阿斯。一大早，天气晴好，湛蓝天空上棉花糖似的白云长袖善舞。青琳微皱着双眉说，不知波阿斯山上的气候怎样。

听她的语气，不是一个问句，而是陈述句。

我说，问一问火山口的气象预报不就知道了？

青琳说，问也没用。火山口一时一个样，山底下艳阳高照，山顶上却可能大雨倾盆。现在是 8 月，在这个季节去波阿斯，能看到火山口的概率是 10%。

10%？这个概率也太低了。比某些癌症的康复率还低，我暗自担忧起来。不过车上的同伴们乐观派居多，大太阳明晃晃，怎么会下雨！

青琳告诉我们这些来自中国北方的客人说，“一年四季”这个词，在哥斯达黎加彻底失效。一年没有四季，只有两季——5 月到 11 月为雨季，12 月到第二年 4 月为干季。

此刻正是 8 月，雨季的“腹地”。

路过一个小镇，看到一个人物雕像，一晃而过。体量不很大，但很魁伟。雕像的头顶站着鸽子，原以为是刻上去的，车掠过掀动微风，鸽子飞起来。

这是我们的国父费雷尔，青琳介绍说。

拉丁美洲很不太平，经常发生政变，独裁政权更迭……循环往复，人民遭殃。要是没有这位国父，哥斯达黎加也难逃此宿命。青琳感慨。

费雷尔出生于 1906 年，父母都是西班牙移民。他从美国麻省理工学院毕业，回国后买了地，开始种咖啡。这个受过西方教育的新咖啡园园主，和

南、北美洲就如旧时走街串巷的剃头匠的挑子，两端各担着一大件，是为南、北美洲。中段呢，是根小扁担，就是中美洲。

别的土地主真有所不同。他为农场工人们盖了集体宿舍，管吃管住，还提供蔬菜、牛奶与医疗。你看，这是不是具有某些共产主义色彩？费雷尔庄园主于是也自封为“农民社会主义者”。他的特立独行，惹怒了当时的哥国政府，将他驱逐出境。费雷尔政治避难逃到了墨西哥，在那里也没虚度光阴，学了另外一门手艺——使枪弄炮打游击。

1940年，哥国换了左派总统瓜蒂亚，推行一系列改革措施，深得穷人拥戴。瓜蒂亚执政8年后，又到了大选的时刻。选举结果，左派的瓜蒂亚和右派的总统候选人，票数旗鼓相当，难分胜负。当时仍在执政的左派政府心生一计，宣布选举作废。

费雷尔支持的是右派候选人，对此结果实在忿不过，便揭竿而起，组织队伍和政府军战斗。战斗打了 44 天，2000 多人战死。费雷尔胜利了，当上了哥国临时总统。

死几千人，对大国来说不算多，但却是哥斯达黎加自建国以来最惨重的伤亡。费雷尔这个临时总统一掌大印，对左右两派都加以惩处。先是宣布取缔共产党，接着又向大资本家征重税，打击垄断资本。他宣布成立无党派的最高选举委员会，给予黑人、华人和印第安人等少数民族和妇女以选举权。然后又出了一记重拳，宣布取消军队。从此从根上拔除了军人干政的痼疾。从那时到现在，人们一直太平无事。

什么？等等……你说取消军队？虽然盘山公路崎岖，汽车颠簸，我还是强忍晕车忙不迭向青琳发问。

是啊。根据宪法，哥斯达黎加没有军队，只有警察和安全部队维护国内治安。哥斯达黎加是世界上第一个不设军队的国家，换来了迄今为止 60 多年的太平日子，跳出了中美诸国政变不绝的苦难窠臼。青琳回答，带着掩饰不住的自豪感。

见过的从来都是为自己国家拥有强大军队而自豪的人，还真没见过为没有军队而自喜的国民。这让我大不解。

一个兵都没有，如果有人要打你们怎么办呢？我真心为哥国人民担忧。

青琳说，哥斯达黎加从 1983 年 11 月 17 日起，宣布成为永久中立国。我们不会侵略别人。

我说，你们自然可以保证不侵略别人，但别人会侵略你们啊。

青琳说，我因是华裔，虽入了哥国籍，但和土生土长的地道哥国人还有所不同。我从骨子里觉得哥国很小，就算养了军队，真正有了战事，也根本抵挡不住。

可是您并没有回答我的问题啊，如果战火燃起，怎么办呢？我刨根问底。

我们和美国的关系很好，和加拿大也不错。青琳回答。

我想这就是哥国国防的底牌吧。作为一个小国，可以寻大国做保护伞，仰仗大国庇护，自身便有了安全感。一个大国，你必须要有安身立命的军事实力。

费雷尔奠定了哥斯达黎加的未来发展方向。18 个月后，费雷尔按照先前的承诺，如期下台，把总统之位让出。青琳继续介绍情况。

这么好的一位总统，不再继续执政，岂不可惜？车上的人们议论。已离开费雷尔雕像很远了，话题还是围绕着他。

青琳说，费雷尔并没有从此不当总统，而是依法参加选举，在大选中 3 次获胜，又担任了十来年的哥斯达黎加总统。

此刻正路过一个小镇，又有人物雕像一闪而过。哥国小镇布局很有特点，或者说很没特点。只要你看到一座教堂、一家咖啡馆、一个足球场、一座雕像，大致就知道正在经过人口聚集中心。

我说，又见了一次费雷尔。

青琳说，这个雕像不是费雷尔，而是胡安·桑塔玛利亚。他是哥国的民族英雄，原本是一位鼓手。哥斯达黎加曾被他国军队入侵，敌人一路从北向南打过来，局势十分危险。哥国的原住民和农民一共 9000 多人组成义军，抵御侵略者。他是孤胆英雄，一人深入敌营放火，牺牲了自己性命，换来了敌军大混乱。最后，侵略者终于被义军打败了。

我说，来侵略你们的是哪国啊？什么时间？

青琳说，是美国的一个战争狂人，这事发生在 1856 年。

我说，你看你看，自个儿没有军队靠别国庇护，说到底还是不行。

青琳说，我们也不是完全没有军队的。

我说，你的意思是万一打起仗来，马上征召预备役？

青琳微笑着说，我们连预备役也没有，军队就是漫山遍野的蚂蚁。

她用手指指车窗外。我无法再说什么了。此地的蚂蚁无穷无尽，骁勇善战。

进入中央山脉，山势渐陡，公路蜿蜒。一团团雾气袭来，植物显现出不真实的青翠绿色。说它类乎假的，是因为林木完全没有自然界野生植物那种沧桑感顿挫感，而像藏在温室中的巨大植物宠儿。叶面洁净一尘不染，颜色碧绿宛若宝石。路旁被栏杆分隔成大小的区域，有五颜六色的小房子埋藏其中，仿佛童话世界。像原始森林一样高大茂盛的树木，也被圈起来，说明各有归属。青琳说，林地都是私人的，外人禁止入内。

我说，这么老的巨树也属于私人吗？

在我印象中，但凡古木，都是国家的。

青琳说，是的。哥国拥有庞大的小农场主阶层，大家安居乐业，这是哥国的幸事。不过若是大伙儿意见不一致，比如遇到修公路，有人不肯出让土地，公路就得绕个弯。

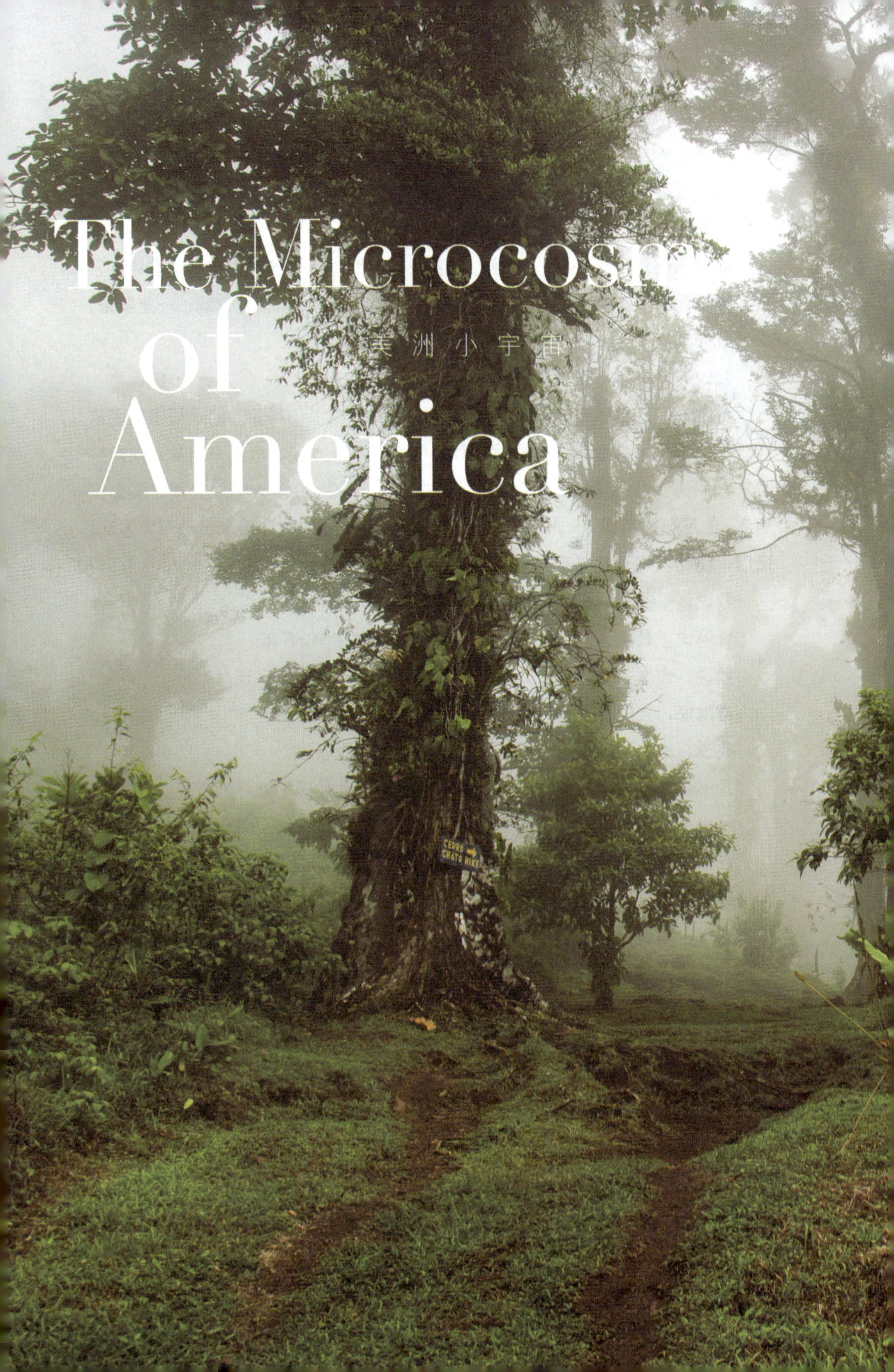

The Microcosm of America

美洲小宇宙

进入中央山脉，山势渐陡，公路蜿蜒。一团团雾气袭来，植物显现出不真实的青翠绿色。叶面洁净一尘不染，颜色碧绿宛若宝石。像原始森林一样高大茂盛的树木，也被圈起来，说明各有归属。青琳说，林地都是私人的，外人禁止入内。

哥国走的是不偏不倚的中间道路，1970 年又开始搞注重环境的“绿色革命”，国家进入可持续发展的健康轨道。1986 年，奥斯卡·阿里亚斯当选了哥国总统，他自诩是“费雷尔精神上的学生”。在他的大力斡旋下，尼加拉瓜结束了多年内战，他因此获得了诺贝尔和平奖。

窗外绿色葱茏，我不由得赞叹道，多么美丽的热带雨林！

青琳插言，这话您说对了 75%。

我奇怪，哪 25% 不对？

青琳说，它们不是热带雨林，是热带雾林。

我说，何为热带雾林？从来没听说过。

青琳说，地球上的森林有很多种形态，热带雾林又少又特别，大家不知道很正常。说起这热带雾林，首先它必须要处于热带。

我点点头，表示明白。不处于热带，雨林雾林都无从谈起。

青琳接着说，第二它不是洼地，要有一定的海拔高度，要在 1300 米以上，才能保持物种的多样性。第三是距离海洋比较近，有强大的水汽供应，才能形成长久而浓厚的雾，见不到阳光。

我说，这热带雾林形成的条件够苛刻的了。

青琳说，正是。符合以上 3 种标准的森林总面积，加起来还不到地球表面积的 1%。它占的地方不大，在生物多样性上却是最丰富、密度最大的地区。咱们现在经过的哥斯达黎加中央山脉，条件得天独厚。它距离太平洋和大西洋都不远，海拔呢，正好为 1000 ~ 1500 米，年平均温度 18 摄氏度，具备了形成最棒的热带雾林的一切条件。哥斯达黎加的蒙特维德雾林，当选为世界上最迷人的十大森林之一，被美国《国家地理》杂志称为“热带雾林王冠上的宝石”。在那儿生长着 3000 多种植物，生活着 100 种哺乳动物和 400 种鸟类。单是蜂鸟就有 50 多种。像中国人最喜欢的兰花，在哥斯达黎加热带雾林中，品种超过了 500 个。

我几乎惊出声。记得若干年前，我被中国环保机构约请出任某种动植物的代言人。当时家人重病，我在医院昼夜服侍，应答较慢。对方催问，说这是公益事业，希望能有担当。我说，好，只是当哪种动植物的代言人呢？对方说，老虎啊，熊猫啊，金丝猴牡丹等，都已有人抢着当了，只剩了个兰花。你可愿意？

我说行。当了代言人，首先要交一篇有关兰花的文章。我查资料，知兰花从屈原那会儿流传下来，是咱中国人的至爱宿爱。一秆一花为“兰”，一秆多花为“蕙”，国产兰花计有 1000 多种。想这哥国面积虽不大，但一个热带雾林中，便有这么多品种，令人感叹。

热带雾林的形成有三个必要条件：首先，要处于热带；其次，海拔高度在1300米以上；再次，距离海洋比较近，有强大的水汽供应。哥斯达黎加的蒙特维德雾林得天独厚，被美国《国家地理》杂志称为“热带雾林王冠上的宝石”。在那儿生长着3000多种植物，生活着100种哺乳动物和400种鸟类。

The Microcosm

美洲小宇宙

of

America

若干年前，我到过瑞士。看到那儿的牛在阿尔卑斯山下的草场舒服地晒太阳，无拘无束戏耍，遂生出感叹，如果来世要变为一头牛，一定力争投胎到瑞士。现在又增加了第二选择地，托生到哥斯达黎加中央山脉半山腰。

车子继续在“绿宝石”中潜行。不知几时，窗外又变成碧草茵茵，若干头奶牛，安静地排成一队，脚跟脚地沿着草丛小径，向远处的围舍走去。

我说，还未过午，牛群就归圈了？

青琳说，到了挤奶的时间，它们就会一个接一个，自动走向挤奶场。人们都称此处为“小瑞士”。

若干年前，我到过瑞士。看到那儿的牛在阿尔卑斯山下的草场舒服地晒太阳，无拘无束戏耍，遂生出感叹，如果来世要变为一头牛，一定力争投胎到瑞士。现在又增加了第二选择地，托生到哥斯达黎加中央山脉半山腰。

青琳像会预言的女巫，随着海拔上升，乌云如听到了集合令，从四面八方急急忙忙赶过来，汇聚山间，凝结成肥壮的雨滴急遽砸落。我们一边望天一边心存侥幸，这雨来得快，但愿也去得快，猛下一阵子赶紧收兵吧！

抵达波阿斯火山口停车场时，雨已下得如数百挺轻机枪潜伏在头顶乌云中，不换弹夹地俯冲扫射。雨点密不透风，山路湿滑。幸而青琳准备了很多大雨伞，走路时可保身体不被淋湿。我撑着伞走了几十米，停下脚步。石板路雨水浇下，仄斜如滑梯。视线被雨伞遮挡，深一脚浅一脚步履踉跄。我对青琳说，抱歉，我不去火山口了。

青琳大惊道，您那么想看火山的一个人，怎能半途而废？

我说，谢谢你的关切。只是我2月份腿部骨折，此次出发前不久才拆了石膏。山路险滑，我虽万分在意，怕偶有不慎，再次受伤。

青琳说，这里距火山口只有400多米，一会儿就到了。我搀着您走。

我说，谢谢！再受伤和路途长短无关，只是一瞬间的事。青琳你想想，我若伤了腿脚，轻则你要照顾我，便顾不了大家，耽误了众人的好兴致。万一伤得比较重，你或许还要陪我下山找医院，大家更受影响。我固然想看火山，可一旦出了意外，就不是我一个人的事情，会牵累你们。所以，我决定不上山了。

青琳在雨中默默站了一小会儿，说，那就依您的意见吧。我交代给司机，让他好好照看您。我们这一上一下的，大约需要两个小时，您自个儿保重。

老芦听闻我将停留此地，忙说，那我也不上去了，陪着你。

我说，你傻呀！万里迢迢走到这里，火山口咫尺之遥，当然要看。我并没有受伤，只是防备万一。你尽管上去，我在这里安心等你们。说着，我把老芦推入了跋涉的人群。

队伍的背影在雨雾中从朦胧到消失，我心中碎碎念，亲爱的活火山啊，我自个儿不争气，近在眼前却无缘见你，多遗憾！没关系，还有一座活火山等着我呢。

在旅行车里安坐了一会儿，渐感无聊。看了看天，雨意酣畅，毫无止歇之意。又来了两辆车，一辆似韩国或日本的少年营，穿运动服的男孩女孩们叽叽喳喳挤成一团，很是喧闹。另一车载的是高大沉寂的北欧人，戴着护耳的彩条帽子，人与人间隔得很远，默不作声地鱼贯登山。

又过了一会儿，雨终于小了些。几拨旅人都已远去，只剩下我和司机呆坐。我想，何不趁机到雾林里转转？连比画带夸张的形体动作，告知司机我的意图。

看来此地治安果真良好，司机毫不犹豫地点头，打开车门，让我四处溜达。

雨近乎停了。我漫步走入附近的热带雾林，沿着小径，好像潜入了绿色为主的斑斓海底。翠绿到发蓝的灌木乔木丛中，点缀着无数苔藓藤蔓奇花异草……我走到如拱门般的绿植旁，它们生长得如此致密，仿佛结成植物的宫殿。厚厚的树叶抵挡了风雨，重重遮掩之下，居然还有些许干燥之处。我把随手携带的一块塑料雨披（车上备了很多，以供不时之需）放在稍高的石头上，抱着双腿安坐了下来。置身现场，我总算明白了，所谓热带雾林，就是在高海拔高温度区，由冷暖气团交汇而成的浓雾，持久而温暖地滋润万物。乳汁般的雾气，如巨手不断喷着极细密的小水珠，方能打造出一方神奇风土。万物既无酷烈的阳光炙烤，也不会遭遇冰雪袭击，没有大风没有雹灾，温度适宜水汽充足，时不时地又有阳光普照……呜呼！如此百般细腻周到的照拂下，植物怎能不争先恐后地在此安家落户，怎能不生机盎然地茁壮生长！

闻到一阵花香，转身看去，离我不远处，有一莞兰花盛开。叶片修长俊逸，花朵以粉釉色为主，缀以斑驳陆离的浓咖色斑点，暗香浮动。突然又听到嗡嗡声，一紫蓝翅膀的蜂鸟，正如最精巧的直升机，在我耳边上方约30厘米处悬停，以微小之躯骄傲地不可思议地抵挡着强大的地心引力，稳稳当当无依无傍地钉在那儿，仿佛被一枚透明的大头针按在虚空中……它的翅膀振动频率之快，人眼根本分辨不清，依稀看到的是一块淡紫色的玻璃纸揉搓抖颤。

我轻轻闭上了眼睛。此刻，世界万物都离我而去又无所不在地包绕着我，我思绪万千又好似什么也没有想。这里的氧气一定丰沛到了使人麻醉的地步，我昏然迷痴又万分抖擞，既能清晰地感知到周围的一切细节，又如坠陷于无底的彩色深渊浑然不知……

终于，我记起了青琳的两小时之约，渐渐睁开了眼睛。那莞兰花还在，花瓣似乎张开得更大一些。那只蜂鸟不在了，但它搅起的空气旋涡似乎还在我耳边鸣响。我慢慢收起了塑料布（怕污染了山林），沿小径回到车上。

时间到了，但青琳和大队人马并没有归来。先回来的是貌似日韩人的少年营。他们依旧嬉笑打闹着，从他们脸上判断不出到底看没看到火山口。又过了一小会儿，北欧人也回来了，他们更加沉默，我几乎可以断定，他们没有看到火山口。

我们这一标人马上去得最早，下撤却最晚。青琳率队一直在等待迷雾散去，中国人比那两支队伍更有耐心和坚持力，祈愿上天看在这一份远道而来的执着上，让风雨暂停，让火山口一展真容。

雨已止步，雾却越发来势汹汹。它们是从天庭泼下的牛奶，浓得变成乳酪，近乎凝结……突然，登山的朋友们从近处钻出现身，男的如天兵天将，女子若仙姑下凡。雾重如絮，待我看清他们的眉眼，彼此的鼻尖都快顶上了。

嗐！你没有上去就对了，愣是什么也没看到哇！我们等啊等，希望哪怕能有一眨眼的清晰，也不枉跑这一趟。但是，一秒都没有，只好在展览馆巨幅的伊拉苏火山口图片前照了一张相。猛地看过去，以假乱真。朋友们纷纷告诉我。

气势恢宏的伊拉苏火山，最大的一个火山口直径 1050 米，深 300 米，呈锥形。下部是碧潭积水，上方则烟雾缭绕。它是哥斯达黎加所有火山中最高的一个，也是中央山脉的最高峰。1841 年、1920 年、1963 年、1978 年都曾喷发过，如今湖中还会喷一股股白色气体，伴以沸腾声。有时会掀起 100 多米高的巨大水柱，形成世界上最大的间歇泉。

以上介绍，摘自宣传资料。

由于未能一睹真容，群情沮丧。青琳说，这个季节有人来了 8 次，都没能看到真颜。现在，我们还有希望，著名的阿雷纳火山在等着我们。

我们把看到活火山的希望，孤注一掷地放在了阿雷纳肩头。

又一天，我们向阿雷纳驶去。哥国的公路的确不好，把人颠得昏沉。天也是雨季常见的阴晦，好在迫近火山后，阿雷纳的轮廓渐渐显现出来，基本上是锥形，类乎日本富士山的形状，但没有富士山的线条对称、匀称。

糟糕的是，只能看到阿雷纳的大半个身姿，按照山的身量比例，有时是三分之二，有时是四分之三，甚至五分之四……但总有一部分掩藏在白云之中。青琳说锥形的山顶处（此刻看不到），状如被平削了一刀，失去尖角，中间有三个凹陷处，就是火山口。最大的凹陷处，晴日可见缕缕白色烟尘飘出，那是活火山活动的迹象。

说起火山，人们第一个印象是爆发时涌动的火红熔岩，第二个印象就是凝固后寸草不生的狞砺黑石。但此刻从阿雷纳火山的正面看过去，且不说峰顶白云婀娜如同颈间白纱，就是倾斜的山麓，也是枝繁叶茂绿意盎然，完全没有一丝属于火山的威严。

我对青琳说，这火山看起来挺温柔。

青琳说，明天我们会到阿雷纳背面，您也许会改变看法。

阿雷纳是世界上最活跃的火山之一，在首都圣何塞的西北方向，距离大约147 公里，海拔 1633 米。1968 年 7 月 29 日，它曾经有过一次大爆发，熔岩一鼓作气覆盖了超过 700 公顷的地表。2000 年 8 月，它又一次发了脾气，突然的喷发造成两名游客死亡，一人重伤。2003 年 9 月 5 日，阿雷纳火山再次

伊拉苏火山是哥斯达黎加所有火山中最高的一个，1841 年、1920 年、1963 年、1978 年都曾喷发过，如今湖中还会喷一股股白色气体，伴以沸腾声。有时会掀起 100 多米高的巨大水柱。奈何天公不作美，我们未能一睹真容。

猛烈喷发，大量熔岩、石头和火山灰喷射而出。青琳说尘埃飘到首都圣何塞，整整一个月的时间，家里的桌椅被褥上，天天都积下厚厚的火山灰。人们出门都戴口罩，还呛咳不停。现在并不组织旅行团亲临火山口，只能远观。

我说，咱们今晚住在这里，会碰上火山爆发吗?

青琳歪着头说，您是想碰上还是不想碰上?

我说，想碰上一个小型的爆发，但不要太剧烈。对当地人民的生活不要造成太大的影响，不要造成严重损失，不要有人伤亡。

青琳说，火山可没法掌握恰如其分的尺度。十几年前，这里的火山活动还很频繁，基本上没人敢建宾馆。有不怕死的游客们私下来玩，都住在帐篷里。半夜你躺在地上，可以听到地下发出滚雷般的轰鸣，那是火山在低吟。这几年火山活动的规模小了，也建起了大旅馆，还修了很多温泉池子。哥斯达黎加地震与火山研究所，不间断地用科学手段严密监视火山爆发征象，以保证人民和游客们的安全。您今夜想碰到火山爆发的可能性，几乎没有，因为并未接到预警。

好吧，那我就退而求其次，只希望能看到完整的火山真面目。

吃过午餐，大家去泡温泉。

我想了想，对青琳说，我不去泡温泉。

青琳说，这里的露天火山泉非常有名，一个个池子的水温从高到低不同，极有特色。据说能治很多病呢!

我说，这我都相信。但是再有效的温泉，泡一次两次也未必能解决问题。看火山的机会，唯有今日。

青琳说，您泡在温泉池子里，也可以眺望火山。

我说，那儿水雾缭绕的，哪里看得清啊。况且刚才吃饭的时候我问过餐厅的服务生，他说像今日这样时阴时雨的天气，火山若是肯露出真面目，也只在片刻，稍纵即逝，一不留神就漏过去了。我要全心全意地等着火山露脸。

这是我说得出来的理由。没说出来的理由，仍是担心我的腿脚不利落。若在温泉池里不慎滑倒，会给大家添麻烦。好在温泉常有，活火山不常有，我就不去了。

青琳和大队人马，包括老芦，都奔温泉而去。我拉过一张藤椅，坐在屋外的露台上，目不转睛地看着对面的阿雷纳火山。

空气中有稀薄硫黄味道，还有热带植物的草木清香之气。一只浅棕色小动物慢吞吞爬过来，我原以为是只松鼠，细看之下却是一只食蚁兽。说实话，在这之前，我从未见过食蚁兽。只因这动物长得太有特色，便记下了尊容。

它身披棕褐色的毛，脸挺长，鼻子勇往直前探出，慢吞吞地爬着，伸出足有一尺半长的舌头，细而柔软，滴滴答答地流着黏稠的口水，一看就很黏，估计这是它的武器，如胶水般黏附蚂蚁，以供自己果腹。它的脚爪弯曲着，看起来很有力量，估计是掏蚂蚁洞时的可靠支点。食蚁兽看起来准备觅食，滴溜溜的眼睛，四处张望，就是不看我。估计觉得这庞然大物和它爱吃的蚂蚁毫无共同之处，不屑一顾。

The Microcosm 美洲小宇宙 of America

从阿雷纳火山的正面看过去，且不说峰顶白云婀娜如同颈间白纱，就是倾斜的山麓，也是枝繁叶茂绿意盎然，完全没有一丝属于火山的威严。

特别想大叫一声，招呼朋友们都来看，终于还是缄口。大家都在远处温泉中浸淫，喊了也无人应。再者，这吃蚂蚁的小兽若听觉灵敏，岂不惊吓于它？于是呆看它卷缠着尾巴，缓缓消失在树丛中。

这才有心看周围的花草。绣球花、玫瑰花、变色木、西番莲、龟背竹和种种叫不出名目的热带花卉，互相帮衬着，散发出混合香气。它们的根脉深扎之地，是富含火山灰的土壤，故长势凶猛壮硕，叶片异常肥厚，花朵娇艳无比。不远处的阿雷纳火山，如老僧入定般大智若愚端坐着，默默不语俯瞰众生。一团忽而灰忽而白的云朵，如同原配的糟糠之妻，不离不弃，永远缠绕在阿雷纳的脖颈上，让我好生遗憾。恨不能变成魔法师，猛吹一口气，让阿雷纳的头颈干干净净地裸露出来。

一连几小时，我就这样一眨不眨地盯着阿雷纳火山，石化一般。

老芦回来，掸着湿漉漉的头发说，喂，看到了吗？

我回答，似乎看到了，不过只有1秒。

老芦笑说，那肯定是你眼花了。我人在温泉中，心里惦记着你的火山梦，时不时张望火山口，千真万确它没有露出过。

我说，瞎说吧。我不相信你在温泉中会一直盯着火山口看。

他不置可否，我也没再坚持。火山口展颜的时间实在太短暂，电光石火后云雾四合。我也高度怀疑是自己凝视太久眼已昏花。

晚饭的时候，青琳关心地问，可曾看到火山口？

我说，疑似吧。赶紧又补充一句，或许心中期待过久，已成幻觉。

青琳说，待我帮您问一问。

过了一会儿，青琳转回告诉我，问了几个工作人员，其中有个面点厨师说，今日下午阿雷纳的确露出了几秒真颜。他当时正在烘焙，偶然抬起头，透过玻璃看到了这一幕。时间非常短，但却无疑。

那一刻，我心花怒放。不仅是千万里的奔波，终于看到了真佛，还证明我未曾走火入魔，不是精神出了状况。

第二天，我们绕到了阿雷纳的背面。

我的天！当年铁水似的火山岩浆，选择性地从后山流下，一口气冲到山下的阿雷纳湖中，方才止住赤红脚步。在它火舌舔过的路途上，遗留的黑色泥沙

食蚁兽看起来准备觅食，滴溜溜的眼睛，四处张望，就是不看我。估计觉得这庞然大物和它爱吃的蚂蚁毫无共同之处，不屑一顾。

杂乱堆积着，勾勒出深浅不一的沟壑，寸草不生，整个地貌如火星般荒凉。

青琳领着我们爬到半山，说，这里是坟墓。

听后肃然，却也心生疑惑，并没见林立的坟包或是墓碑，只是倾斜的平地。青琳说，此地原本有一个静谧的小村庄，火山爆发时岩浆滚过，所有绿色林木全部化为焦炭。整个村子被埋葬，80 人死亡，就长眠在我们脚下。罹难的遗体并未进行挖掘，他们在此安息。

听罢，我们每迈出一步，足弓轻轻高抬，脚尖缓缓落下。我再不敢说火山温柔，它摧枯拉朽的伟力，是人类远不能驾驭的。在大自然的威慑之下，人生如触手可及的炭黑色沙砾般渺小。

The Microcosm of America

美洲小宇宙

阿雷纳火山如老僧入定般大智若愚端坐着，默默不语俯瞰众生。忽而灰忽而白的云朵不离不弃地缠绕在阿雷纳的脖颈上。

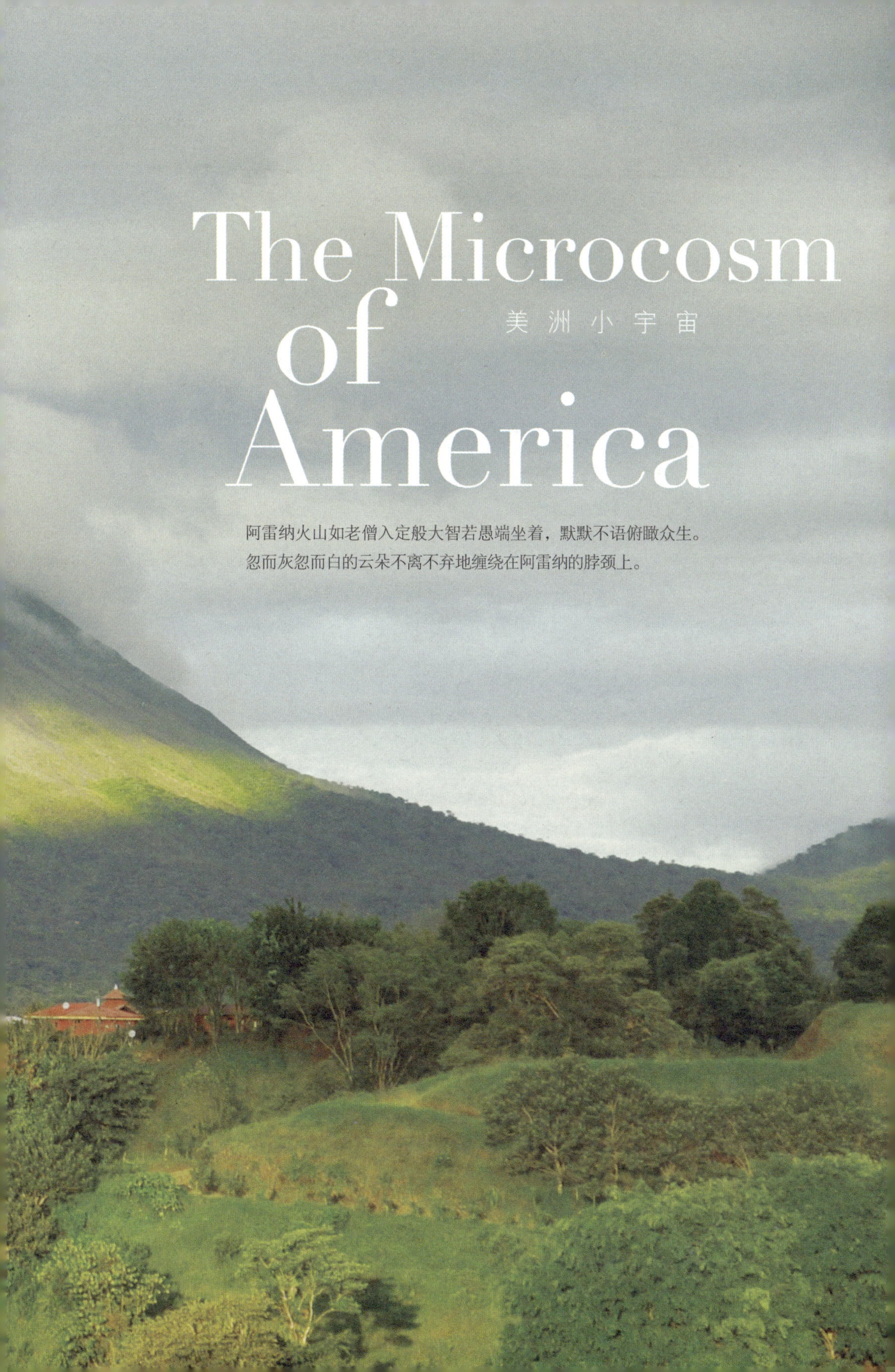

The Microcosm

美洲小宇宙

of

America

在银城寻找鹰洋

对于收藏这件事，我一不懂二不爱。某次和作家朋友聊天，他说当年有一个大收藏家力劝他加入此行，说是有行家给掌着眼。那时古物价格低，若收了宝贝，现在就价值不菲了。随便卖上一件，可比辛辛苦苦爬格子挣得多。

我说，是啊。我前两天去种牙，一颗犬齿就把 1 万册书的稿费花光了。闹得我现在一咀嚼，就觉得是在翻页。

朋友说，甭把自己说得那么可怜。你这些年挣的稿费，能把全口牙都跟大白菜似的种满。

我说，咱这一行，一日不做一日无食。哪一天写不动了，便是颗粒无收。到那光景，把重金种上去的牙敲下来，却是一个铜板也不值。所以，你当时若是收藏点古董，万一揭不开锅，卖上一小撮，定能换到老来衣食无忧。不过，我断定你是走不了这条路的。

朋友奇怪说，何以见得?

我说，你夫妻关系还好吧?

他莫名其妙，说，好着呢。你认识她，为人不错。

我说，这就对了。我记得她是医生出身，一个当过医生的女子，基本上难以接受不知倒过多少人的旧物。她平时就有轻度的洁癖。我说得不错吧?

朋友说，对对。你嫂子说古董那东西，谁知道是什么人用过的? 从坟里抠挖出来的也说不定。我劝她，你也不是林黛玉，生命力哪里那么孱弱！不过话又说回来，任何一个爱好，如果一家人都不能达成共识，掩掩藏藏，继而鬼鬼祟祟，那又何必呢！我也就死了收藏这条心。

我之所以啰啰唆唆地把朋友不收藏的故事写在这里，其实是给自己找个借口。我不喜欢收藏，也是因为当过白衣战士，对物件的洁净程度，有着稍显病态的偏好。我知道这并不正确，却也勉强不得自己。

一个朋友喜爱收藏中外各种币，据说家里存有好几麻袋各国钢镚。说来惭愧，我对古钱的印象，除了绿林好汉们换酒换肉时说的“散碎银两”，就是一个袁大头，孤陋寡闻至极。

某天，该朋友喜滋滋地对我说，上你家来的路上，顺便到古玩市场逛了逛，得了一个好物件。

我说，快让我看看是何宝贝。

他拿出一方小匣，打开红布，内有一块旧币，约有一寸直径。他说，看好喽，这可是红色的。

我说，不要欺我不懂。它原本应是白，现在周边脏兮兮一圈黄，怎么着也和红色扯不上边。

朋友说，这你就有所不知，这币是银制。你所说的脏就是包浆，证明年代久远。1927年10月，毛泽东率领秋收起义部队来到井冈山。1928年4月，朱德、陈毅率领南昌起义的队伍来井冈山会合。随后成立湘赣边界苏维埃政府，创建了井冈山革命根据地。

我说，这段党史我也学过。

朋友说，别打岔。当时根据地经济很困难，为了不被国民党的封锁掐死，再加上工农红军自己也要解决供给问题，就分派王佐筹建了“井冈山造币厂”。这块币就是当年红军造的银币，当然是红色文物了。

我一听手中宝物如此来历，赶紧细细端详。它分量不轻，托在手里沉甸甸。正面和背面印戳着“工”和“山”字样。

我感叹道，红军当时也挺不容易的，自己开矿炼银子。

朋友说，这你又有所不知了。红军铸币并不是从开采银矿开始，那哪儿来得及！他们直接用墨西哥“鹰洋”，加以改造而成。在每个币的后身，都打上“工”字标志，以示有所区别。后来的人，就把它们叫作“井冈山‘工’字银圆”。

我说，鹰洋我知道，是上好的墨西哥银币。

朋友说，中国人之所以称它“鹰洋”，是因为币上有雄鹰图案。据说古代阿兹特克人受到神的启示，在雄鹰叼着蛇站在仙人掌上的地方，建立了家园。后来就造出带有雄鹰图案的银币，成色非常好。

我说，一个千万里之外国度的货币，却在旧中国大肆流通，有点不可思议。可见当时的中国何等积贫积弱。

墨西哥铸币史十分悠久，它是产银大国，原料丰富。古代居住在这片土地上的印第安人，有一把好手艺，很早就精通金、银、铜等有色金属的加工术。16世纪初，西班牙殖民者来了，在此建立了一个 450 万平方公里的超大管辖区。地域囊括了现在的墨西哥，再加上美国南部，名为“新西班牙总督区”。这么广袤的区域，用什么做流通货币呢？西班牙人刚开始用本国银币，不过很快就哀叹不已，自己原有的那点银币，完全无法满足如此广袤的殖民地需求。这可如何是好？西班牙王室心生一计，决定就地取材，在总督区就地设立造币厂。1535 年，西班牙国王卡洛斯五世下令，在今墨西哥城市中心宪法广场西侧，建立起了第一座

墨西哥银币上常有雄鹰图案。据说古代阿兹特克人受到神的启示，在雄鹰叼着蛇站在仙人掌上的地方，建立了家园。后来就造出带有雄鹰图案的银币，成色非常好。

造币厂。它制造出的银币与西班牙银币同质同价，一可供总督区直接使用，二可用于国际贸易支付，三是干脆运回西班牙本土。18 世纪到 19 世纪，墨西哥铸造的银币，大量流传到印度、日本、中国市场。

1840 年鸦片战争后，中国沦为半殖民地半封建社会，国运衰微。英、美等帝国主义国家乘机在中国设立银行，利用发行纸币、银圆等方式进行经济侵略。当时流通中国的外国银圆，计有英国的“杖洋”、日本的“龙洋”、西班牙的“本洋”……当然，其中占最大头的是墨西哥“鹰洋”。

看朋友手持他的钱匣子侃侃而谈，我表面不动声色，心中暗下决心：一旦有时机，我也要收藏一块鹰洋。

我们要去墨西哥银城。银城的大名叫作塔斯科。1751 年法国人在此发现了品位很高的银矿，各家纷纷拥来开采，此地遂聚集成独特的山地小镇。

从墨西哥城出发，须坐 3 小时汽车，方到塔斯科。我原以为是个如重庆那样舒缓的山城，其实要陡峭险峻很多，整个小镇如彩色装饰物挂在山崖边。汽车盘山而上，半山有块较大平地，建有一座教堂。半个世界走下来，看过很多教堂，除了个头材质不同外，基本上大同小异。但这个教堂，还是给人留下深刻印象，它富丽堂皇金光灼灼。可能因为不差钱，奢华精美珠光宝气。再想想所有砖瓦石块、彩色玻璃加一应饰物，都是从那么险峻的山路上拖运而来，更令人惊叹。

如果把教堂比作一粒大银珠，那么围绕着这个中心，向四周辐射出大大小小宽窄不同的小街，如同迸射出的万道光芒。小街再分裂成无数胡同样的巷子，如同银丝嵌入山的褶皱。街道细窄，房屋色彩斑驳。恍然觉得这城如一株扎根银脉之上的奇花异草。每一朝向街面的屋子，都是银铺的档口。往里窥探，可见擦拭明亮的玻璃柜台，摆放着各家精心打制的银器，银光辉映，合谋着刺瞎你的双眼。

我问当地朋友，这巷子里拢共有多少家银铺?

当地朋友说，有 3000 多家吧，据说有 1 万名银匠，天天在此敲敲打打。

天！人们常说价值连城，好像城不怎么值钱。但这座城的价值，怕是天文数字。

我说，这么多银铺，那么此地银矿的储量一定很大。

朋友说，此地银矿的储量，目前大致是零。

我受了惊吓，急问，此话怎讲?

朋友说，连续开采了 200 多年，塔斯科目前银矿脉已经枯竭，灯尽油干。

我说，我下过煤矿、铁矿、锡矿、镍矿、金矿、钻石矿……还真没下到过银矿，很想借此一游看看。谁承想到了号称银城的地方，银矿已成遗迹。

我原以为塔斯科是个如重庆那样舒缓的山城，其实要陡峭险峻很多，整个小镇如彩色装饰物挂在山崖边。

教堂的富丽堂皇给我留下深刻印象。所有砖瓦石块、彩色玻璃加一应饰物，都是从那么险峻的山路上拖运而来，真是令人惊叹。

教堂如同一粒大银珠，向四周辐射出大大小小宽窄不同的小街和巷子，如同银丝嵌入山的褶皱。街道细窄，房屋色彩斑驳，城市宛如一株扎根银脉之上的奇花异草。

The Microcosm of America

美洲小宇宙

朋友说，有个地方还有矿坑遗址，咱们去试试运气。她领着我走进一家前店后厂的铺子，说这家买卖就开在原来的矿床上，店铺还连着当年修建的坑道。

很高兴能有机会看看鹰洋老巢。不料好说歹说，银铺老板就是死不应允。说是矿井已停产多年，无人检修，坑道里很不安全，不敢贸然放人进去参观。最后磨破了嘴皮，总算网开一面，应允我们到被铁栅栏封起来的巷道口瞅几眼。矿洞有一人半多高，洞顶和洞壁都是粗粝岩石，龇牙咧嘴地切入山的胸膛。巷道幽深曲折，深不见底，似有惨惨阴风自地心深处吹拂而来。

说起这塔斯科也是命运多舛，历史上曾几度荣枯。有矿了，大家就一窝蜂地赶来开采。开采得久了，矿脉衰竭了，人们呼啦啦散去，小城便破败凋零。有人不甘就这样落荒而走，锲而不舍地在周围勘测，竟然又发现了新的矿脉。淘银的人又如嗜血牛虻，闻风而来，挖山不止，小镇便再度重生。之后矿脉又枯竭……折腾了几个来回，银矿终于彻底断根了。

你是说，现在银城底下，并没有银？我想再确认这难以接受的事实。

朋友说，正是。你看到满城银光灿烂，都是把别处的银子运到这里来加工的。

我说，这又何苦！此地距离墨西哥首都墨西哥城约 190 公里，又在 1700 多米的山上，为何要舍近求远？

朋友说，塔斯科当年除了开采银矿，也兴起过银器制造业。地下的银矿脉没有了，但地上的制银技术并没有随之消失。20 世纪 20 年代，有位美国作家在此开了家手工作坊，敲敲打打生产银器。银器运到美国去卖，没想到大受欢迎。塔斯科渐渐成为著名的银器制造集散地，也是现今世界银饰设计中心，银城就此得名，再创辉煌。

到了银城，哪里能空手而归。女伴们一时如水银泻地，各自钻入银店，再不见踪影。我因记挂着鹰洋的事，拉着当地朋友，进了一家专卖银币的铺子。老板是个红脸膛的汉子，面扁眼大，或许有印第安血统。

我对朋友说，问问他可有在中国流通过的银币。

老板很认真地听完朋友的转述后，说，我这里卖的都是新币、纪念币、艺术币……您说的那种在市场上使用过的钱币，要到旧货摊上去买。

我不甘心，又问，您的新币可有这样式？

红脸膛老板迟疑了一下，说，那种币实在太普通了，我这里没有。如果你一定要买，类似的铸有鹰的艺术币，大约要 600 美元。

我快速换算了一下，3000 多元人民币。在中国买，似不要这许多钱。我不敢说他是漫天要价，也许这是一种独特的艺术币。不过我实在不想要一枚新币，希望买一枚在中国饱经沧桑的鹰洋。我发觉自己到墨西哥找鹰洋是一个错误，此事还得回中国去办。

老板见我要走，笑着挽留，说，这儿不但有银币，还有很多银制的当地首饰，成色很足，设计都是最新颖的，您不妨再看看。

这店装潢不错，冷气充足。正是午后，8 月的墨西哥高原，太阳像闻名于世的魔鬼辣椒一样红艳灼热。此刻出去，同伴们都在各店狂扫银饰，我若进店，定会被拉住，被要求回答“你看这个样式我戴好不好看？”“你觉得这个好呢，还是刚才的那款好呢？”。

我倒不是怕负责任，只是女人家买东西，彼此看法大相径庭。我于珠宝完全外行，给人支错了着儿落埋怨，自己也于心不忍。不妨在这有冷气的银店里，和老板聊聊天。可人家到底是生意人，咱还是得买点东西才说得过去。我说，想给朋友带点有特色的银饰回去，您觉得哪种好?

老板满面红光，看来开张有望。他说，您打算买什么价位的礼物呢?

我说，别太贵，但也不能太简陋。一是要好看，二是要有特色。

对于送礼这件事，我一向认为礼物不要给人以太大的恩泽，足以表达一定的暖意即可。

红脸膛老板郑重其事可劲点头，表示深刻明了我的意思，领我到一个玻璃柜前，说，那就多买几个手镯吧。大的小的，都买上几个。红的绿的，也都买上几个。

手镯的造型是一条盘曲的银蛇，造型夸张。蛇身银光闪闪，宽松地盘绕几圈。手镯大小不同，盘绕的圈数也有所不同。小的绕三圈，大的绕两圈半。这个设计能想明白，假设银的用量相同，圈口的直径不同，就只能在圈数上找补了。手镯在靠近手臂远心端处，是翻翘的蛇尾。在近心端的位置，是昂起的蛇头，呈现出强烈动感，让你觉得它会腾空。蛇身刻有羽状图案，蛇头镶嵌不同颜色的宝石，散射诡谲光斑。老板很贴心地无声点了一下价位，果然并不很贵。根据钱数，我判断镶嵌物不是真宝石，而是比较通透的玻璃制品。

手镯挺俏皮，但我迟疑，说，女子在自己手腕上盘绕一条蛇，好看吗？怕吓着人呢。

红脸膛老板做出非常吃惊的夸张表情说，这可不是普通的蛇，是我们墨西哥人最尊崇的羽蛇神啊！说着，扫了一眼店内并无别的客人，就打开了话匣子。羽蛇神名字叫库库尔坎，每年的雨季都拜托他了，他不单带来雨水，还主管播种、收获、五谷丰登……

我心里想，中国的白蛇精是女性，但此地羽蛇神却是男性。看他管这么多的事，的确需要更强的体力。

……天上的星星也在他的管辖之下，他还发明了书籍、历法。他也管着墨西哥人的饭碗，更准确地说是主管玉米的生长和收获。最重要的是，羽蛇神还代表死亡和重生，是墨西哥人的保护神。老板侃侃而谈。

我心想，果不其然，羽蛇神责任重大，把中国玉皇大帝加上阎王爷的担子都一肩挑了。想起之前看过资料里说，墨西哥土著尊崇的羽蛇神，与咱中国人发明的首席神祇——牛头鹿角蛇身鱼鳞鹰爪长须擅长腾云驾雾的龙，很有几分相似。最主要的是，它们的工作领域都和司雨司水有关。有一未经证实的说法——远古时期有一些中土人远涉重洋抵达美洲大陆，把龙的形象也带过去了，龙王爷就慢慢演变成了今天的羽蛇神。

呼唤是有效的。在老板的力荐下，我决定让朋友们用实物比较一下羽蛇神和龙可有神似形似之处，便说，我想多买几枚羽蛇神手镯，请帮忙挑一挑。

老板很熟练地帮我挑选银器，补充说，多选绿色宝石的。

我说，为什么？以我的想法，是各种颜色镶嵌玻璃的都选一些。朋友们的性格不同，喜欢的颜色也会有差异。

老板说，真正的羽蛇神全身覆盖的羽毛，正是绿色。现在这些不同的颜色，是后来为了美观生造出来的。你要带回中国，当然是绿色的蛇头更原汁原味。

“原汁原味”打动了我，于是便多选绿色。此刻放在一起看似有重复之嫌，回国后送给不同的人，就不会撞车了。

红脸膛老板接着说，当年羽蛇神当大王时，墨西哥人的生活很好。他手下还有玉米神、花神、雨神、水神这些大将，辅佐他让天地风调雨顺。这就惹恼了三位恶神——战神、黑暗之神和妖神，他们处心积虑要来搞破坏。

对前两位恶神的命名，我没异议，但第三位恶神令人费解。妖就是妖，怎么也能归入神界？

老板兀自有声有色地讲下去。

黑暗之神拎着一个药罐子，假装医生，来到羽蛇神的王宫前。他对卫兵们说，我掐指一算，羽蛇神病了，请快去禀告，我带来了神药。

羽蛇神还真是病了，卧床不起。假医生说，我的药很灵的，羽蛇神您喝了它，病马上就会好了。

羽蛇神并不生疑，一仰头就把黑暗之神带来的药喝下。红脸膛老板说到这里，问我，你觉得后果会怎样？

我心想着黑暗之神肯定阴谋得逞了，就说，羽蛇神病得更重了。

红脸膛老板说，没想到立见奇效，羽蛇神的精神大有好转。

我心想这外国神祇的生理状况和中国路数真是有所不同，便虚心倾听，不敢再妄加揣测。

红脸膛老板继续说下去。黑暗之神就劝羽蛇神再喝。羽蛇神为了健康，喝了一杯又一杯。其实那药是酒神最新酿造的龙舌兰烈酒，不久，羽蛇神就被灌得神志不清，任由敌人摆布了。

红脸膛老板露出痛心疾首的神色。我却想或许这神话真的和中国有某种渊源。蛇怕酒，比如白素贞。只是她怕的是雄黄酒，墨西哥蛇神怕的是龙舌兰。也不知这雄黄酒和龙舌兰谁更厉害。

黑暗之神迷倒羽蛇神之后，又扮作一位英俊潇洒的印第安人，化名图威育来到威马克的宫殿前……

威马克是谁？连为我翻译的当地朋友也不知老板随口说出的这个名字是何来历。

哦，威马克是羽蛇神派往人间的国王，他有一位美丽的公主，公主偶然看到了黑暗之神变成的图威育，被他强健的肌肉吸引……相思成病。红脸膛老板说得津津有味。

听到这里，我头脑中的黑暗之神变成了一个健身房男教练的模样，并生出疑问：古代神话中会有这种充满性感的情节吗？

红脸膛老板不易察觉地环视了一下店内，确认没有新客人进来，继续讲他的民间故事。威马克国王召来了图威育。图威育说，小人一无所有，只有身体……黑暗之神又发动了战争……人们终于杀死了黑暗之神，但是他的尸体继续作孽，传染疾病……

故事层峦叠嶂，不过和羽蛇神有什么关系呢？我有点摸不着头脑，打断了他津津有味的述说。

哦，是这样的。羽蛇神看到国家闹成了这个样子，就把宫殿烧毁了，让田野荒芜，树木枯萎。走到大海边，乘着由蛇编成的筏子，羽蛇神回天上去了。红脸膛老板终于结束了他的故事。

我想象了一下羽蛇神的蛇筏，觉得那些蛇有了马和雪橇犬之能效。不过，羽蛇神不是会飞吗？为什么不腾云驾雾？为何这样劳苦？

刚开始我不明白老板为何不厌其烦地讲故事，后来发现描述是有效的。我

羽蛇神名字叫库库尔坎，他全身覆盖着绿色的羽毛，法力深厚。不但带来雨水，还主管播种、收获、五谷丰登，天上的星星也在他的管辖之下，他还发明了书籍和历法。羽蛇神还代表死亡和重生，是墨西哥人的保护神。

一边听，一边不停地增加着购买羽蛇神手镯的数量，以至于老板不动声色地叫店员从后面库房补货。最大的效能是——当羽蛇神乘上蛇筏愁眉苦脸刚走，我的同伴们就寻到店里来了。此店的凉意让女友们血脉贲张地进入了扫货状态。

我在银城买了若干个羽蛇神手镯。临走时，我向老板致谢。老板笑眯眯地说，当你回到中国之后，会发觉你买得少了。

我说，您的故事让我买了这么多，实在不少啦！

现在，我的羽蛇神手镯已全部送光。一个朋友收到我寄去的包裹后，特地发了一张她手戴镯子的图片，微信我说，戴上手镯的那一瞬，若有清凉雨滴落在腕上……

红脸膛的印第安血统老板，您说得对。

The Microcosm

美 洲 小 宇 宙

of

America

04

托洛茨基故居墙上的弹孔

7年前到墨西哥，托洛茨基故居因故不对外开放，失却参观机会。这一次，很想完成夙愿，但事先制订的计划中无此安排。上了点岁数的中国人，几乎没有人不知道托洛茨基。不过深究下去，又难得有几个人真正清楚托洛茨基到底何许人也。人们对此人最直观的认识，大概来自那部苏联老电影《列宁在1918》。影片中，斯大林正在前线保卫苏维埃的“粮袋子”察里津，收到托洛茨基的一个电报。他衔着标志性的大烟斗，慢悠悠地口授回复说：“我们不理睬他。人民委员斯大林。”这句话的前半句，后来成了很多人相互调侃的口头禅，但斯大林和托洛茨基到底谁在命令谁，说到底就是谁比谁官大，我们基本上都懵懂。不过托洛茨基是个坏人，这一点毫无疑问。

在墨城浏览的某个下午，余出几小时空当。我对导游说，可否去托洛茨基故居参观？

导游是位台湾男青年，人很热情，据说是仅有的几位考取墨国旅游执照的华裔佼佼者。他轻搔头皮小心地探问，您说的这个什么……司机……是谁？

我说，托洛茨基是个苏联人。

他摇摇头，没听说过这个人和相关景点。

我说，一定有的。你查一查。

台湾导游打开手机搜寻了一番，然后说，咦！还真有这个地方。不太远，但是在计划之外，所以……

中国人对托洛茨基最直观的认识，大概来自那部苏联老电影《列宁在1918》。斯大林收到托洛茨基的一个电报，他衔着标志性的大烟斗，慢悠悠地口授回复说："我们不理睬他。人民委员斯大林。"

团里都是文化人，大家一致通过此议。我对导游说，非常感谢您做这个安排，门票和所需车费我们自付。

托洛茨基故居，坐落在墨西哥城近郊的科约阿坎小镇上的维纳街，离墨国大画家里维拉和夫人弗里达的"蓝屋"不太远。此处一向为墨西哥城文化名流和达官贵人们的聚集之地，当属富人区。

托洛茨基的故居给人的印象，和别墅通常给人的优雅闲适的印象大相径庭。一走近，就有阴森之气缓缓游沁过来。故居占地不算太大，连上院落，约有几百平方米。不安感首先来自它的围墙，我估摸有四五米高，圈成圆环状。森严的石围子，将托洛茨基故居挡了个水泄不通，房顶还筑有高高的哨塔。

故居的大门为铁质，十分厚重，不像是居家的门户，倒像是监狱的门禁。走进故居，到处是遮天蔽日的树木，树龄起码有半个世纪，不知是否为托洛茨基当年亲手所植。藤蔓缠绕，浓荫罩顶，天光被遮，更显出这旧宅的幽晦清冷。

故居大体分 3 部分。一是展览室，内有介绍托洛茨基生平的照片和部分生

托洛茨基故居坐落在墨西哥城近郊的科约阿坎小镇上的维纳街，离墨国大画家里维拉和夫人弗里达的“蓝屋”不太远。此处一向为墨西哥城文化名流和达官贵人们的聚集之地，当属富人区。

活用品。第二部分是托洛茨基居住过的房间，包括书房、卧室、厨房等场所，都完全保持着原样。第三部分是庭院，内有托洛茨基的坟墓。

进大门后左首，最先映入眼帘的是纪念品售卖部。我对大伙儿说，你们先走一步，我要停下来买些小纪念品。

同伴惊讶，说参观完了再买不行吗？你现在买，无的放矢，怎会知道哪些该买哪些不该买？

我说，店如此之小，各种纪念品的数量都很有限。现在已近傍晚，人家从早到晚卖了一天货，各类品种怕所剩无几。若等看完了再来买，有的样式或许就没了。

大家说，你放宽心吧！放眼四周看看，除了咱们，还有谁来参观啊！

环视，真的。人影寥寥，少有别的游客。

我固执地说，不。先下手为强。

大家总算明白过来，说，哦，知道啦！你这是防谁？原来防的就是我们。放心吧，没人和你抢。

众人说罢移步向前。

我坚持在小卖部先买几样纪念品。售货员是个头发浓黑的姑娘，或许有几分印第安人血统。可能是少有人问津，她很热情地推介：买这个圆珠笔吧！上面有苏联红军的军旗军徽，都是托洛茨基亲自设计的。

我立刻拢住几根圆珠笔，说，我买我买。

再买这个光盘吧。里面非常难得地有20世纪初十月革命时期托洛茨基的演讲录像。当然了，那个时代没有录像，是电影纪录片的翻版，非常珍贵。

如获至宝，赶紧收入麾下。

你还可以买这个笔记本。售货员递过一册子，力荐。

这个和托洛茨基的关系……我一时看不出端倪，发问。

这是我们设计的本册，上有托洛茨基故居馆的标志。

想到出了这个村就没这个店，机不可失，我赶紧一并买下。

你还可以买这个盛放杂物的小马口铁盒子……女孩一看我照单全收，越发来了兴致。

我问，这小盒子，是托洛茨基常放在书桌上的原件复制品吗？

售货员说，那倒不是。你买回家，可以用它存放口香糖。

我问，托洛茨基很喜欢吃口香糖吗？一边写作一边吃？

售货员说，那也不是。这是我们自己设计的小盒子，上面印有托洛茨基的头像。你可以用来放曲别针什么的。

我买下印有托洛茨基头像的小铁盒子，盖子是推拉式的，放在桌面上存点杂物的确相宜。不过我从来没有用它盛放过任何东西，内里空空如也。它此刻安放在我的电脑旁，托洛茨基略带忧郁的眼神，透过老式的圆形眼镜镜片，凝视着我。我最多只能和他对看一秒，就得赶紧把目光移开，心中悲凉。

因了我把姑娘推荐的纪念品照单全收，她很开心，我便趁机多问几句，来这儿参观的人多吗？

她迟疑了一下，抿了一下嘴唇，似在斟酌怎么说好。最后决定实话实说，唔，不多。

我说，每天可有100人？

她咂咂嘴说，没有。

我又问，来参观的，哪国的人比较多？

姑娘做出无辜状，摇头道，我无法准确判断他们的国籍。猜一下，应该是欧洲人比较多吧。

我追问道，俄罗斯人多吗?

这一次，姑娘很肯定地说，俄罗斯人很少。倒是偶尔会有中国人过来看看。

进入展厅。墙上挂的照片，让我第一次看到了托洛茨基的模样。他的侧脸有一点像列宁，后来我在光盘中看到托洛茨基演说时的影像，身形也和列宁有几分相似。从资料中看，他个头不高，手势夸张有力，慷慨激昂的表情和身体语言、全身心毫无保留的投入，感染了周围倾听演说的人，场上热血沸腾。

展厅中最令人震惊的照片，是托洛茨基遭暗杀后被送往医院时的现场图片。他头缠绷带，双眼紧闭，紧抿嘴唇，毫无生机，衣服上可见大面积的鲜血染浸。看到这幅照片，几乎以为是尸体遗容。那时，托洛茨基虽已陷入深度昏迷，但一息尚存。

托洛茨基的家，在结构和面积上还可以纳入别墅范畴，但走入他日常起居的房间，内部陈设显得他十分清贫。破旧的毛毯，粗糙的日用品，菲薄的床垫，七拼八凑风格不统一的家具……几乎没有任何物件，可以和考究与奢侈沾上边。唯一给人留下深刻印象的，是书房里高达屋顶的书架，摆着密密麻麻的书籍。一个同伴指给我看，有两册书的名字是《中国革命》上下卷，日本人所写。假如书架上书籍还是依照托洛茨基生前的习惯摆放，那么这套书的位置便捷顺手，可能当年托洛茨基时常翻阅。

托洛茨基曾极为关切中国革命，曾与斯大林对中国的看法进行过坚决抗争。托洛茨基指出，民族解放斗争实质上仍是阶级斗争，批判了斯大林的阶级调和论。他主张中国共产党退出国民党，保持自己的独立性，在革命高潮时建立苏维埃，夺取统一战线的领导权，把资产阶级民主革命进行到底。托洛茨基的建议最终付诸流水，但他的分析，被历史证明正确。

在托洛茨基卧室的墙上，醒目地留有未填平的枪眼。墙漆四下崩散，如同不规则的恶眼，逼视每一个胆敢走近它的人。这是暗杀未遂的印记，在事后维修中，托洛茨基特别叮嘱，要保留弹孔，留下证据并提醒自己警惕。弹孔从子弹击碎墙壁至今，已经整整 75 年了，依然狰狞。看着弹孔时间一长，就恍惚能听到密集枪声在耳旁炸裂。我环顾四周，心想当年托洛茨基夫妇，是躲在这个墙角还是那边墙旮旯，才避过生死一劫……

托洛茨基后来一直在这密集弹痕的俯视下入睡，早上起床照常写作。我想，他半夜醒来，会不会看一眼这些如野兽牙印的弹孔，然后接着入梦？他的神经可为钢筋拧成？

从客厅门，可以直接走到院落。托洛茨基生前在这里种菜、养兔子。最引人注目的是托洛茨基墓。墓碑很高，简陋而坚固，貌似水泥砌成。墓碑上方，镌刻着苏联共产党的镰刀锤子标志，墓碑后面插着一面低垂的布面红旗。在这处泥土下面，僵卧着一个头骨破碎的老人。从这里的泥土中长出的每一株植物，叶片都充满锥心刺骨的剧痛。

回到那部电影。十月革命时期，列宁为了躲避临时政府的追捕，不能公开露面。布尔什维克的部分上层领导，如季诺维也夫、加米涅夫等等，均反对起义。斯大林则采取消极观望态度……

领导革命的担子，落在托洛茨基肩上。他奋勇当先，功勋卓著。十月革命成功后，托洛茨基出任苏维埃政府陆海军人民委员、革命军事委员会主席，当上了红军的总指挥，成为仅次于列宁的苏维埃第二号人物。当时白军负隅反抗，托洛茨基乘着火车，奔走于各个战场，组织红军作战。火车专列成了他的流动指挥所，每到一处，

进入展厅，墙上挂的照片，让我第一次看到了托洛茨基的模样。他的侧脸有一点像列宁，后来我在光盘中看到托洛茨基演说时的影像，身形也和列宁有几分相似。

托洛茨基都亲临前线，统率红军，军纪严明。他曾颁布军令，敌人只要不投降，就“头要落地，血流成河”。列宁曾对高尔基说，除了托洛茨基，谁还能给我迅速地组成一支上百万人的强大军队?

托洛茨基 1879 年出生，年轻时就因为反对沙俄统治，屡遭逮捕和流放。他学识渊博，口才极棒，尤善演说。蓬乱的头发随风飘扬，圆形眼镜和得体的衣着，令他颇具知识分子风度。他还写得一手好文章，于是成为那个时代的红色偶像。

列宁逝世前倾向于撤换斯大林的总书记职务，在给斯大林的信里，宣布断绝“同斯大林的一切私人和同志关系”。列宁有意让托洛茨基当自己的接班人。

政局云谲波诡，托洛茨基性格矜持且特立独行。列宁病重期间，他一次都未曾去探望过。素日里，也桀骜不驯。政治局开会，发言的人若讲套话而无创见，托洛茨基就会公然拿出一本法国小说，旁若无人开始阅读。凡此种种，让他在与精明老辣的斯大林的角逐中，渐处下风。1922 年 12 月，列宁病重，不能再参加政治局日常工作。斯大林与季诺维也夫、加米涅夫在政治局结成“三驾马车”，垄断了权力。列宁病危时，托洛茨基跑到南方去疗养。列宁去世，托洛茨基也没能赶回来参加列宁的葬礼。托洛茨基被排挤出苏共领导集团。

斯大林一不做二不休，1925 年年初，俄共中央全会通过《关于托洛茨基的言论的决议》，解除了托洛茨基的所有职务。他的政治命运，如冰山溃毁。1927 年，托洛茨基被开除出党。1928 年，他被流放到阿拉木图。1929 年被驱逐出境，1932 年被取消苏联国籍。作为苏维埃政权和国家的缔造者，托洛茨基终生再也没能回到苏联。

悲剧并不局限于他本人，由“托洛茨基”这个名字，在苏联广袤的土地上，在国际共产主义运动中，衍生出无数个“托派分子”，横遭厄运。

托洛茨基带着妻儿在世界四处流浪，土耳其、法国、挪威、西班牙、美国、墨西哥……都留下他一家人颠沛流离的身影。

托洛茨基被迫去国时，随身携带了 30 箱档案和书籍。虽然列宁逝世后，他遵命上交了全部有关列宁的文件的原件，但他完整地保存并带走了复印件。这批资料，成了托洛茨基的弹药库。流亡期间，他不间歇地发表文章和讲话，著书立说，以笔为枪，犀利地揭露斯大林的罪行；还创办一份小型杂志《反对派公报》。

托洛茨基的这些文字，让斯大林胆战心惊。那时苏联还没有处死政治局委员的先例，要不他绝不会让托洛茨基活着走出苏联国境。1937 年，莫斯科大审判，托洛茨基被缺席判处死刑。

1938 年 9 月，托洛茨基在巴黎成立了“世界社会主义革命党”，即第四国际。不过他得到的依然是失败。

托洛茨基只能以笔为枪，采取著书立说的方式继续战斗。这位“终身漂泊的船长”，生命最终停泊的港湾是墨西哥。

促成托洛茨基到墨西哥的关键人物，是墨国的画家里维拉。此人画风浓烈，具有强烈的表现主义风格，还是社会主义的忠诚拥戴者。在他描绘墨西哥人民美好生活的壁画里，就有列宁的形象。此君说服了当时的墨西哥政府，将托洛茨基列为贵宾。总统卡德南斯用专列，在墨西哥港口迎接托洛茨基。

1936 年，托洛茨基夫妇在墨西哥城落下脚，先是住在里维拉家——蓝屋。这段时间，应该说是托洛茨基政治流浪中难得的安稳日子。

里维拉的妻子弗里达童年时患小儿麻痹症，两条腿不一样粗细。后来雪上加霜，又遭受了一次严重车祸，身体多处重伤。她终身与轮椅为伴，虽是残疾人，但才华卓越。1939 年，32 岁的弗里达的一幅自画像被罗浮宫收藏，成为拉丁美洲画家第一人。

我参观过蓝屋，墙面上大尺度堆聚着极致色彩，带有强烈的弗里达个人魅力，产生强烈的艺术感染力。不过我私下里总觉得这风格可能和托洛茨基的品味不搭。托洛茨基挺有女人缘，革命风霜中，许多思想激进的女性崇拜他、追随他、爱慕他。托洛茨基和弗里达之间，产生了暧昧情感。我想这应该是两个人都对另一方产生了炽烈的好奇和激情。

瞠目结舌的恋情，以弗里达“非常厌倦这个老头”（弗里达原话）而告终结，带来的直接后果是托洛茨基在里维拉家住不下去了。他只得举家搬进另外的别墅，就是现在对外开放的故居，也是他最后被暗杀的地方。

托洛茨基的家庭生活，亦有诸多不幸。他的第一次婚姻是在监狱里举行的婚礼，那时托洛茨基只有 19 岁。结发妻子后来被流放到西伯利亚，死于集中营。第一次婚姻留给托洛茨基的两个女儿，随着父亲的政治失势，也命运多舛。小女儿因患肺结核孤独去世，大女儿被驱逐出苏联后，1933 年在德国自杀身亡。

姐妹俩的丈夫虽都是老革命，却均死在苏联的集中营里。

托洛茨基的第二次婚姻，给了他两个儿子。小儿子喜爱体操和杂技，后来钻研机械技术，出版有关发动机的书，当了教授。刻意地远离政治并没有让他远离危难，1932 年 1 月，苏联《真理报》刊登一则简讯《托洛茨基的儿子谢尔盖·谢多夫企图毒死工人》，他被宣布为人民的敌人，死在集中营。托洛茨基的长子，也在巴黎离奇死去。他本是阑尾发炎，在一家白俄人开的诊所做了手术。手术很成功，但第二天就开始发高烧，切口处大片淤血，又做了第二次手术。术后，死亡。

托洛茨基所有的孩子——两个儿子两个女儿，就这样不明不白地死去，托洛茨基悲痛欲绝。血腥的政治旋涡，卷走了孩子们的性命。在墨西哥这栋房子里隐居的时候，只有老妻和 8 岁的外孙。

我在托洛茨基的故居庭院中，蹑手蹑脚，生怕踩到一棵小草，牵扯到泥土下托洛茨基的伤口。托洛茨基的脚印，当年在这院子里覆盖了一层又一层。他在漫步时，脑中一定不断浮现出儿女的音容笑貌，而他们已如落叶一般消失。他可有过凄凉？想来一定有的。他可有过怀念？也一定有的。他可有过后悔？我想，没有。他是把信仰看得高于一切的人，他不但为此贡献了一生，连孩子也一并祭献出去。哀伤如此深重，他却不会萌生悔意。

托洛茨基在这所房屋内，写出了一系列重要著作。他揭露在十月革命前的 19 年中，斯大林“既不是主要人物，也够不上第二流人物”，1912 年布拉格会议之后才“从后门进入中央委员会的”，是补选进去的。托洛茨基所说符合历史真实。

说来诡异，斯大林对托洛茨基恨之入骨，但他会认真仔细地阅读一切托洛茨基发表的文章。据说斯大林有一间秘密阅览室，存放着托洛茨基的所有著作。某些时候，斯大林会把自己关在阅览室里，认真阅读托洛茨基的著作，很多页面上都留下粗粗的铅笔划痕。估计斯大林对政敌要知己知彼，掌握最新动态。另一方面，托洛茨基所迸发出的创见和思想火花，也能给理论匮乏的斯大林以参考。他把托洛茨基的思维精华剽窃来再加以改头换面地利用。

当托洛茨基开始撰写斯大林传记时，斯大林肝胆俱颤忍无可忍，决定痛下杀手。他下达指令，要尽快将托洛茨基的肉体连带那本未完成的书一并除去，斩草除根。

弗里达生前居住的“蓝屋”如今成了艺术博物馆。

阴谋之网，围绕着这森冷的别墅开始织就。血腥之气透过漫长的时间隧道扑面而来。

刺杀托洛茨基并不容易，他身边有双重保险。第一层警戒力量，来自对托洛茨基相当友善的墨西哥当局。警方加强警力，加固了托洛茨基故居的高墙，大门能抵挡除了装甲车之外的所有进攻型武器，哨楼上终日有荷枪实弹的警卫把守。第二层保卫力量，来自托洛茨基身边的追随者，类似今天的铁粉加志愿者。革命者聚拢而来，真心崇拜托洛茨基，信仰他的学说，热爱自己的精神领袖。他们明了他处境危急，决心不惜用自己的生命护卫他。

两哨人马的分工是以院落的高墙为界：寓所外的警卫工作，由墨西哥警方负责；高墙之内的安保，则由托洛茨基的粉丝完成。

想当年，谁想打开厚厚的大门进入别墅，事先必得按电铃。警卫人员会打开门上用于通话和观察的小窗，仔细盘问。如果是夜间，还要打开探照灯。确认来访者身份动机都没有安全隐患时，电控大门才缓慢开启。

然而，那至今仍留在墙上的弹孔，究竟如何而来？

1940 年 5 月 20 日，几名妓女勾肩搭背，以过生日为名，将附近的警官们灌了个烂醉。而他们正负有保卫托洛茨基寓所的重要责任。警察们怎与妓女混熟？原来是苏联克格勃拉的皮条。

零时，20 多个身手敏捷的人，分乘 4 辆汽车，带着机枪、手枪等武器开始行动。杀手们先是把烂醉的墨国警察从醉鬼变成了死鬼，大队人马再扑向托洛茨基寓所，用一张熟面孔叫开了壁垒森严的大门，再用机枪朝值班室一通猛扫。外围扫清后，杀手们直奔托洛茨基卧室。

托洛茨基每天晚上都要服用安眠药，这时和夫人尚未入睡。窗外的枪声惊动了他们，夫人爬起来一把将托洛茨基拖下床。二人缩在墙角，夫人毫不犹豫地扑到托洛茨基身上。窗上玻璃被打碎，多支冲锋枪轮番扫射卧室的每一个角落，然后又扔进来燃烧弹……托洛茨基的卧室，浓烟滚滚，如打烂的蜂巢。事后一数，杀手们一共向屋里发射了 300 多发子弹。

如此密集的弹雨之下，老夫妇能活下来，真是奇迹。究其原因，子弹从窗外射进来，窗户又高又窄，形成了射击死角。二来杀手们以为托洛茨基已入睡，瞄准的是床。如果托洛茨基留在床上，必定被打成筛子眼，断无生还可能。老夫妇匍匐在地，子弹便没能射中。杀手们的终极疏漏，是没有进入托洛茨基的卧室直接开枪。他们事先获知情报，说托洛茨基卧室里有高级防护机关。有人入内，机枪能自动开启扫射，便未敢擅入。

托洛茨基的贴身卫队全军覆没，他和妻子、小外孙并无大碍。墨西哥当局分析这起谋杀案时，不知是不是为了掩盖警察无能，居然怀疑是“第四国际”为了吸引眼球，唤起更多人的同情，包括给斯大林增添新罪名，自编自演了这出苦肉计。

杀手们逃之夭夭后，助手们闻声赶来，在卧室门边发现了一枚炸弹。炸弹何用？警察认为这是袭击者用于消灭犯罪痕迹的。但托洛茨基的判断是：他手头正在写的《斯大林评传》，将披露丰富而强有力的历史文献资料，就算刺杀得手，托洛茨基死去，只要资料依然在世，就会广为传布，斯大林的真面目必将大白于天下。袭击者除了消灭写作者的肉身，也要彻底销毁这批资料，方可安心。

弗里达绘制的《弗里达和迭戈》，现收藏于纽约现代艺术博物馆。

刺客们究竟是怎样潜入别墅的？那个叫开门的熟面孔是谁？原来他是托洛茨基的贴身保镖，名叫哈特，美国人，25 岁。事发之后，此人失踪了，一个月之后，发现了他的尸体。

墨西哥警方认为，这个年轻美国人是那伙恐怖袭击者的帮手，他以熟人身份，哄骗守卫打开了别墅大门。那怎么又死了？警方判断是杀手们认为他乃危险证人，便杀人灭口。对此结论，托洛茨基表示完全不能接受。他坚持认为哈特是宁死不从，为了保卫自己而殉职。至今在托洛茨基故居的院子里，还可以看到托洛茨基为哈特写下的纪念标志。

历史的真实已无从打捞。我觉得托洛茨基坚持说哈特是忠臣，是因为从情感上不能接受号称保卫他的内侍，反倒成了叛徒或者根本就是打进来的奸细这个残酷真相。果真如此，那真是比他遭受袭击本身更让他心寒。他情愿用温情的解释，哪怕是虚妄之言，抚慰自己也抚慰他人。

墨国总统卡德南斯亲自处理谋杀托洛茨基的案件。你想啊，托洛茨基当初是他请来的尊贵客人，不能这样不明不白地在墨西哥国土上险些被杀死。

未遂的暗杀之后，人们不知道下一次偷袭何时会来，但人人都相信它必定会来。托洛茨基在布满弹孔的卧室里早上一睁眼，就对妻子娜塔莉娅说："昨天晚上他们又没有杀死我们；你还有什么可抱怨的。"他又补充说上一句："我们是缓期执行的死囚。"

即使忧心忡忡，托洛茨基依然不减活力，斗志旺盛。他参与警察局的调查工作，出庭做证，回击无穷无尽的诽谤，对政治事件予以评论，继续辩论各种时事要政问题。

6月中旬，一拨来自美国的拥戴者拜访他。美国粉丝殷殷恳求他"进入地下"，今后出门一律化装，并允诺帮他潜入美国，保证给他找到一处安全的避难所。托洛茨基置之不理，说，我不能为保命而躲藏起来，从此偷偷摸摸工作。我必须公开面对我的仇敌与朋友，我要用赤裸的头顶承接"地狱之夜"，直到生命的最后一息。

一语成谶。他真的在不久的将来，用赤裸的头顶，承接了致命的一击。

在墨西哥当局的强烈催促下，托洛茨基做了一点勉强的让步，同意砌更高的水泥墙、建造新的瞭望塔、装修更强大的装甲门。目前我们看到的这一系列防护设施，托洛茨基有生之年并没有使用过多久，就永远地不需要它们了。

生前最后一次出去郊游，同去的朋友回忆说："他（托洛茨基）睡得比平常多得多，仿佛精力已经耗尽……我们停在一座古代大庄园旁边，它有塔搂与坚固支撑的墙。老人饶有兴趣地望着墙说：'多好的墙，可惜是中世纪的。就跟我们的监狱一样。'"

"中世纪"这个词，这段时间总出现在托洛茨基嘴边，以表达他对被封闭起来的愤慨，还有他对这个世界的悲凉看法。他感觉自己完全丧失了自由。

还有热心的朋友送了他一件防弹衣，托洛茨基表示感谢，但明显地言不由衷。之后他毫不掩饰对这劳什子的反感，随手扔到一边。他说最好是送给瞭望塔上的哨兵。

秘书组多次主张对来访者进行搜查，以防有人带入暗器，估计有点像现在机场的反恐安检措施。托洛茨基对此也表示强烈反对，说不能容忍朋友们遭受搜查。还说这根本没用，反而会产生虚假的安全感。

朋友们还反对他单独在书房接见陌生人，但托洛茨基不接受。他皱着眉头说，跟访问者谈话时，若是警卫在场，访问者的个人问题就不能畅所欲言。

做个讨人嫌的事后诸葛亮，我仔细琢磨了一下秘书组和朋友们所提措施的防护效能。

第一，防弹衣是没有用的。不可能想象托洛茨基整天穿着沉重的防弹衣阅读、写作和与人交谈。我曾在某种场合试穿过防弹衣，滞重不适，并不是想象中贴身金丝软甲的效果。更甭提70多年前的科技水准，防弹衣肯定如坚硬桎梏。短时间应个急还行，把它当作常服，以托洛茨基自由不羁的天性，绝不肯受此束缚。从最终罹难的过程看，防弹背心也没用。

第二，对来访者进行例行安全检查，以防带入危险物品造成伤害。这一条如果认真实施，大有裨益。如果没有凶器，赤手空拳地搏斗，60岁多一点的托洛茨基，应该可以勉力支撑一阵，卫士们就会冲进来救援。可惜托洛茨基拒绝了这个非常有效的防护措施。

第三，不要单独在书房接见陌生人。这一条，应该说是有效与失败的概率各占一半。最后的凶杀现场，的确是在书房，的确是单独接见外人，给凶手造成了可乘之机。但是，这个凶手不是陌生人。托洛茨基的卫队和托洛茨基本人，都认为只有陌生人才会实施杀戮，但疏忽了行凶者可能是一个熟人。这也和托洛茨基的性格有关，他不承认身边混有异己，就像他坚持认为哈特是坚贞不屈殉职的勇士而非埋伏的内奸。

包绕托洛茨基的巨网，已修补好上次的疏漏，开始致命的吞噬。

The Microcosm

美 洲 小 宇 宙

of

America

不要从小宇宙带走任何一块石头

美国最畅销的旅游杂志曾在读者中发起投票，选出 2015 年世界上最棒的小岛。谁夺了冠呢？是位于南美厄瓜多尔的加拉帕戈斯群岛。当然，你不必太把这种评比当真，要是觉着自己家门口的青葱小岛乃天下第一，当然也完全成立。所谓“最棒”“× 佳”，臀部都打着带评选者个人倾向的紫药水印。

不过这个加拉帕戈斯群岛，在世界上的确大名鼎鼎。它的名字有些拗口，像外国小说中的主人公。我碎碎念若干天，才勉强记住。下这番苦功的时刻，大约在 10 年前。2005 年，我打算乘船环球旅行，路线图中途径中南美，有机会登岛。

坐游轮走世界，大体可以分为两种方式。一种是整天待在船上，与船体肌肤相亲，长相厮守寸步不离。另一种是趁船靠港的时候急忙下船，马不停蹄地参加陆地上的观光活动。当船再次起程之时，有时会往回继续航行。更多时候，常常因景点遥远而滞留陆地，做出流连忘返状，并不乖乖回到轮上；待到从从容容逛完了，会乘飞机赶到下一个港口，和海路跋涉来的航船会合，登船再续前缘。

船上的客人也因采取不同方式游览，而分成两大流派。一派是笃定的航海家，认为离船就是背叛。他们随着船一寸寸爬过地球的蓝色一圈，不曾有半步离弃。另一派应该归入机会主义者，立场摇摆，对船的感情欠深厚，只要有机会到别处一游，就始乱终弃脱船而动，兴冲冲投奔陆上风光去也。

依我本心，肯定是投机分子无疑。实际上，我却是老老实实待在船上的日子居多，极少登陆地畅游。究其原因，概因囊中羞涩。陆地上的每一米旅程，都要用亮闪闪的银两铺就。待在船上，一张船票涵盖了所有开销，包吃包住，经济实惠。

盯视一条条美妙的陆地旅行路线，因经济窘困不得参加，肝肠寸断。劝自己随遇而安，知足吧，花十几万元人民币买了船票，已是“倾巢”而动，不要再得陇望蜀。话虽这样说，仍是很没出息地遐想不断，加拉帕戈斯群岛就是让我心驰神往的地方。当时船上的游客若参与活动，从美国纽约港下船后飞抵群岛，为期 7 天，费用约 4 万元人民币。

我在船上结识了一位台湾女士，其意气风发加入这条路线。她提着粉红色提箱，走下舷梯那一刻，扭头对我说，这是环游世界中最有趣的旅程，达尔文老头在这个群岛上创立了进化论。岛上的陆龟活了几百年，没准还见过达尔文。你为什么不参加呢？

我佯作镇定笑笑，说，祝你一路平安。

她说，我会多拍一些照片，回来与你分享。

粉红女士归来后，略带显摆地展示行程见闻。我第一次近距离看到如铁丝般坚硬曲折的加岛海岸线，看到母海豹生下小海豹后吃掉胎盘，看到瞬忽而过的达尔文地雀如闪电般快捷，看到海鬣蜥如化石般僵卧无声无息……

The Microcosm 美洲小宇宙 of America

美国最畅销的旅游杂志曾在读者中发起投票，选出 2015 年世界上最棒的小岛。谁夺了冠呢？是位于南美厄瓜多尔的加拉帕戈斯群岛。

于是，我决定这一生中，积攒盘缠，不远万里，一定去加拉帕戈斯群岛看看。

谈何容易！加拉帕戈斯群岛坐落在东太平洋中，距最近的南美洲海岸线约1000公里。它还有个别名叫科隆群岛，包括13个大岛和若干小岛。此君入选“世界最美岛屿”榜单，很容易给人错觉，以为它风光旖旎美若仙境，浪漫而精致。真实情况完全不同，它属古老蛮荒流派。可以把它定义为美，那也是另类之美，超出常态。比如一般优美海岛俯拾皆是的松软海滩，在它那儿，想都不要想。此岛的前世就是火山熔岩凝固，至今边缘还保持着尖锐锋利的芒刺。有些岸礁，干脆赤裸裸地定位于熔岩流淌时的模样，仿佛能听到惊天动地的海水沸腾之声。岛上植被也大多破烂不堪，时断时续，乏善可陈。很多地方干脆像月球表面一样干燥荒凉，寸草不生。即便偶有草木茂盛之处，也毫无章法，完全颠覆城市里修剪精美的花坛和端庄灌木丛的人工审美观。

临出发到加拉帕戈斯群岛前晚，和中国驻厄瓜多尔大使聊天。大使说明天你们乘坐1小时的飞机就可抵达目的地。这让我心生疑惑，行程表上说这段航程需4小时。想想也不解，1000多公里的路途，为何如此周折？大使公务繁忙，也不便就这等细节向他打探不休。自找一理由，大使是坐战斗机去的，而我们将乘坐小飞机，故耗时不同。

第二天3点启程，起一大早。虽是盛夏，因厄瓜多尔首都基多地处高原，黎明前正是黑暗森冷之时，寒意逼人。到机场要开车近1小时，当地司机将音响放到最大音量，估计也在驱赶自己的睡魔。我断定听这种音乐，瞌睡虫肯定吓跑了，但驾驶员五脏晃动恐易将车翻进山壑。在寒冷和噪声双重袭扰下，平安到达机场。飞往加拉帕戈斯的客人们受到礼遇，被编入指定区域单独成队，并须购买特别通行证，每张10美元。行李开箱验查，并贴以特质封签。这种先声夺人的待遇，让人顿生殊荣之感。好像即将进入的不是观光胜地，而是特定战区。临上飞机，我扫一眼，这飞机也不算小啊，怎会如此之慢！飞起来才晓得，并不是直飞加拉帕戈斯，而是先绕行至几百公里之外的瓜亚基尔，在机场停留1小时，再次起程才飞往加岛。

我们去厄瓜多尔时还需签证，自2016年起，厄国对中国客人实行免签，估计将来去加拉帕戈斯群岛的客人不少。给后来者提供小小参考意见，尽量乘坐基多飞往加拉帕戈斯的直航，避免造成时间和能源上的浪费。再则基多每天

此岛的前世就是火山熔岩凝固，至今边缘还保持着尖锐锋利的芒刺。有些岸礁，干脆赤裸裸地定位于熔岩流淌时的模样。岛上植被也大多破烂不堪，时断时续，乏善可陈。

有多次航班赴岛，如果不是旅行社为了省盘缠或头脑进水，不必非选择早上3点钟让客人听半夜鸡叫的这一航班。它所带来的倦怠，绵延数日，影响观岛。

终于临近加岛了，一位身材高大的咖啡色肤色空少，从机舱尾部走来，大鹏展翼般噼噼啪啪不由分说将所有行李舱盖次第打开。手提箱、塑料袋、纸盒子……行李舱肚子里的货色花花绿绿大暴露。靠近过道的客人，惊恐地侧身避让，害怕此刻若有颠簸，杂物坠下砸个满脸花。我不幸属于此类座位，遂做缩颈抱头状。疑惑中，眼大如炬的空姐随即赶来，尾随空少，手持喷雾器，对着行李舱一通狂喷。霎时青白烟气缭绕上升，怪异味道弥漫机舱。陡地明白，凡是上岛的物件，原则上都要彻底消毒，以免外来物种侵入加岛。

我估摸此程序应是空乘轻柔打开行李舱盖，喷洒消毒液，然后关舱，待这组行李舱安顿妥帖后，再继续下一组的消毒过程。现人为拆分为两道工序，让所有行李暴露在外，再统一消毒，快则快矣，但对乘客的人身安全较有威胁。不知是程序设计上的疏忽，还是空乘们为图一己方便的自我发挥。总之在那几分钟，胆战心惊，怕万里迢迢还没看到逍遥自在的动物，自己先来个满脸花。

好在有惊无险，安然完成。我以自己的医疗知识私下研判：这种外围喷洒消毒液的措施，因无穿透性，对旅行箱内的物品，效果很可疑。它的主要功能是象征性地威慑，先声夺人。

终于，到了。蔚蓝色的海域上出现藏黑色礁岩，连成一片。飞机一点点扑向加拉帕戈斯，人便有了大鹏俯冲式的欢愉。

在海关排队，填写表格，外籍旅人每人缴纳100美元的环保费，厄瓜多尔居民只要缴纳6美元。除此以外，还有热烈的欢迎仪式、开包和搜身检查……大家都心平气和毫无怨言地承受一系列非常措施，用行动对动物表示尊敬。

放眼四周，加岛飞机场并不是设在人最多地域最大的岛上，而是一个人烟稀少的荒凉小岛。为了保持原始生态，群岛上不修建跨岛公路，也不打隧道。出入机场都要穿上救生背心，挤坐渡轮。乍一想这多麻烦啊，又一想，才发觉很有道理。到稀罕地方去，就是要让你多费周折。来去太方便，便不珍惜。再者来的人太多，也会对动物们打扰得更频繁。在荒岛上征地，当然比在人烟稠密处要方便划算。无论从环保还是经济的角度看，都为上策。渡轮往返不息，也给当地人创造就业机会。

出机场，见到接站的当地导游。中年汉子，身材不算高大，但体魄颇为健硕，面皮褐色中带黧黑，自报姓名和一位西班牙球星相同，我私下里称他为球王。从此球王成为我们不可须臾离开的伙伴。他最显著的特点是眼睛，锥子一样锋利，带着看厌了风景、洞穿了人世的漠然。

总觉得他从事导游有点屈才，应该去当海盗。球王的下肢呈弧形弯曲，有相当明显的内八字，两膝不能靠拢。简言之，就是人们所说的罗圈腿。以我的医学知识分析，造成这种状况的原因，除了先天畸形，就是站姿及走姿不正确，再不然就是维生素 D 缺乏，在幼年时患过佝偻病。

如果他一直在加拉帕戈斯群岛生活，此处日照强烈鱼虾遍地，再贫苦的人，也不会缺乏鱼肝中富含的 D 族维生素，且不用说日晒后人们还可以自行合成这种维生素……所以，球王应该不是这里的土著居民。

球王的胳膊上文有一条怪异的蓝色鱼，颀长蜿蜒，盘踞半条小臂。后来他告诉我这是一条龙。作为龙的故乡来人，我对他的臂龙形象实在不敢恭维。不过，这证明他热爱海洋生物，并心存出人头地的抱负。他的 O 形腿，可能是长期站立船头或多年从事足球运动，两腿向内弯曲所致。渔民为了抵抗风浪摇晃，两腿分开，类乎马步，以保持躯体的低重心。球王项上垂挂硕大银链，下缀一枚巨大齿状装饰物，成分难辨银光闪闪。这套物件加在一起，分量不轻，故推断他基本不读书。读书必得俯仰颈项，这劳什子会让人得颈椎病。你看哪个知识分子脖子上，敢披挂重饰连续工作?

他手上并无婚戒，穿略显邋遢的牛仔裤，鞋子也扑满加岛特有的灰黑色风尘。我估摸他没有家庭，如果有正式家室，出来接待外国旅行团，怎么也得穿戴得讲究些。不过，这并不意味着独身。

其后几天交谈中，我出于作家加心理学家的小嗜好，逐一印证自己的判断。这近似打探他人隐私，实在不好意思。好在球王豪爽，并不拒绝。

您是这儿的土著居民吗？我问。

不是。球王很干脆地回答。可能是怕我因此瞧不起他的专业讲解，马上补充道，你在这个岛上看到的都是外来人，原本的居民只有 12 家。

多年在外旅行，我对当地导游的解说，抱持既不全信也不全都不信的开放态度。想来偌大一个岛子，只有区区 12 户人，即使在达尔文时期，也不确实。

我说，这是多会儿的事情？

球王眯起眼睛说，60 年前。

我说，您上这个岛子多少年了？

他说，20 年。岛上的人越来越多，房子也越盖越多，这会影响野生动物的生活。比如原来岛上没有猫和狗，人们上岛，带来了他们的宠物。外来生物会偷吃象龟的蛋，猫和狗成了象龟的天敌。加拉帕戈斯之所以能保存这么多动物，是因为岛上没有大型凶猛动物，小动物互不干扰和平相处。可是，人们上岛，改变了这一切，悲剧开始了。

我相信球王虽然不是加岛土著，但出于对职业生涯远景的担忧，他对加岛的热爱一点都不逊色。我说，您一直当导游吗？

他说，是的。我没有家，每个月都会接几个旅行团的工作，这让我很自由。

球王领着我们在岛上探险。我惴惴地想，当年达尔文看到过的生物可还安然无恙？曾给他以巨大启示的动物们，可还保留着当年的秉性？

我们的导游球王对加拉帕戈斯群岛独特的物产十分自豪。他告诉我们，岛上的生物都很奇特，离了加拉帕戈斯，你就再也看不到它们。连随处可见的仙人掌，都与众不同。

此刻是2015年8月中旬，距离达尔文登岛，过去了整整180年。节令倒是差不多，达尔文登岛的确切时间是1835年9月15日，我们比达尔文到的季节早了近一个月，加之全球变暖，似乎更热。

对此岛第一眼观感，曾让年轻的达尔文深受恶性刺激。他在日记中写道："没有什么比它给我的第一印象更糟糕了……正午火辣辣的阳光烘烤着干枯燥热的地表。空气闷热难当，如在火炉中。我们甚至觉得连灌木也散发着难闻的气味。"岛屿表面崎岖不平，布满黑色熔岩，群山高低起伏，峡谷深不可测。几株矮小的光秃秃的灌木是岛上唯一生命的象征。"贝格尔"号的船长罗伯特·菲茨罗伊干脆绝望地长叹——这座闷热、荒凉的岛屿与地狱相比，毫不逊色。

180年的时光，并没有让这里有大的改变，这是件好事情。岛上的自然风貌还是那样荒凉可怖，空气中依然弥漫着令人憎恶的气味。弱弱反驳一下达尔文，这种恶味并不是灌木丛本身制造的，而是随意歇卧懒散成性的海豹的体味。

各位注意啦，岛上的生物都很奇特，离了加拉帕戈斯，你就再也看不到它们。连随处可见的仙人掌，都与众不同。球王挥着带有蓝色印青的胳膊，略带炫耀语气边走边介绍，好像这岛上的生灵都是他一手栽培出来的。

仙人掌是大名，这植物还有很多小名，比如观音掌、霸王掌、火掌等等。火掌这名字的来源，一定是早年间某人和仙人掌亲密接触，不小心握了个手，被它的叶子"烫"了一下，如火焰燎过般疼。教科书上通常说仙人掌是丛生肉质灌木，可加拉帕戈斯岛上的仙人掌起义造了反，变成了身高十几米的乔木。不过粗略瞅瞅，除粗壮高大外，也未见显著异常。球王见我不得要领，提示我，请你注意仙人掌的根部。

细一端详，果然瞅出了异样。仙人掌靠近地面部分光秃秃的，主干裸露，无任何枝杈叶脉。到了约一人高之上，才改邪归正，生出饱满多汁的叶掌，恢复了寻常状态。

你知道仙人掌的底部为什么是光杆？球王问我。

我老老实实回答，不知道。

这正是球王期待的答案。若是观光客无所不知，那可真扫兴。球王很高兴地说，哈！叶子被象龟吃掉了。

再看仙人掌树干十分光滑，没有伤疤也没有枝条曾经生长过的痕迹，我说，仙人掌自我修复的功能很好哦!

球王说，我说的是最早的仙人掌，是这棵仙人掌的爷爷的爷爷的爷爷……象龟总是吃它们低处的茎叶，仙人掌没办法，只有往高里长，这就是你们在加拉帕戈斯会看到巨人仙人掌的原因。它们的矮处不长叶子，让象龟吃无可吃。这就是达尔文所说的适者生存。

头一次听人把适者生存解释得如此直白，转念又替象龟担心。若是仙人掌都争先恐后如红松般笔直魁伟，低处又洁身自好寸草不生，象龟岂不饿死?

球王看穿了我的心思，眯缝着眼说，你不用替象龟担心，它们有别的食谱，比如水果草叶什么的。

我暗想象龟怎么跟绵羊似的? 又问，像巨人仙人掌此类异乎寻常的生物，岛上有多少种?

球王坚持认为达尔文沾了加拉帕戈斯的光，他执拗地说，没有达尔文，加拉帕戈斯这个小宇宙依然存在，但如果没有了加拉帕戈斯，达尔文算什么呢?!

球王故意淡淡地说，400 多种吧。

这远离大陆的怪诞离奇之地！当年的青年达尔文，被这里独有的奇特生物吸引，在岛上一个多月的时间，争分夺秒地考察研究，不辞劳苦跋山涉水，竭尽所能收集兽类、鸟类、鱼类、贝类、昆虫以及植物的标本。

他意识到——加拉帕戈斯群岛上的特有动植物，与南美洲发现的动植物有相似之处，但又有细微却非常重要的差异，这将加拉帕戈斯群岛的物种与其他任何地方的物种区别开来。达尔文认识到，加拉帕戈斯群岛上的生物群落本身就是“一个小世界”，这里是遗世而立的小宇宙。

宇宙是什么？这个词谁都会说，深究起来，却不一定都能说清。中国最早阐述“宇宙”为何物者，是一个名叫文子的人，他是老子的学生。他所著的《文子》一书中说：“往古来今谓之宙，四方上下谓之宇。”

诸子百家之一的尸佼在《尸子》中更进一步阐释道，“天地四方曰宇，往古来今曰宙”，给了“宇宙”以精准、确切而简明的概念。宇代表了整个空间，宙代表整个时间。它俩合起来，囊括了具有时空属性的运动着的客观世界。

宇宙究竟来自哪里？

现代宇宙学的先驱者霍金认为，宇宙创造过程中，“上帝”没有位置。没有必要借助“上帝”来为宇宙按下启动键。“宇宙可以是自足的，并由科学定律所完全确定。”

按照这个定义，加拉帕戈斯群岛上的无数奇异动植物，都是自己天然进化出来的，的确没有上帝的坐榻。

球王引导我们去看太平洋永不停歇的波涛。

太平洋是地球上面积最大的海域，别看名叫“太平”，实则风高浪急很不太平。它海域辽阔洋流复杂，据说是世界上最晚被人类征服的大洋。在 1000 多年前，人类依靠最初掌握的航海技术，以海岛为跳板，曾抵达了夏威夷群岛、新西兰岛以及遥远的复活节岛……因为风向和洋流关系，人们没有到达加拉帕戈斯这个角落。离这儿不太远的美洲大陆原住民，没掌握高超的航海技术，对这里鞭长莫及。历史一不留神，对此地来了个双重遗漏。加拉帕戈斯群岛孤悬在这块空白海域内，隔绝了人类的侵袭，岛上独特的生物颐养天年。在地球的其他地方，人类的活动，像九齿钉耙将大地反复梳理，进化早已了无踪迹。

加拉帕戈斯群岛，与大陆的距离很微妙。不算太远，能够让鬣蜥和乌龟等体形较大的爬行类动物，以树干为天然之舟随波逐流来到岛上。又不算太近，足以阻挡早期地球人的蹒跚脚步。它也如一只筛，把一些物种阻挡在海水那一侧，只让不太多的幸运儿能够成行。它恰到好处地彰显了进化的节奏，既丰富又不太繁杂，不会让你在物种迷宫中不得要领。

达尔文把标本带回英国后，通过对群岛物种与南美大陆物种的相似性与差异性的分析，最终诞生了“进化论”的伟大构想。

达尔文写道：“人们必然对显现在这些荒芜的岩石小岛上的创造力（如果能用这个词的话）之伟大，深感惊讶。尤有甚者，此种创造力在如此靠近的小岛上竟能使类似的生物发生差异，实在惊人。”

地球上无以计数的生物究竟是如何进化的？是谁长了双无与伦比的巨手，缔造了如此丰富而浩大的生物种群？证据在哪里？

达尔文继续迈出孤独脚步，披荆斩棘向前走去，最终得出了振聋发聩的推论——地球上所有的生物，都有一个共同的祖先。

进化论现在尽人皆知，但在达尔文之前，可没有人挑战过森严万能的上帝。在《物种起源》里，达尔文充满激情地说："生命以此观之，何其壮哉！最初生命的几丝力量被吹入了几种（或一种）生命形态之中；同时这颗行星依照固定的万有引力定律运转不停，从这样一个简单的开端，演化出了无穷无尽的、最美丽和最奇异的生命形式，并且这一演化过程仍在继续。"

这需要钢铁般的证据。但是，在地球的其他地方，你找不到完整的证据链。就算穷乡僻壤人迹罕至之处，还能搜寻到零星的进化遗洒下的蛛丝马迹，但整体的脉络已然灭失。成千上万的植物学家、动物学家、生物学家，历经几个世纪，苦心寻觅却无力构建新的生物进化体系，至多不过捡起几个零落的证据指环。

加拉帕戈斯群岛给了达尔文见闻、勇气、力量和铁证，让他举重若轻地把上帝从进化的沙发上请走，让岛上诸多生灵所代表的大自然进化之伟力，庄严落座。

在加拉帕戈斯群岛的主岛之一——圣克里斯托瓦尔岛的主干道尽头，竖立着达尔文的塑像。他眼中闪动睿智光芒，虬髯蓬乱，符合人们心目中与上帝分道扬镳的斗士模样。我略有微词，觉得它不很贴切，起码不是当年登临加拉帕戈斯群岛时的达尔文形象。那时的达尔文只有 26 岁，鲜衣怒马，眼中应该是好奇和探究的神色，而不是这般成竹在胸。但达尔文有很严重的晕动症。一般人也会晕船，不过随着航程累积，人的内耳平衡机能会渐渐锻炼得皮实起来，就不那么敏感了。除了滔天巨浪，基本上不再晕船了。有 1% 的人，却是无论怎样努力适应，还是持之以恒地晕船。达尔文不幸属于这 1% 的另类，饱受长期晕船的折磨，身形憔悴不堪。

球王指点着雕像说，达尔文沾了加拉帕戈斯的光。

我说，应该感谢达尔文啊。他在这个岛上发现了进化论的证据，从此让此岛名扬天下。

距离很近，我清楚看到球王脸上不屑的神色。他鼻子里哼了一声，说，达尔文？他，不过是描述。进化，原本就在那里存在着。他，不过是把它，说出来。

我觉得球王对达尔文不公，达尔文不仅仅是描述，而是发现。如果单是描述，加拉帕戈斯群岛上的原住民，应该更有发言权。只有描述是不够的，是达尔文提纲挈领的创见，才让加拉帕戈斯群岛声震遐迩卓尔不群。

世界上的所有表达，大体可以分为两类。一种是描述已经发生的事情，一种是预见将要发生的事情。达尔文天才地把这两者融会贯通。我争执般地对球王说，没有达尔文，就没有加拉帕戈斯的今天。

球王是那种内心有着坚定主见，表面也桀骜不驯的人。他执拗地说，没有达尔文，加拉帕戈斯这个小宇宙依然存在。但如果没有了加拉帕戈斯，达尔文算什么呢？！

我不得不服了球王。想想也是，宇宙是伟大的存在，发现它是你的幸运。不管怎么说，加拉帕戈斯等来了智慧而勇敢的达尔文，达尔文从加拉帕戈斯汲取了无穷灵感。

加拉帕戈斯群岛被联合国教科文组织列入《世界遗产名录》已经将近 40 年了。世界各地的观光客蜂拥而至。我们所居住的地方，为群岛第二大岛，酒店咖啡厅鳞次栉比，纪念品商店随处可见。傍晚时分，饮食一条街点火开张，烈火烹油，灯红酒绿。烧烤的油雾将四处映衬得影影绰绰，像中国南方亚热带不眠不休的小镇。

蓝脚鲣鸟，加拉帕戈斯群岛最早的“原住民”之一。亮蓝色的脚是繁殖选择的结果：雄性的脚越蓝，就越吸引雌性。雄鸟求偶时会拼命展示自己的蓝脚，以求获得交配权。

The Microcosm of America

美洲小宇宙

环境保护局是岛上的最高领导。虽然岛上漫山遍野到处都是火山岩，可走的时候，一块也不能带。机场有严格的检查，带走小宇宙的任何一块石头，都会受到严厉的惩罚。

球王愤然道，谁才是这岛上的“原始居民”？陆龟、海鬣蜥、陆蜥蜴还是蓝脚鲣鸟？它们千百万年在相对封闭的环境中，繁衍发展成今天这个样子。可是现在你看看，岛上太喧闹了。发生过燃料泄漏的事故，还有人偷猎陆龟和珍稀鱼类煮着吃。人们无意中带上岛的老鼠、火蚁等，破坏了加拉帕戈斯原始的封闭状态……他眨眨稀疏的睫毛，眼神忧郁地看着远方，好像那里矗立着加拉帕戈斯不容乐观的未来。

我问，岛上是哪个机构在领导？

球王双手一摊道，厄瓜多尔政府离这儿1000多公里，岛上的人更觉得自己像是在自治。

我说，自治也要有个头领啊。

他说，那就是环境保护局吧。它是这里的最高领导，凡是有利于环保的事，它就支持；要是不利于环保，它就会严厉处罚。

去过世界上很多地方，环境保护局成为最高领导机构的地方，似乎只有此处。希望它的权力至高无上，以保护这一方秘境里的所有生灵。

夜已经很深了，球王说，过几天你们就要走了，记住，虽然岛上漫山遍野到处都是火山岩，可走的时候，一块也不能带。机场有严格的检查，你带走小宇宙的任何一块石头，都会受到严厉惩罚。

我问球王，岛上的人一定比较富裕吧？

球王苦笑了一下，说，酒很贵。可乐大约是大陆上的两倍价钱。

我私下估计球王一定是嗜酒和饮料的人，不然万千商品中，为何独独举出这两件说事呢！凡特别喜好杯中物的人，按照弗洛伊德老人家的学说，多是婴幼儿口唇期未曾得到完全满足，也许球王小时留有诸多遗憾。我无意深究，只是说，那您今后一直做导游吗？

不，我会攒钱买一条船，我要做船长。把我的船注册在巴拿马……球王看着暗黑的远处，夜风吹拂起他蓬乱的头发。

一条船，大约要多少花费呢？我问。

一般的船，要15万美元。要是好点的，要30万美元。球王说完，有轻微的叹息。

我虽不辨东西，但可以肯定他目光注视之处，便是巴拿马方向。我说，祝

我问球王，今后会一直做导游吗？他说，不，他会攒钱买一条船，他要做船长……球王看着暗黑的远处，夜风吹拂起他蓬乱的头发。我虽不辨东西，但可以肯定他目光注视之处，便是巴拿马方向。

福您早日拥有自己的船！谢谢您的提醒，我离开加拉帕戈斯的时候，不会带走任何一块石头。

球王到机场为我们送行，一一与我们握别。我家老芦突然对球王做手势。他半屈着两肘，掌心微微摊开，手指拢着向自己的躯干部分招个不停。球王上前一步，便和老芦热烈拥抱，难舍难分。

我一时惊诧，不知老芦这是来的哪一出。待到两男子分开，我们也要走进安检台了，难得动感情的球王向我们不停挥手。老芦附在我耳边悄声说，我见中南美的人做这个手势，意思是我想和你拥抱告别。我挺感谢球王的，就试着邀请他，没想到他这么热情。我相信，他真的曾经是个球星。

The Microcosm

美洲小宇宙

of

America

请赐我海鬣蜥般的耐性

海鬣蜥的名字中，有一个笔画繁复的“鬣”字，本意是指马、狮子等颈上的长毛。海鬣蜥的颈项上有耸起的肉扇，并不是毛。不知最初的命名者为何将肉也归入了“毛”的范畴，皮毛一体，故此得名。

从加拉帕戈斯群岛归来，大家谈起，给你留下最深印象的动物是什么？同去的伙伴们有的说是达尔文雀，达尔文就是受这种小鸟的喙启发，创立了震惊世界的进化论。有人说是巨大的陆龟，加拉帕戈斯岛的名字就来源于它。有人说是小企鹅，因为除此地外，你哪里去找生活在热带的企鹅啊……而我想说是鬣蜥。再说具体点就是海鬣蜥和陆鬣蜥。你可能要问，这两种鬣蜥有什么区别？别着急，且听我慢慢道来。

首先，我要向海鬣蜥道个歉。至于陆鬣蜥，不在我道歉的范围之内，因为我没说过它的坏话。

我曾对加拉帕戈斯群岛上的海鬣蜥大为不敬。记得早年间看过一个关于这个群岛的纪录片，第一次见到海鬣蜥的尊容。上苍啊！登时把我吓坏，脊梁骨直个劲朝沙发背后软垫里挤，力求离电视中的这个怪胎远一点。天下竟有如此令人作呕的生物，往最好里形容，也如一堆烧焦的烤炭。它漆黑一团，皱缩粗粝，目光呆滞，面容可憎可怖。最吓人的是它尸体般僵硬，仿佛死去千年屹立不倒的妖魅。

我战战兢兢对一旁的老芦说，这动物实在太难看了。

从加拉帕戈斯群岛归来，大家谈起，给你留下最深印象的动物是什么？同去的伙伴们有的说是达尔文雀，有人说是巨大的陆龟，有人说是小企鹅……而我想说是鬣蜥。

老芦答，这不是你一个人的看法，据说海鬣蜥当选过世界上最丑陋的动物之冠。

我想强调的是，海鬣蜥不仅容貌瘆人，而且几乎让所有人滋生出惊恐不祥之感。它们当然毫不自知，若无其事地在礁石上晒太阳。记得我补充了一句——海鬣蜥应该羞愧难当地自杀。

当我在加拉帕戈斯群岛上亲眼看到无数海鬣蜥安静地晒着太阳，我为曾经的冒犯之语深深懊悔。它们虽然相貌上和人类相距甚远，但也有鼻子眼睛嘴巴，只是与我们的形状比例不同。它们背部的黑色细鳞，反射出塑料梳齿般的细碎光亮，尾部黑色的环状条纹如特意编织的围巾波纹闪动。海鬣蜥的眼珠不会看着你，但从侧面望过去，双眸明亮澄清，饱满如星，并无丝毫暴戾之气。它们的皮肤绷得很紧，大而下垂的喉扇凝然不动。

The Microcosm of America

美洲小宇宙

一条海鬣蜥突然昂头，我以为它发现了什么敌情，却不料它倾全力，强劲地打了个喷嚏。一股白色的浑浊液体，从它头部猛地飙射空中。此时海鬣蜥的身体还维持着僵卧不动的姿势，飞到空中的液体并不曾远去，就像澳洲土著的“飞去来”箭矢一般，在空中兜了一小段距离，就又噼啪落回了海鬣蜥头顶。加拉帕戈斯的太阳着实厉害，顷刻就把海鬣蜥喷出的水柱蒸发。水一旦没了，剩下的就是盐。盐粒结成了坚实的盐壳，盖在海鬣蜥的脑瓜顶，于是它就更显粗鄙丑陋了，如同戴着一顶污浊的小白帽。

球王说，在海鬣蜥的鼻孔与眼睛之间，有一个盐腺，把海鬣蜥进食海藻时带进体内的盐分贮存起来。喷盐的过程虽然看起来毫无美感，但它借这个法术，把多余的盐分排出来，是它赖以活命的本领。

佩服！

球王又指着一条海鬣蜥说，它是雄性。

球王总是很尽心地介绍动物的性别，既是工作需要，或许也和他长期单身有关。

球王接着说，在它的颚骨下面，耷拉着一大块皮肤，叫作喉扇，雌性没有这个特征。当雄海鬣蜥觉得受到威胁时，会把这块皮肤膨胀起来，使它的体形看起来更大更有力，以便把敌人吓跑。可惜现在不是海鬣蜥交配的季节，喉扇暗淡发黑。若是到了求偶时间，雄性海鬣蜥会变得很鲜艳，身上会长出红色斑点……

我暗自琢磨，届时长满红斑点的雄海鬣蜥，估计不是变得好看而是更难看了吧？但我们不是海鬣蜥，或许在雌海鬣蜥眼里，黑底红点的海鬣蜥便是又帅又酷的白马王子。

我发问，海鬣蜥是从哪里来的呢？

球王说，关于海鬣蜥的来历，科学家们一直吵个不休。有人说它们是来自地狱的小鬼。有一帮科学家认为，海鬣蜥是由陆鬣蜥进化来的。陆鬣蜥跌落入海，为了在海里能生存，它们学会了游泳。尾巴也变长了，在水里既能有力地当桨提供游泳的动力，又是随心所欲的尾舵。你别看海鬣蜥在岸上显得傻乎乎，一旦入了水，就异常灵活。它们的爪子非常锋利，末端呈钩状，能在暗流猖獗的海底，稳稳当当地爬来爬去，寻觅食物。加拉帕戈斯特有的大浪涌来时，海鬣蜥能牢牢地抓住岸边的岩石，让浪头不能卷走它们。

我觉得球王所提供的海鬣蜥来历之说法，并不清晰。关于它们是由陆鬣蜥变来的，从语气判断，球王似乎也并不赞同。

海鬣蜥的眼珠不会看着你，但从侧面望过去，双眸明亮澄清，饱满如星，并无丝毫暴戾之气。它们的皮肤绷得很紧，大而下垂的喉扇凝然不动。

雄性海鬣蜥的颚骨下面，耷拉着一大块皮肤，叫作喉扇，雌性没有这个特征。当雄海鬣蜥觉得受到威胁时，会把这块皮肤膨胀起来，使它的体形看起来更大更有力，以便把敌人吓跑。

我便追问，来历，还有什么说法?

球王说，有人认为海鬣蜥源自已灭绝的海中爬行动物。

我很想知道球王本人的观点，有点不厚道地穷追猛打，问，您呢? 倾向于哪一种观点?

球王说，我更愿意相信最后这种观点。比如海鬣蜥能喷盐，陆鬣蜥可没有这个本事，它如何能从无到有地进化出这样复杂精密的结构和功能呢?

我觉得这个反问句很有力量，立刻被说服，拥戴球王的说法。

球王说，海鬣蜥除了自己奇丑的外表和一块会膨大的皮肤之外，再无任何自卫能力。它看起来凶神恶煞，却是严格的素食主义者，只吃海里的浮游藻类和水草。如果把生物链比作一根真正的珠链，那海鬣蜥的位置，几乎要算在项链锁扣的起始部，属最低档次，披挂时，只配藏在后背处。任何一种食肉动物，都可以猎杀海鬣蜥。海鬣蜥更有一个致命的弱点，就是它要不断地“烤火”。它是冷血动物，没衣服可穿，体温调节只有依靠遥不可及的太阳。

海滩上，黑色火山岩搭起的狰狞礁石滩，是海鬣蜥们的聚会广场。它们成群结伙地蹲坐在那里，仰头闭眼仿佛木乃伊。它们消极安静，等待着太阳把自己周身的冰冷血液渐渐烘热。海鬣蜥木讷的表象之下，是它在内里精确感知自己的血液温度。晒太阳相当于海鬣蜥给自己充电，可惜太阳这个大暖器不能遥控，你不能让太阳降降温或是离得近点。暴晒过度，海鬣蜥会中暑死亡。晒得差不多了，海鬣蜥就会一个猛子扎入海水，迅速下潜，深度可达 15 米。此去主业是觅食，副业是控制体温勿过高。匆忙寻几口海底藻类果腹，一旦体温渐渐消散，海鬣蜥立刻就得起程往回游，再次上岸晒太阳暖身。

看到这里，你不觉得咱们是恒温动物，乃多么大的福分？！假如我们也要靠太阳维持体温，那么，所有的职员每天都要在现代化的大楼里出出进进，频繁地到空场上晒太阳。阴天或是太阳一下山，谁也不能加班干活了，赶紧回家躲被窝里，省得命丧黄泉。要是恰好碰上连阴寡照，加上深沉雾霾，太阳躲起来不露面，人们甚至会冷血致死。

海鬣蜥的生命节奏，就在这种烤热了降温、冷下来就赶紧上岸接着烤的循环往复中，日复一日，甚是辛劳。在晒不死又冻不着的有限间隙内，为自己寻找粮草和配偶。夜里，海鬣蜥们抱团取暖，紧密团结起来，一个挨一个，挤成一大片，以保证自己熬过长夜。没有冻僵，就能挨到看见朝阳。

按说海鬣蜥的生存状况这么艰难，理应子嗣零落才是。不然。漫步海岛，目光所及之处，均可见海鬣蜥身影，海鬣蜥在恶劣环境下讨生活，已颇有心得，应对得当，生生不息。

海鬣蜥虽说“海”字当头，其实它的婚房产房都在陆地。海鬣蜥的交配季节是每年 12 月到来年 3 月，产卵季节是 1 月到 4 月。届时温和的雌性海鬣蜥，会为抢夺合适的产卵地，性情大变大打出手。为了繁殖后代，雌海鬣蜥先要在坚硬的礁岩中掏出一个地坑，在坑里产下 2 到 3 枚卵，卵要经过 4 个月才能孵化出小海鬣蜥。这么漫长的时间，都要在海滩巢穴中度过，那么，这个育儿室就要安全可靠。加拉帕戈斯群岛主要由火山岩组成，坚硬程度可想而知，挖个育儿坑谈何容易！雌海鬣蜥锲而不舍，比愚公的家里人还顽强，每天挖石不止，要把结构凌

The Microcosm of America
美洲小宇宙

黑色火山岩搭起的狰狞礁石滩，是海鬣蜥们的聚会广场。它们成群结伙地蹲坐在那里，等待着太阳把自己周身的冰冷血液渐渐烘热。

乱犬牙交错的暗礁修成安乐窝。海鬣蜥个头挺大，能够长到 1.5 米。就算雌海鬣蜥相对苗条点，要想住得安稳，这洞穴产室也不能太小，起码要挖几十厘米深。可叹海鬣蜥毕竟不是土木建筑专业的工程师，挖礁石破坏了火山岩的结构，又无他物借以支撑，巢穴很容易塌方。一旦出现此情况，后果相当严重。海鬣蜥妈妈和刚出生的宝宝，都成了一揽子牺牲品。雌海鬣蜥们经常为了抢夺一处上好的巢穴，殊死一搏。

海鬣蜥是有天敌的。海狮、海鹰、鲨鱼等动物都不曾被海鬣蜥的表面威风吓住，照样津津有味地拿海鬣蜥当点心充饥。

海鬣蜥有时会自杀。球王望着白浪滚滚的太平洋，若有所思地说。

细讲讲海鬣蜥如何自杀呢？我半带调侃地问。

我认为自杀是高等动物特有的一种行为方式，甚至是一种本领。不是所有自酿的死亡都可以叫自杀，有的不过是愚蠢与巧合。我对海鬣蜥会自杀的说法深表怀疑。

海鬣蜥赖以为生的海藻，只能在低温海水中生长。1997 年这里出现了据说是 20 世纪以来最严重的厄尔尼诺现象。海水升温，半数以上的海鬣蜥由于缺少食物而死亡。当海鬣蜥有意识地不再返回海面礁石的时候，就是它自杀了。球王说。

我出于礼貌附和着说，海鬣蜥命运多舛。心里想的却是，海鬣蜥这种死法，真的不能算自杀。它们没有按时上岸，是因为食物匮乏，肚子没吃饱可能忘了准时返航。说到底这还是天灾人祸，和有意识地主动结束生命，本不相干。

球王说，海鬣蜥还有几个绝招，让我们人类甘拜下风。

说了半天，海鬣蜥多半是悲情人物，我很想知道它们的过人之处。

球王说，海鬣蜥能自动调节心率。当它下潜时，心率就会减慢，而升到水面时，心率就会加快。你换个人试试！你紧张的时候，想让心跳降下来，结果往往适得其反。你越是把注意力集中在心脏部位，结果是它跳得越快。

我一个劲点头。是啊，能控制心跳，这的确是绝活。在人类，除了那些自诩神功附体的高人外（存疑），一般人哪儿有这个本事！

球王继续说，这还不算，一旦海鬣蜥预感到鲨鱼就在附近游动，能立即让自己的心脏停止跳动，使敌人不易发现它们。

心率变缓已经让人惊诧，让心脏停跳简直匪夷所思。

球王对我的骇然不以为然，说，这可不是主观臆测出来的结果，而是经过了科学家们的实地检测。他们在一只海鬣蜥身上安装一个微型遥控探测器，把它放回大海。然后科学家从远方向它发出危险信号，海鬣蜥立即命令心脏停止跳动。你猜猜，海鬣蜥的停跳命令持续了多长时间？

球王虽是问我，却并不看我，只是看大海，似乎透过波涛可以窥见水下的海鬣蜥。

我试着说，1 分钟？

球王说，不对。往长里猜猜。

我爹起胆子，说，5 分钟。一边说一边想，要是人能命令自己的心脏停跳 5 分钟还活着，这个人就不是人。

球王不屑地说，太短了。你还要往长里再猜。

我近乎绝望地说，10 分钟？

话虽出口，但我一点也不相信会有这种可能性。

球王可能发现我这个朽木实在不可雕也，不再进行无谓的测试了。他直奔谜底，说海鬣蜥令心脏停跳的时间，可长达 45 分钟。

我的错愕无以表达。一个动物，让心跳停止的时间，够小学生上一堂课的。装死的本领，天下罢唱。

球王说，海鬣蜥的荷尔蒙分泌，也有特色。

研究人员记录下海鬣蜥的原始警戒距离。从来没有经历过威胁的海鬣蜥对人类的接近很放松，当人走到距离 1 到 2 米的时候，才会离开。它们体内的应激激素没有变化，也就是说，海鬣蜥非常镇定。当海鬣蜥将人类的靠拢看作危险时，血浆中的皮质酮浓度会在几分钟之内增加。它还会偷听其他动物的警报，在猎鹰来临之前逃之夭夭。

突然对海鬣蜥心生怜爱和敬佩。尽管生存的本领很有限，仍然不慌不忙有条不紊地生活着，默不作声地晒着太阳从远古走到今天。

再来说说陆鬣蜥。陆鬣蜥的数量要比海鬣蜥少，我大约在看到了 100 条海鬣蜥之后，才看到 1 条陆鬣蜥。可能是被海鬣蜥的怪模样脱了敏，当看到陆鬣蜥的时候，人们几乎众口一词叫起来——它真好看啊！

陆鬣蜥基本上为黄绿色，因为不下海游泳，看起来比海鬣蜥要胖，有一点暄囔，面容棱角温和。皮肤虽说仍是疙里疙瘩，但比起锈铁般的海鬣蜥，还要柔嫩些。它们也是草食动物，超过 100 种植物的花、叶和果实，都在它的食谱上。据说巴拿马的陆鬣蜥，最喜欢吃的食物是野生梅花。餐花饮露，仙风道骨。陆鬣蜥并不像海鬣蜥那样，只固守加拉帕戈斯群岛一地，中南美分布较为广泛。

年轻时的达尔文，是个对动物有相貌控的人。他说陆鬣蜥“长得很丑，有着一种特别愚蠢的相貌，行动起来一副懒洋洋的、半麻木的样子……”。

他对陆鬣蜥也有俏皮描写：“我曾长时间地观察它们挖洞。等它前半身进了洞后，我拽它的尾巴，它大为震惊，立刻转过身来看看是怎么回事。它凝视着我的脸，好像在说：为什么要拽我的尾巴？”

那时的陆鬣蜥还满坑满谷，达尔文曾写道：“当我们逗留在岛上时，用了很长时间才找到一块没有陆鬣蜥出没的地方来搭一个帐篷。”

如今，陆鬣蜥家族远没有那样繁盛了。

从来没有经历过威胁的海鬣蜥对人类的接近很放松，当人走到距离 1 到 2 米的时候，才会离开。

我们抢着和胖胖的陆鬣蜥合影，它们对人类没有攻击性，不过也不喜欢与人近距离接触。兀自慢慢地爬开，躲到仙人掌后面了。

仔细观察陆鬣蜥和海鬣蜥，我发觉它们令人惶恐不安的感觉，主要不是来自颜色和身形，而是身体层层叠叠的鳞状突起。人们对于光滑有一种迷恋，甚至觉得美丽始于光滑。疾病常常伴随着不正常的突起，例如疹子和肿瘤。至今尚无良策的癌症，“癌”字顾名思义，就是像岩石一样坚硬的突起。

球王指着海岸岩壁边的红石蟹给我看。它们密集地趴在陡峭的石缝中，约有中学生手掌般大小，五对爪子红红的，好像刚从烈火烹油中逃脱。

细看它和大闸蟹有一点相似，蟹壳圆圆。只是眼睛不是黑色的，而是亮蓝色，这让它们在图片上很俊美上相。

我猜一定有看到红石蟹的中国人，生出把它煮了吃的邪念，我就是一个。球王好像洞穿了我的心思，说，它们一点都不好吃。可能正是因为不好吃，才存活了下来。

达尔文对陆鬣蜥也有俏皮描写：“我曾长时间地观察它们挖洞。等它前半身进了洞后，我拽它的尾巴，它大为震惊，立刻转过身来看看是怎么回事。它凝视着我的脸，好像在说：为什么要拽我的尾巴？”

惭愧。

回来查了相关资料，更有惊人发现。

一般情况下，生物一旦进入壮年，身体的长度便会固定。然而科学家新发现一个正常、健康的成年物种，身体竟然可以收缩，不久后又能继续长大。它是谁？是海鬣蜥。更形象地说，海鬣蜥身怀“缩骨”绝技。

美国普林斯顿大学生态学家马丁·威克尔斯基，研究海鬣蜥近20年。研究嘛，就要测量海鬣蜥的身长体重等指标。他惊奇地发现，加拉帕戈斯群岛的海鬣蜥，身体数值每年都不同，身体时长时短。刚开始，科学家想这原因肯定是测量误差。可后来重复出现这一令人费解的结果，变化幅度竟达20%。举个例子，原本身高1.8米的大小伙儿，第二年一量身高，变成了1.5米不到的小个儿，这不是活见鬼吗！威克尔斯基心想，自己不能疏忽到犯那么大的失误。答案其实很明确，威克尔斯基只好被迫欣喜地相信，自己找到了健康成年脊椎动物“缩骨”的第一手证据。

海鬣蜥的体长为什么忽大忽小？科学家们早就发现，在岛屿上，体形大的雄性动物更有可能被雌性动物选为配偶，而体形大的雌性动物也更有可能产下更多的蛋。（我冒昧地插一句，那些强烈要求男生身高必须达到 ×× 的女生，看到这儿可能若有所思，嗨！您的求偶标准还挺古老啊！）

为了这种成功的婚配，是要付出昂贵代价的。食物稀缺时，体形最大的海鬣蜥所受的影响最大，尤其是在发生厄尔尼诺现象期间。厄尔尼诺现象每2至7年出现一次，通常会引发暴雨，有时还会造成海洋温度升高3到6摄氏度的大乱局。

海水温度太高，海鬣蜥赖以生存的红色和绿色藻类，就一命呜呼了，只有更皮实的褐色藻类可以侥幸活命。可惜这种褐藻并不那么好吃，加上营养低，海鬣蜥遭遇食物短缺的荒年。体形较小的海鬣蜥所需能量也较少，显出了生存优势，存活下来的机遇较大。

科学家发现，海鬣蜥的身体变化，与厄尔尼诺现象同步。也就是说，高富帅的海鬣蜥，为了能在饥馑年代幸存下来，会主动缩小体形。缩身后的海鬣蜥，有点不成比例，像青蛙，好在它们仍能保持相当完好的行动能力，不过比平日还是慢了一点，相当于人温饱不得满足时的走不动路吧。一旦灾难过去食物充足，海鬣蜥就会恢复英俊高大的原貌。

以我当过医生的常识，纳闷海鬣蜥如何做到“缩骨”。莫非会武功？

海鬣蜥的秘诀是采取自我骨骼吸收的方法。

科学家们在不断地勤勉探索中。

也许有人会说，这种古老而丑陋的生物，就算会缩骨，又有什么实用价值呢?

且慢!

一次闲聊，宇航专家说，你知道为什么宇航员返回地球，从太空舱出来时，要坐轮椅吗?

我一回忆，还真是如此。不论是杨利伟，还是国外的宇航员，返回后的太空舱旁都有轮椅伺候着。凯旋的宇航员在轮椅上接过鲜花，在轮椅上笑着向众人招手……然后，轮椅缓缓推走，这几乎是一个惯例。

我猜测说，轮椅需特别消毒吧?怕宇宙空间行走过的宇航员，把不知底细的太空物质带到地球上来。要让宇航员脚不点地，直接送去隔离。

专家点点头说，这是一个原因。还有非常重要的原因，是宇航员已经不能像正常人那样行走了。

我吃惊，问，为什么?他们的腿脚受伤了吗?

专家说，并非受伤，而是脱钙。

我说，那就赶紧补啊。

专家说，补不进去。宇航员的脱钙，源自失重环境的影响。

好，第一个例子说完，再来说第二个例子。你一定注意过上了年纪的人，身高会渐渐变矮。回想你的姥姥奶奶爷爷姥爷……如果你年纪较大，想想父母也成。细心观察，他们的身高在不断“缩水”。老年人自己对这一点也心知肚明，他们会特别置办短腿裤子，为的是多穿一些时日。就像年轻父母给孩子买的衣服都偏大。孩子是越长越高，老年人越来越矮。有的老年人干脆弯腰驼背，缩成一团。长期卧床的人，骨质流失，难以行走的事，更是多见。

以上诸种，原因都是一个：缺乏营养导致骨骼受损。

如果海鬣蜥只能让自己骨骼缩短，那还不值得人们如此关注。请注意，海鬣蜥关键是能让自己的骨头重新增高。多么神奇的本领!如果从海鬣蜥那儿，淘换出这随心所欲短短长长的奥秘，那么上至外太空的探索，下至普通人的病痛，都可能有意想不到的解决办法。

向海鬣蜥学习!

The Microcosm of America

美洲小宇宙

我猜一定有看到红石蟹的中国人，生出把它煮了吃的邪念，我就是一个。球王好像洞穿了我的心思，说，它们一点都不好吃。可能正是因为不好吃，才存活了下来。

科学家们正在进行艰苦而精细的准备，希望在下一次厄尔尼诺现象卷土重来之时，进行更大范围的调查研究，解开海鬣蜥先是缩骨，然后在一年之内又长回原始大小，甚至变得更大的秘密。

真令人神往。

晚上，我翻看白天所拍摄的海鬣蜥图片。尽管一整天都在浏览它们的尊容，确知它们性格温和无害，还是觉得它们的形象，有着令人不寒而栗的威慑力。

我给远方的儿子芦淼发了图片，谈到心有余悸。

他微信复我：恐龙的名字原本就是“恐怖的蜥蜴”之意，生活在距今 2.3 亿年之前的三叠纪，灭绝于 6500 万年前。而人类是新生纪的产物。海鬣蜥与恐龙同时代，和人类不属于同一个“纪”。

我遥想了半天。恐龙都灭绝了，海鬣蜥还依然健在。它那么沉着、稳定、安宁、我行我素。它有很多弱点，可它仰着头顽强地走过了几千万年，贯穿到了下一个纪。

哦，请赐我海鬣蜥一般的坚忍和耐性吧，虽然低等，但却顽强。

The Microcosm

美洲小宇宙

of

America

象龟乔治和它的两位如夫人

西班牙语词汇中，将巨龟称作“加拉帕戈斯”，这个群岛也因此被命名。你由此可以想见岛上的巨龟曾经多么繁荣昌盛。

“孤独乔治”是一只大象龟的名字。

1971年，在加拉帕戈斯群岛中一个名叫平塔的小岛上，一名匈牙利研究人员发现了一只大象龟。它按照自己的籍贯，被命名为平塔岛象龟。说来奇怪，从此科学家们四处寻找，无论是在平塔岛还是在另外的岛屿上，都没有发现和这只象龟同类型的个体。也就是说，这只平塔岛象龟，被分类为加拉帕戈斯象龟的一个亚种，仅此一只，再无亲朋。

大象龟住进了加拉帕戈斯群岛上的国家公园，开始了日复一日的独居生活。41年过去了，日历掀到了2012年6月24日。一大早，负责照料这只象龟的管理员，走进它的寝室——一处有小池塘的圈养园林。饲养员发现硕大的象龟“不动了”，他赶紧将此情况上报领导。公园的负责人确认了大象龟的死讯，随后向全国宣布“它的生命走到了尽头”。

它为什么叫“孤独乔治”？这名字高度拟人化，并前置一个凄凉定语，说明了它一生艰窘。

孤独乔治到底享年多少岁？没有人知道。它进入国家公园的达尔文动植物研究保护站时，已经是一只成年象龟。据专家估计，它入园的时候，应该有60岁。死去的时候，大约100岁。哦，100岁！这是让人类羡慕不已的年纪，很多人

1971 年，研究人员在加拉帕戈斯群岛中一个名叫平塔的小岛上，发现了“孤独乔治”。它被命名为平塔岛象龟，被送进国家公园，开始了日复一日的圈养生活。直到它的生命在孤独中走到尽头，人们也没有发现第二只平塔岛象龟。

便以为孤独乔治是寿终正寝地“老死了”。可实际情况并不是这样。

象龟是加拉帕戈斯群岛上的土著，早在数千万年前就在此定居，极适应这里的环境。成年象龟体重可以超过300公斤，寿命估计能达到200岁。这样看来，100岁的孤独乔治正值壮年，大约相当于男人的40岁，真是英年早逝啊。

人们为独孤乔治的离世而深深叹息，这不仅意味着它个体生命的完结，还代表一个珍稀物种彻底亡失。从此，世界上再无平塔岛象龟这个物种了。

说到物种灭绝，有一些冷酷的科学家会不带感情色彩地说，哦，这是生命进化链条的必要组成部分。多年前，当我随口说到恐龙如果活着多么有趣时，一位生物学家冷颜厉色道，恐龙灭绝是大好事，你是幼儿园小朋友的思维。如果它健在，地球上绝不会出现人类。人类和恐龙是不能并存的。

愕然之余，想想也是。那时并没有什么人类猎杀或是环境污染等问题，恐龙也摩肩接踵地接连离世。其中的幸运者凝固成了化石，命运不济的就变作尘埃。中生代踏着恐龙的尸体一往无前，高歌猛进奔入了新生代，地球这才有了之后生机勃勃的今天。

话虽这样说，但现今世界范围内，这物种灭绝速度也有点太快了。孤独乔治的离开让人心惊胆战地想到，照这个速度死翘翘下去，也许用不了多久就轮到人类了。

球王领着我们去达尔文动植物研究保护站看孤独乔治的故居。他走得很快，常常甩下我等很远，然后双手抱肘，寂寥地停在仙人掌旁等待我们。

我赶上几步问，孤独乔治是什么原因死的呢？

球王说，不知道。孤独乔治的尸体现在美国，给它做完尸检后就能确定死因，还会对遗体做防腐处理，日后再运回加拉帕戈斯展出。他沉吟了一下，补充道，听人说孤独乔治是病死的，它的肝脏有明显病变。

我向他求证，孤独乔治为什么会叫这个名字呢？

球王说，每个上岛的人都会问这个问题，答案有两个，我都说给你，你愿意信哪个随便。一种说法是当时在平塔岛上，它是被一户人家当宠物养着。后来这户人家要走了，就把大象龟交给了国家公园。孤独乔治就是它当宠物时的名字。还有一种说法是大象龟住进国家公园，总要有个名字。我估计你看过的资料都会这样介绍，来自美国的男演员在电视节目上声称自己是可怜的“孤独乔治”。

我比较相信后面这种说法，那个美国演员叫乔治•戈贝尔，特爱说自己是“孤独乔治”。这句话在美国开始流行，有点类似咱们春晚上的某句话一夜走红。不知是谁想到了在南美小岛上的这个寂寞的单身老龟，就把这个名字送给了它。

顺便说一句，厄瓜多尔和美国关系很好，厄国自己不设币制，直接用美元结算。

孤独乔治的故居，是个被山石砌起来的石头圈，约有数百平方米，可谓龟中别墅。我本以为乔治故去，故居是空的，却不料有两只铁锈色的巨龟，埋头待在那里，屁股对着大家，一动不动。

我问球王，这里已经养起别的象龟?

球王难得地带着几分感情说，不，这里也是它们的家。

我猜测道，它们是孤独乔治的夫人吗?

球王说，孤独乔治原来有一位夫人，虽然和它不是一个亚种，没有子嗣，但它们感情很好。却不幸夫人先它而去，孤独乔治十分伤心，后来对别的雌龟就非常冷淡。研究人员因为再也没有找到过平塔岛象龟，很想把孤独乔治的基因保存传承下来，就千方百计帮助孤独乔治繁衍后代。人们悄悄把一只不同亚种的雌龟带到孤独乔治的别墅，为了让它们生活得更舒服，还特意改造了孤独乔治的老住处，在园林中央砌起宽敞的水塘。那只雌龟很年轻，还不到 40 岁，相当于人类的十七八岁吧。刚开始孤独乔治不理不睬，但日子长了，它们真的好上了。2008 到 2009 年，它们还完成了交配，生下了一些龟蛋。只可惜，那些龟蛋最终都没能孵化成功。这让研究人员很郁闷，他们仔细地检查了“孤独乔治”的精子，没发现任何异常。后来，研究人员不死心，又从墨西哥引进了一只雌龟，这一次的结果令人黯然神伤。或许因为基因差异较大，两龟各行其是，完全无法互相吸引。孤独乔治的婚事，甚至惊动了厄瓜多尔政府。据说政府曾以 1 万美元作为悬红，鼓励人们寻找乔治的“纯种配偶”，但最终也没人能领取这笔奖赏……球王继续侃侃而谈。

球王的这段解说，由陪同我们的华裔导游小美女翻译。她非常年轻，大约 20 岁，早年随经商的父母到厄瓜多尔，一直就读当地学校，西班牙语十分纯熟。翻译到这儿，她白皙的皮肤突然泛红，连耳朵都蔓延起红晕。球王继续解说，小姑娘用纤巧的手指把自己的脸捂了起来，说，羞死了羞死了！我没法翻译了。

我们本来三三两两围着石头圈，观察孤独乔治的两位遗孀，试图从它们身上摸索出相应的审美标准。想来这姐俩必是龟界国色天香的美人，当年才被迎娶到乔治府上的吧？原本并没有多少人把注意力集中在解说上，现在小姑娘羞惭到要罢工，倒让人吃惊。大家围拢过来，忙问，怎么啦怎么啦？

小姑娘越发不好意思，低头说，很丑的话啦。关乎……性。

我们先是狠盯了球王一眼，心想这老男人是不是看咱华裔女孩貌美年轻，言谈中有轻浮撩拨之意？

球王无辜地回望大家，目光也不游移，并无做贼心虚的破绽。

那么这个“性”，指的是已经死去的孤独乔治了？它虽未颐养天年得到善终命运，似也不是风流成性的放荡龟啊。

我们便请华裔女孩继续翻译，说破谜底。

女孩无措地嘟囔，我真的说不出口啊。

我们纷纷支着儿，说那你可以背对着我们翻译。这样，你不必看着大家，会稍好一些吧。

我对女孩说，嗨，这是你的工作。再说啦，这些话也不是你自己编的，是他说的……我指了指球王，那意思是纵有千般不妥，我们也只会恨球王，不会怪罪于她。

女孩深深吸了一口气，下了鱼死网破之决心，面红耳赤道，是他说的，象龟交配的时候，公龟要伏在母龟的背上。象龟的体重是很大的，交配需要贴合得很紧密。这样，公象龟的腹部就是凹陷的，而母象龟的背部是隆起的，彼此契合。但是平塔岛的孤独乔治，腹部却是隆起的。这样它在和不是自己一个种属的母象龟交合时，就在上面待不住。这可能就是孤独乔治的两位妻子下的蛋，都没有孵化出小象龟的原因。因为人们只找到了孤独乔治这样的平塔岛雄象龟，也不知道平塔岛的母象龟，是不是背部较平或是稍稍有所凹陷……这些都没有办法知道了，平塔岛象龟已经绝种了。

小姑娘翻译得不错，话匣子一旦打开，也就不再拘泥于性的羞涩，十分流畅。

平心而论，我觉得球王介绍得还算周全，这段词也还妥帖。但愿美丽的华裔小姑娘经过这一番洗礼，脸皮渐渐厚起来，兵来将挡水来土掩，自此后游刃有余。

球王不懂汉语，但我估计以他的经验，明白出现了小小的插曲，安之若素地在一边等着。待一切正常之后，球王说，自打达尔文上岛之后，经常有各类船只到这里来。以前条件差，食物和维生素都缺乏。航海的人们发明了一个补充给养的好方法，就是把岛上的大象龟捆起来逮到船上。成年象龟自身储存了大量养料。它还很节能，消耗很少，能最大限度地保存体内的营养物质。水手们过几天就宰杀一只象龟，吃肉熬油。达尔文的船员，一登岛就杀了 18 只食用。还有捕猎者以收藏为爱好，将象龟杀死，把它的龟壳当作战利品，带回欧洲的家中炫耀。

我们纷纷为象龟抱不平。球王讨伐完了人类，又掉转枪口，说，彻底毁掉孤独乔治家园的是山羊。

孤独乔治的故居，是个被山石砌起来的石头圈，约有数百平方米，可谓龟中别墅。我本以为乔治故去，故居是空的，却不料有两只铁锈色的巨龟，埋头待在那里，屁股对着大家，一动不动。

我们讶然道，山羊？这温驯的动物怎么可能毁灭象龟？它也没有象龟力气大啊。

球王说，人们把山羊带进了加拉帕戈斯，山羊吃草，和象龟抢夺食物。山羊的繁殖能力可比象龟强多了，就把象龟的领地一寸寸蚕食光。于是，山羊越来越多，象龟快灭绝了。

根据“世界自然保护联盟”划定的标准，凡在过去 50 年中，未在野外找到的物种，就算是灭绝了。这其中又被分为不同的等级：野生灭绝、局部灭绝、亚种灭绝以及最严重的生态灭绝。

当一个物种的个体只在笼中圈养，或在人类控制下生存时，叫作野生灭绝。一些野生动物因数量太少，种群过小，遗传变异性丧失，被专家称为“活着的死物种”，这就是“生态灭绝”。

这样说起来，平塔岛象龟的灭绝并不是从孤独乔治咽下最后一口气时算起，当 40 多年前它被圈养在眼前这个石头圈子时，它无妻，无子，无同类——就已经属于生态灭绝了。

孤独乔治的遗孀虽是雌性美龟，依然腿脚雄壮，体形巨大，背甲如可供一个营吃饭的褐色铁锅。

说话间，孤独乔治的两位夫人突然缓缓移动起来。虽是雌性美龟，依然腿脚雄壮，体形巨大，背甲如可供一个营吃饭的褐色铁锅。

球王说，它们是龟中的大象。龟在陆地上，基本上算是小型爬行动物，到了岛屿上，就变成巨无霸。

在达尔文动植物研究保护站的墙上，有一张图表，列出了加拉帕戈斯群岛上的陆龟，共有 12 个不同的亚种。

你们猜猜，达尔文初到加拉帕戈斯群岛时，岛上有多少只象龟？球王问大家。

我们说，不知道。猜不出，总之很多吧。

告诉你们，大约有 25 万只象龟。球王说。

人们默不作声，估计都在想象 25 万只象龟，该是多么威风凛凛的象龟大军啊！

猜猜现在还有多少只象龟？球王又问。

大约很少了吧。我们答。

是的，40 年前，也就是 1974 年，岛上象龟仅存 3000 只。

孤独乔治可以说是在现代人的眼皮子底下，一步步演示了物种灭绝的悲剧。

加拉帕戈斯象龟看起来是庞然大物，其实生命力很脆弱。它们像恐龙一样，属于冷血动物，常常要一动不动地在阳光下晒几小时，吸收太阳的热量，才能让自己温暖起来。它们每天要睡 16 小时。再加上白天还要一动不动晒太阳，常常显出懒洋洋的样子。其实，象龟为了觅食，也常常疾行。最快的时候，可以达到时速 0.2 英里，大约合 300 米。

掐指一算，象龟 1 小时爬 1 里地还不到，还是很慢啊。龟兔赛跑不知道路程是多少，要是 1000 米，够象龟爬 3 小时了。不过话又说回来，作为一只龟，每分钟能爬 5 米，也是很不错的成绩了。更别说还要顾及它们庞大的身躯和体重，实属不易。

加拉帕戈斯群岛上的象龟，在潮湿雨季，还会像羊群一样，进行季节性的迁移。无数个时代爬行下来，象龟们通过实践，找到了最好走的路线。每年它们都会沿着特定的灌木丛穿行，于是人们给它们的行动路径起了个名字——乌龟公路。

加拉帕戈斯象龟的菜单上有仙人掌、草、树叶、苔藓和浆果等，古老的消化系统效率低，从植物类摄取的营养也少，象龟们个个都是大肚子汉，每天好像要吃掉 30 多公斤食物。象龟用植物的露水和汁液来解决自身的喝水问题，清晨时也会舔舐岩石上凝结的露水。无数代象龟延续着同样的习性，一代代舔舐下来，某些岩石上，竟然出现了特定的凹陷。

由于获取食物和水分充满了艰辛和不确定性，象龟们进化出了忍饥耐渴的保命大法。据说如果外界条件不允许，象龟可以在 500 天的时间里，不进食不喝水。一旦有了喝水的机会，它们不顾命地狂饮，急速将大量水分储存在自己的膀胱和心脏，然后又可以在很长时间内无须补水。

查到这些资料，我对象龟如沙漠骆驼般的储水本能充满惊讶。不过以我有限的医学知识，稍觉疑惑。水储存在胃里或是组织间隙内比较说得通，但藏在膀胱里，难以置信。这个器官已是循环排泄系统的最末端，虽然理论上它能储存很多水，但实践中循环系统不可倒行逆施。膀胱内的尿液，除非排出体外后再次由口饮入，否则不可能主动返回循环系统，就像下水道的污水不可能进入水塔。不过资料上信誓旦旦，不知是象龟的生理有更玄妙的结构还是以讹传讹。

某天，旅行车行驶中，突然在荒郊野地停了下来，好生奇怪。周围没人，当然更没有红绿灯。发生了什么事？

球王看也不看埋头说，肯定有象龟在公路上穿行。

我们齐刷刷向前张望。果然，几只硕大的象龟，慢吞吞地沿着公路前行。千真万确，不是穿行，而是和我们同方向挺进。我们只能看到象龟的尾部，像张望一辆甲壳虫轿车骄傲的尾灯。

我们要停多久？大家问。

球王耸耸肩，说，谁知道？那得看这伙儿象龟的想法。如果它们一直向前爬，我们就只能老老实实地拉开距离跟在它后面。

等待期间，朋友们议论，带一只象龟回家，不知好养不？

有人答，且不说你能否把象龟带出岛，就算你成功回了国，也养不成。

有人不服，说象龟只是吃草，并不难养啊。

另一位朋友说，主要是你没有机会亲手养象龟了，你住监狱里了。

反正也是等，我问球王，可不可以下车靠近象龟，亲眼看看它们走公路？

球王说，可以。只是你不得靠近，一定要距象龟 2 米之外。更不可用手抚

在获取食物和水分的路上，充满了艰辛和不确定性，象龟们被迫进化出忍饥耐渴的保命大法。生存空间被人类和山羊等动物侵占，象龟的数量从 25 万只降到了 3000 只。

摸它们，就算是背壳也不行。

我说，象龟厚实，有那么娇气吗？早年间我看到过有人站在象龟背上的图片。

球王长叹了一口气说，早年间人们还做过更多伤害象龟的事呢！抚摸象龟的背壳，虽然不会给它造成直接的损伤，但是现代人擦用很多护肤防晒的化学品，抚摸会让这些物质留在龟背上。下雨的时候，雨水会把这些现代工业的产品，冲刷入加拉帕戈斯的土地，影响这里的生态。再说，被抚摸过的象龟沾染了人类的气息，象龟的同伴们就会视它为异类，这只象龟就会被排斥在群体之外……记住，千万不要惊动它。它受了惊，会把头缩进去。

天哪，看似充满善意的轻轻触摸，都会给象龟带来如此连锁损伤，人啊，你万不能自以为是地一意孤行！

我走下车，轻轻靠近象龟，在 2 米左右的距离停下来，看着它。这只象龟约有 1.6 米长，雄壮伟岸。就算不知道象龟界的审美标准，按照直觉，也能认定它是正值壮年的大帅哥。它的本意似乎是想斜穿公路，不知道路旁的灌木丛是不是它们祖祖辈辈沿袭的“公路”所在？也许这里是人和龟的公路的十字交叉路口？

看到周围出现了人这种异类，大象龟停下脚步，打量着我。

这是我生平第一次和一只巨龟对视。我极为讶然，它的目光一点不游离，也不紧张，镇定地带着些许轻微的探寻之意，清澈而专注。这只象龟还很年轻吧？大约只有几十岁，当属象龟界的青年。它未曾被猎杀和荼毒，对于人这种生灵，基本上没有戒心。它此刻只是好奇，这个老女人为什么围着我看个不停？

它的头颈伸得很长，按照球王传授的知识，这只龟现在还算安心。

我把眼光转向他处，以我在非洲看动物的经验，你不可长时间地和动物对视，那会引起它的不安。远方是加拉帕戈斯群岛苍黑的山体。

思绪突然飘得很远。想起中国民间流传着“龙生九子，子子不同”的说法。我以前闲来无事时，把这九子的名字和状况基本落实了一下。大致弄清楚之后，印象不是比原来明晰，反倒是更混乱了。按说龙是远古时的伟大图腾，一飞冲天气壮山河的角色，想追求什么样的雌性找不到啊？却不知它与何种动物交配，生出了一帮形色各异莫名其妙的子嗣，竟没有一个是龙。

龙之九子为何物，究竟如何排行，并没有统一口径的确切记载。据说明孝宗朱祐樘曾心血来潮，问大学士李东阳：“朕闻龙生九子，九子各是何等名目？”以博学著称的李东阳一时也被问住了，无法回答。退朝后赶紧东寻西找七拼八凑，拉出了一张龙的传人清单。

其实说龙生九子，并非指龙正好生了九个儿子，而是以九来表示数目极多。它是个虚数，又是个贵数。不过，九个已经是个庞大家族，我们姑且用这个户口簿吧。

李东阳说龙的长子是个音乐家，名叫囚牛，喜音乐，常立于琴头。

次子睚眦，样子像长了龙角的豺狼，怒目而视，嗜杀喜斗。

三子嘲风，样子像狗，象征着吉祥、美观和威严，还能威慑妖魔、清除灾祸。

四子蒲牢，形状像龙但比龙小，喜音乐和鸣叫。

The Microcosm of America

美洲小宇宙

硕大的象龟慢吞吞地沿着公路前行。球王叮嘱我们说，观赏象龟时，一定要保持两米以上的距离。更不可用手抚摸它们，就算是背壳也不行。

五子狻猊，形状像狮，喜烟好坐，常倚立于香炉足上。

六子赑屃，又名霸下，样子似龟，喜欢负重，是长寿和吉祥的象征。

七子狴犴，样子像虎，有威力，主持正义，能明是非。

八子负屃，身似龙，雅好斯文。

九子螭吻，鱼形的龙，喜四处眺望，能够灭火。

李东阳一时急于交卷，所提名单并不具有最终的权威性。

李东阳版和民间版的龙九子说，最大的不同，在于谁是龙的长子。

更为广泛流传的说法认为赑屃是龙的长子，排在九子之首。

龙的这个头胎儿子，上古时代常驮着三山五岳，行走江河湖海，兴风作浪。大禹治水时把它制服，赑屃听从调遣，推山挖沟，疏理河道，成为大禹治水的功臣。洪水安服后，大禹搬来顶天立地的重碑，上面刻写赑屃治水的功绩，让它驮着，以示嘉奖。赑屃从此总是奋力昂头向前，四脚顽强撑地，背负重物雄壮伟岸。民间有句俗语，叫作“王八驮石碑”，指碑座下的石龟。它并不是俗称王八的乌龟，而是赑屃。

过往时代，可不是什么人的碑座都能由赑屃承载，只有最显赫的人的石碑才能动用赑屃。驮着历代皇帝的御碑，是赑屃的主要任务。

按照李东阳的说法，龙长子是声乐工作者，这份工作固然浪漫，但似有举重若轻之嫌。而帮着大禹治水加上驮负御碑这类历史大任，似乎更非长子莫属。单看“赑屃”这两个字，就让人肃然起敬。共有 4 个“贝”字，多么富丽堂皇！不是长子，哪儿有这般宠爱！

别嫌我离题太远，这看似不相干的问题，起自我的一个惊天怀疑——我一厢情愿地认为，加拉帕戈斯群岛上的象龟，本是龙远走高飞的长子。

收回翩然思绪，我用余光瞥着大巨龟。这时，千真万确，我听到巨龟一声叹息。很像人的叹息，声音也并不很大，但是悠远绵长。它渐渐收回了朗澈的目光，扭转身躯，急速穿越公路，进入路旁的灌木丛里，在绿叶覆盖下隐没不见。

它似乎是这一小队象龟的头领，另外几只也紧随它而去，公路恢复了畅通。我回到车上，急问球王，象龟可会长叹一口气？

球王说，会。它们很聪明，很有感情。达尔文写过他曾和象龟开玩笑，有点像你们刚才的情形。达尔文说，象龟本来安详地走路，我一超过它，它立刻

生平第一次和一只巨龟对视，它的目光一点不游离，也不紧张，镇定地带着些许轻微的探寻之意，清澈而专注。

把头与脚缩回去，深深叹口气，趴在地上装死……

人类对于超越自身寿数的物体，本能地抱有天然的尊敬。比如古树，比如山岳，比如星辰……面对象龟，当我们微渺的一己生命尚未诞生之时，它已然存在。当我们弥散成灰之后，它依然存在。对于这样的生灵，我们难道不应敬畏有加吗？我猜想这巨大而年轻的加拉帕戈斯象龟，悠长叹息的含义是——异乡人啊，让我们彼此相安。

The Microcosm

美洲小宇宙

of

America

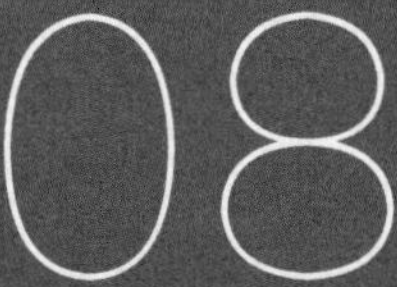

0.5 毫米之差决定生死

加拉帕戈斯群岛距中国多远？约 15000 公里。这个独特的小宇宙，赤道穿肠而过。强大的秘鲁寒流，又驾着狂风从寒冷的南极海域驰骋而来，将此地打造成“热带中的寒岛”。

我以前觉得此处的奇异发现，都让达尔文一笔写完，就此为止了。真是小瞧了此地的进化，奇迹在这里随时随地发生着，以前是这样，现在是这样，估计将来还会这样。这说起来有点吓人，讲得极端点，你能在 200 年之内，眼睁睁地看到一头大猩猩变成一个人吗？这能是真的吗？也许拿高级灵长类动物打比方有点不靠谱，但此地生物进化速度之快，令科学家也瞠目结舌。有时真的用不了一代人的时间，就能发现物种间肉眼可见的改变。

美国普林斯顿大学的生物学家彼得·格兰特夫妇，在此亲力亲为进行观察。几十年时间，检测到了令人惊骇的变化。他们再接再厉，通过一系列计算，精确得出在环境相对稳定的交替变化中，大自然用两年的时间，就能完成从一个物种到另一个物种的演化。

帮助他们完成这一惊人发现的，又是达尔文雀。

达尔文雀曾经慷慨地帮助过达尔文，当然那时候它们还不叫这个渊博的名字，简陋地被称为南美地雀。

初见达尔文雀，在刚下飞机的机场大厅里。人声鼎沸，乱哄哄，按说绝非鸟雀喜爱的地方。不过，有人的地方就有食物残渣，面包屑和坚果仁碎片，构成了强烈诱惑。好在此地人士环保意识甚强，绝不惊扰小雀。它们也就安之若素，视人为完全无害的生灵。在加拉帕戈斯群岛，达尔文雀数量之多，胆子之大，简直到了和人如影随形的地步。你吃饭，无论露天还是在餐厅内，达尔文雀都会不请自来，大摇大摆在餐桌上蹦跶，抢啄盘子里的饭粒。还不停发出鸣叫，呼朋引类，把周围的亲戚伙伴一股脑叫来，共享大餐。有一次，我独自在室外用餐。数了数，共有 4 只小雀围住了我的盘子，我没敢吃饱，但剩下的食物还是完全不够它们分赃。

达尔文雀正因为不怕人，才名垂青史。达尔文在旅行记中曾写道，这些鸟经常同人靠得很近，有时，他拿帽子就能罩住它们。

若当年此雀谨小慎微、见人就飞，达尔文就无法将它们这个大家族“一网打尽”。资料不全，达尔文再有勇气和想象力，进化论也很可能跛脚。好在由于达尔文的不懈努力和达尔文雀的天性配合，他把群岛上的 14 种小雀全部收入囊中，带回英国制成了上好标本。蔚然成体系的达尔文雀，便一齐掉转头来，把上帝造万物的“特创论”，啄出了数不清的破洞。

达尔文雀怎么这么大的能耐?

要记得，鸟雀再小，也是有翅膀的，有翅膀就能飞。达尔文雀虽然能飞，但它们毕竟不是信天翁，不能傲然穿越大洋。现在，容我插几句和地理有关的小知识。你若是知道呢，就跳过去别理我。你若是和我一样不清楚，就听我现趸现卖。

当说到“岛”的时候，人们有时说“岛屿”，有时又说“群岛”。我之前搞不清它们之间的区别，两个词乱说一气，没什么章法。细究起来，岛屿是“四面是水的一块陆地”，为孤立的单数；群岛是“彼此距离很近的一些岛屿”，是粘在一起的复数。

“岛屿”和“群岛”说起来简单，但对于生物进化的意义，非同小可。首先，岛屿万分重要。你想啊，若是没有了岛屿，整个地球除了陆地就是海洋，刀剁斧劈似的非此即彼，多么单调！各自独成一体，老死不相往来，枯燥乏味。岛，便是陆地和海洋之间的勾连，它如跳板，是缝缀彼此的纽带。有了岛，陆地就有了盼头，海洋就有了家园。

群岛是由岛屿组成的，没有岛屿，当然也就无法组成群岛。适于进化大展身手的是群岛，而非远离尘寰的零落小岛。

无论在露天还是餐厅内，达尔文雀都会不请自来，大摇大摆在餐桌上蹦跶，抢啄盘子里的饭粒。还不停发出鸣叫，呼朋引类，把亲戚伙伴一股脑叫来共享大餐。有一次，我独自在室外用餐，4 只小雀围住了我的盘子，我没敢吃饱，但剩下的食物还是完全不够它们分赃。

进化的要求还细腻复杂。群岛中的岛，不能离得太远。太远了，动物们飞爬不过去，彼此失联，如同缩微版的陆地，就失去相一致的可能性。岛与岛之间也不能隔得太近。距离太短，你到我家串个门，我到你家会个餐，普天之下皆为王土，无法完成“生殖隔离”，各自就难以独立谱写不同篇章。

The Microcosm of America

美洲小宇宙

世界上如此周全的地方，几乎没有第二处了。凡人迹罕到之处，要么是极高的山峰，例如喜马拉雅山山脉；要么是极寒的苦地，例如南北两极。一个地方，既要有丰富的生物资源，又要完全没有人类的干扰，踏破铁鞋无觅处。

加拉帕戈斯群岛，各岛的年龄不同，地质和气候条件也有蛮大差距。两股太平洋信风协同作用之下，此地降雨量很小，淡水资源也很匮乏，自然条件完全谈不上美好。各岛屿之间离得不太远，让彼此有亲缘关系的物种可以迁徙。自然条件的不同，让物种入境随俗，设身处地委曲求全，生理机能开始适应严苛的外界条件。由于食物和栖息条件不同，种群基因发生改变的频率和方向也不同。在某个种群中，一些基因被保留下来，而在另外的种群中，另一些基因被保留下来。时光流逝岁月更迭，基因库就变得有所差异，并逐步出现生殖隔离。生殖隔离一旦形成，原来属于同一物种的地雀就成了不同的物种。

加拉帕戈斯鬼斧神工啊！天造地设啊！它正好是由相隔不很远也不很近的岛屿组成的群岛。波澜壮阔的生物进化，就在这浓缩的小宇宙舞台上，自编自演，自拉自唱，逍遥自在地拉开了大幕。

导游球王最常干的一件事，就是伸出粗而略带弯曲的手指，提点我们东张西望。喏喏，这就是达尔文地雀。那边还有一只……那边……注意，几个都是不一样的品种。

细观之下，这种黄嘴小雀，体形大约只有麻雀的一半，比咱们常见的城市和田野中劳碌奔命的本土麻雀要胖，毛茸茸圆滚滚，好像一个很有卖相的绒毛玩具。最令人称奇的是它的镇定感，胆大包天无拘无束，滴溜圆的小黑眼珠充满了好奇，一点都没有麻雀家族天生的那种诚惶诚恐的警觉之态。它不站在树梢上，而是大摇大摆地在地上行走，如入无人之境。

我一步步蹑手蹑脚探过去，仔细端详。岛上绝不允许袭扰动物，地雀便看不起人，根本不拿正眼瞧你。

记起许慎的《说文》中道：“雀，依人小鸟也。”这用来形容当今噤若寒蝉的中国麻雀，已然不确。它们不敢依人，躲还躲不及呢。前几天我看新闻，方知即使在北京，也活跃着用弹弓打麻雀的青年人，聚众取闹，呼啸街巷。不过，在地老天荒的加拉帕戈斯群岛，地雀还保持着雀的天性。

地雀原是中南美洲常见的羽色暗淡的小型禽鸟。达尔文当年登上岛后，开始采集各类动植物标本。对于不起眼的地雀，达尔文刚开始并没有特别留意它们。回到英国后，他把标本呈给了著名的鸟类分类学家约翰·古尔德，请他细致分类。约翰·古尔德得出的结论是——可不能小看这些小鸟，它们是一些新物种。它们在羽色、鸣叫、造巢等方面的行为极为相似，但在喙的形态上出现了巨大的差异性。古尔德按照地雀喙形的不同，将它们分成了 14 种，聪明的达尔文根据这一结果，悟到小鸟喙的差异具有惊人的意义。

答案呼之欲出：雀鸟们本是一脉血亲，是偶然从南美洲飞抵这里的古老品系之后代。为了适应各岛不同的生活环境，它们分化成相对独立的 14 个种。此地群岛上有 13 种，还有 1 种生活在 600 公里以外的可可岛上。差异集中在喙上。因为吃的东西不同，久而久之，各司其职，鸟喙就发生了适应性变化。

不远处东游西逛的这只地雀，长着和身体比例不相称的粗喙。球王说，这只达尔文雀的主食，是粗大坚硬的种子。

球王说，以仙人掌为生的地雀，喙就变得长而尖，专管吃种子、喝花蜜。有的喙像砍刀似的撕开植物的外皮，就能吃嫩枝。有的雀，以鬣蜥身上的寄生虫为食，喙长成了小乳头状。有的地雀简直是微杀手，喙如同小匕首，专司啄伤鲣鸟以吸食血液。吃草籽的地雀，长出了典型的食籽喙……

当年尚十分年轻的达尔文，单枪匹马要挑战的是无人质疑的理论——特创论。

现在的人们对特创论比较陌生，容我啰唆几句。特创论认为，世上万物，都是上帝在创世的 6 天之间，一一造出来的。打那以后，每个物种的样式和数量是固定不变的。上帝造万物的时间表，有精确时间可查。1664 年，一位爱尔兰的大主教计算出来，人类是上帝在公元前 4004 年 10 月 26 日上午 9 点造出来的，距今不过 6000 年多点。

面对这样的铁口直断，达尔文可能不无调侃地想过：上帝连这海角天涯的小岛上每一种地雀的嘴巴形状，都亲自操刀定夺，他老人家真是世界上最忙碌辛苦的蓝领工人了。

达尔文的思想逐渐酝酿成熟——生物进化论。他沿着地雀之喙，顽强深入，写出《物种起源》的宏伟论著。如果把进化论比作大厦，那么加拉帕戈斯群岛上的小鸟，就用温热的毛茸茸的小身躯，奠定了大厦的基石。为了表示对这些精灵的尊敬，恕我把它们的名字部分抄录如下：大仙人掌地雀、尖嘴地雀、小树雀、植食树雀、红树林树雀……

2012 年，英国的《新科学家》杂志公布了最具国际影响力的十大科普书籍评选结果。《物种起源》名列第一，被称为有史以来最重要的思想巨著。

历史向前，人们早已抛弃了特创论。不过科学家的脚步并未停止，加拉帕戈斯的魅力永存。格兰特夫妇等人，继续对加拉帕戈斯地雀聚精会神穷追不舍。这时地雀已经冠了响亮名头——达尔文地雀。跟随研究的乔纳生·威诺，将教授夫妇在岛上的日子写成了《鸟喙》这本书，获得了 1995 年的普利策奖。

《鸟喙》的主要内容是，格兰特夫妇穷尽一生，只研究一种生物，就是加拉帕戈斯群岛上的地雀。他们 1973 年第一次上岛，同行的有他们的研究生。除此以外，还有两个形影不离的追随者，是他们的两个女儿。在几十年的时间里，他们干的最主要的一件事，就是围绕着精灵般的小地雀们紧忙活。女儿们的童年，在火山岛的礁石上度过。旱灾和洪水轮番而至，同往的研究生和助手几番轮换，唯有他们以海鬣蜥般的坚忍和耐性，目不转睛地盯着地雀的娇小身形，孜孜不倦地观察思考。家国不幸诗人幸，他们对剧烈的气候变化充满欣喜。对一般人来说的灾难，是生物学家的天赐良机。

他们的科学研究方法，说起来既简单又复杂，既古老又现代。先将岛上地域划分出小块，就像给荒无人烟的小岛，分出城市般的若干街区。然后他们颗粒归仓地收集每块土地上所能产出的地雀食物量，再将各街区产量相加，得出岛上的总食物量。

他们捕捉地雀，尽可能地给所有地雀都带上脚环，就像详尽的人口普查登记造簿。还要记录下地雀的每一代亲缘关系，用卡尺测量并记录地雀们的身体构造，尤其是鸟喙的长、宽、深等数据，一丝不苟。他们甚至启用了类似握力计的工具，以计算让坚硬果实破裂所需要的力度。再测算出鸟类啄开果子，直到最终吃到种子，拢共需要消耗多少能量。这批地雀既是幸运儿又划时代，它们如人中贵胄，有了详尽准确的家谱，每一代都条缕分明。多年过去，科学家们只要看一下某只地雀的脚环，就能道出它的来龙去脉。

1977 年，对达尔文地雀来说，是命中一劫。苦旱少雨，粮草供给不足。更糟糕的是此乃一场大旱灾的先头部队。旱魃肆虐，地雀的生存岌岌可危。

很多地雀活活饿死，为了生存下去，地雀们只得开辟新的食谱。过去地雀不愿吃蒺藜，此刻为了活命，顾不上再挑剔，蒺藜的种子被一一咬开。达尔文地雀没有刀叉锤子可用，唯一的开口器就是自己的鸟喙。鸟喙的差异，形成了摄食的优势和劣势。平常时日，食品供应充足，甭管是喙长喙短喙软喙硬的，大家皆有饭吃，其乐融融。灾年来临时，体形小、鸟喙小的地雀，便很难获取充足的食物。供应紧缺时，好吃易得的食物，最先被扫荡一空，剩下的都是果实坚硬、需要消耗很多能量才能吃到的劣等粮草。对于某些地雀，不用考虑吃这种食物获取的能量和自己将要消耗的能量是否相抵并略有结余的问题，而是根本就望洋兴叹，没本事啄开植物外壳取食，等待它们的就是抱憾离世。

科学家们发现，旱灾结束后，此地达尔文地雀的鸟喙长度平均值增加了。鸟喙太小的地雀死亡率奇高，幸存者都是鸟喙较长的地雀。格兰特收集大量数据后得出结论——生存和死亡，可能只有 0.5 毫米的距离。你的喙短了 0.5 毫米，就只能到死神的餐桌上共进晚餐。你的喙长了 0.5 毫米，就有幸看到明天的太阳。

然而长喙地雀的笑容并没有保持多久。1982 年，厄尔尼诺再次莅临。这一回，加拉帕戈斯群岛迎来巨大降水量，一时草木葱茏。地雀被刺激得疯狂繁殖，科学家为一窝幼鸟戴上标志性的脚环。几个月后一查看，可不得了，这些当年出生的小鸟，已经开始孵蛋，要做爸爸妈妈了。科学家们忙着给第二拨诞生的孙儿辈地雀戴上脚环，悲剧在欢天喜地的疯狂繁衍中按下了启动键。地雀们数量大增，所需的食物量与时俱进，终于超过了岛上植物再生产的速度。饥馑骑着涝灾的马车，飞驰而来。这一次，大自然改弦更张，青睐了体形偏小的地雀。为什么呢？因为植物生产的小种子，其数量多过大种子。大种子被首先吃光了，剩下的就是小种子。体形偏大嘴巴也偏大的达尔文地雀，喙很难处理小种子，眼睁睁看着营养藏在果壳里，却无法取出果腹，最后眼睁睁饿死。惊人的水分带来草木繁茂雀口兴旺，之后入不抵出哀鸿遍野。体形较大的鸟成了第一批“饿殍”。

也许有人会说，鸟喙的秘密，达尔文已经观察到了。不错，达尔文发现了鸟喙的差异，但格兰特夫妇坚韧不拔地向前继续推进，他们用详尽的数据，揭示了之前从未被证实的进化要素——速度。

人们常常以为生物进化非常缓慢，动辄以千万年计。更有学者通过化石证据，认为演化导致动物身体的变化速度，是要以百万年为单位的。真是一把宏大的尺子。人很难在自己短短的一生中通过某个实验，来验证大自然的秘密，只能靠推测来探寻规律。然而格兰特的研究清醒揭示，一万年太久，只争朝夕。短短十几年的时间，地雀的体形就经历了从小到大又从大到小的沧海桑田。细小的差异，便能改变生死的轨迹，大自然的小指，决定了谁的基因更适宜流传下去。前面说过海鬣蜥有缩骨绝技，达尔文雀的故事也成了确凿佐证。加拉帕戈斯群岛是慷慨的，它帮助达尔文窥探了属于上帝的机密，又帮助格兰特夫妇，记录了令人眼花缭乱的速度。它还将帮助谁有惊人的发现？这个孤悬海外的荒凉群岛，似与人类有一个关乎进化发现的契约。它储藏好了一切秘密，耐心地等待着破解的人。它等来了达尔文，等来了格兰特夫妇和他们的女儿，谁还会如约而至？

关于鸟喙，有一个小小的插曲。和一位怀孕的准妈妈聊天，她学识渊博，对孩子未来的教育忧心忡忡，说怕孩子输在起跑线上，要寻找最优质的教育资源享用。我说，北京城内，我却不知哪里的教育资源最优。

她说，海淀区。

我说，你现在住在哪个区？

她说，海淀之外。

我说，你只能取其次了。

她说，人是活的，我可以搬到海淀区。古代还有孟母三迁呢。

我说，不是我泼冷水，你的孩子不一定成为孟子，平常人还是要服从大概率。再者，皇城之内，还要挑三拣四，中国广大区域的农村孩子，该如何是好？

准妈妈说，我看过《鸟喙》，我知道0.5毫米的差异，决定鸟的生死。寻找最好的教育资源，就是为孩子打造鸟喙优势。

我说，你的心情我可以理解，鸟喙的确非常重要。但请你注意哦，当灾难还未起于青萍之末时，究竟是让鸟喙加长还是缩短，你如何预测？

准妈妈说，教育就是鸟喙，无论长短，都可适应。

我说，你不能只记其一不记其二。孩子这一辈子，知识并不是全部，还有诸多因素。并不是海淀区的人就一定幸福。无论是谁，一定会遭遇天灾人祸，否则就不是真实人生了。做父母的不可能包办一切，动物界的法则不能一味照搬到人类社会。如果你要送给孩子一个礼物，那就是让孩子有独自应对这个变化万千的世界的能力。起跑线没什么了不起，输赢也不是最重要的，人生并非比赛。重要的是你在整个跑步过程中不受伤，能锻炼身体，能欣赏路边风景，你觉得快乐。

准妈妈的肚子一起一伏，我不知道这话准妈妈是否同意，但那个未来的小婴儿是赞成的吧？

The Microcosm

美洲小宇宙

of

America

巴拿马草帽的冤案

给我们在厄瓜多尔当导游的一位华裔小姑娘,永远携一顶草帽。阳光炽烈时,她把它戴在头顶。有云翳时候,把草帽挂在脑后。帽檐是恰到好处的宽度,顶端略有软塌,看来是特意为之,像个炸好之后稍稍放凉略有收缩的汤团,煞是俏皮。帽子的颜色是五颜六色的绚烂。我偶尔抬手擦碰到草帽,发觉质感光滑如丝缎。

我说,你的草帽真好。

姑娘骄傲地说,巴拿马草帽。

哦,这就是大名鼎鼎的巴拿马草帽!我仔细看了看,那多重晕染颜色并不是随意搭配的,而是七彩渐变,心里便给她起个绰号“彩虹妹”。

我说,这草帽看起来很高级。

彩虹妹谦虚起来,一般的啦。不过它倒是正宗的巴拿马草帽。按照品相,巴拿马草帽拢共划分了 20 个品级。价格呢,从几十美元到几千美元不等。帽子上的草圈圈越密,表示织得越紧,手上花的工夫也越长,价格也越高。我这个呀,只能算是中下等的。

我诧异道,草帽本是日常用品,怎么会卖到几千美元?

彩虹妹说,先考考您,猜猜顶级的巴拿马草帽,一个人要编织多长时间?

我早年在乡下见过农人编草帽,先把谷草打成辫子,再把辫子盘成草帽,手快的人一天能编出若干顶。不过细观之下,巴拿马草帽并不是草辫编成,而是直接用茎叶扭结，每一丝都很纤细，纹路也十分绵密，估计手工比较费事。加上小姑娘煞有介事地把这当成一个考题，想必答案有出人意料的成分在内。于是，我狡猾地预留充分余地，说，我猜，可能要好几天吧。

彩虹妹开心地笑起来，白豆芽似的小齿在热带阳光下闪闪发亮。她说，咳！您说少啦，顶级的一顶草帽要编 5 个月！

我揣测该工匠一定是消极怠工或中途生了恶病，要不哪里用得了如此长程！看我脸上不以为然之色，彩虹妹着急地说，真的呀！别看巴拿马草帽并不属于任何国际时尚大牌，但它享有极度的奢华。

我回忆起来，似乎在影片或是资料中，某些要人或明星的颅顶，瞥见过这帽子的身影。便说，奢华倒看不大出来，名人好像喜爱戴它。

彩虹妹又生一招，说，那我再问问您，巴拿马草帽产于何地？

那一刻我们乘坐的汽车，正行驶在厄瓜多尔赭黄色的苍凉山峦中。若平常时光，我一定会不假思索地答道，当然是巴拿马了。要不，怎么能叫巴拿马草帽。但这古灵精怪的小姑娘，一定掐准了我会这样说。于是，我决定让她意外，故意乱答，是厄瓜多尔。

彩虹妹开心至极，说，答对了！您是能正确回答这个问题的有数的几个中国游客中的一个。

我纯粹瞎蒙，利用了一点心理学技巧，辨出彩虹妹声东击西。

彩虹妹接着说，厄瓜多尔产的草帽，被说成巴拿马草帽，真是历史上一大冤案。就像最好的甜瓜，出自中国新疆的鄯善，却被人以讹传讹，叫成了哈密瓜。

女孩虽年少，且久居国外，知识还挺丰富。我心里放不下刚才那话题，问，那织了 5 个月才完成的神帽，是谁的手艺呀？

彩虹妹说，编出天价巴拿马草帽的大师，名叫西蒙 · 埃斯皮纳尔，是厄瓜多尔人。从原材料选择开始，都是他亲自把关。每日埋头苦干，用了近半年，才算初步完工。这还不能算是成品，又委派了 5 名资深工匠受他差遣，连着好几周时间继续加工完善，才算大功告成。

彩虹妹说得有名有姓，有时间有地点，我没胆量随意否认，只得做相信状。又弱弱地追问一耿耿于怀的问题，这个草……帽，一定很贵吧？

彩虹妹说，售价 10 万美元。

顶级的巴拿马草帽要工匠手工编织 5 个月，价值数千美元。大师西蒙 · 埃斯皮纳尔制作的草帽，甚至可以售出 10 万美元的天价。

后来我看过一张工艺大师编这种草帽时的照片。纷披而下白色纤维丝，如同刚揭开盖的一口蒸锅，一片迷茫。它如倒扣着的新鲜气雾，团团包裹着编帽大师的双手，缥缈到不像固体，而像气体。我不由感叹，想那大师，不仅要有极精巧的腕上手底功夫，还得有鹰隼一般的好眼力。不然一不留神编错了行，前功尽弃。

我不由自语，不就是一顶草帽吗？何至于这么烦琐这么昂贵？

彩虹妹说，巴拿马草帽，贵有贵的道理。先是它的材料十分难得。在厄瓜多尔的热带密林中，生长着一种状如棕榈的植物，梗子笔直，顶端发散成宽大的扇形叶子，叶子中含有一种韧性极强的纤维，又长又轻又能随体赋形。它还有一极大妙处，就是非常透气……它简直迎合了优等草帽的所有需求。这种纤维的名字叫托奎拉，只长在厄瓜多尔境内几个非常小的区域，其他地方几乎见不到其身影。

The Microcosm of America

我恍然明白。这草帽的原料具有唯一性，产量又极有限，编织费时费工。三绝合一，自然物以稀为贵了。

彩虹妹又说，这么多年来，人们试过用很多其他材质，想仿造出类似托奎拉的纤维，能让机器大规模地制造巴拿马草帽的替代品。可惜所有的努力，迄今都没有成功。就算织出来的样子可以马马虎虎类似巴拿马草帽，但永远无法像真正的巴拿马草帽那样，具有无可比拟的柔软和高透气性。

把这事整明白了，我又牵挂起那桩历史冤案，请彩虹妹细说。

彩虹妹还挺执着，不肯转弯，按照自己的逻辑继续说下去。因为托奎拉只生长在厄瓜多尔，你想辨识是否真货，就要看草帽的柔韧性。真正的巴拿马草帽，简直就像会柔术的杂技演员，看起来蛮大的一张，能像一张纸似的，卷成一个直径不过10厘米的斜三角形状的圆筒。

彩虹妹说的这优点，后来我在店铺看到了当场演示。帽子比6张A4纸只大不小，店员把它轻轻巧巧地如一张宣纸般紧紧卷起，放入长条状帽盒。蜷缩起来的草帽，一端大些一端小，有点像过去北京胡同里点煤球炉子的拔火筒。店员说不管时间过去多久，只要你从盒子中把草帽解放出来，慢慢打开，草帽就会嘭地崩开，恢复原状。它绝不变形不说，你也找不到任何褶皱的痕迹。巴拿马草帽就像个不贰忠臣，深谙文武之道一张一弛之术，片刻之间青春逆袭，准备好为主人的头顶贡献了。

彩虹妹接着说，用极细的托奎拉草茎编织出的顶级巴拿马草帽，代表一种高贵的身份，在它微微上翘的帽檐下，遮掩过英国首相丘吉尔、美国总统罗斯福、英王室查尔斯王子等一系列政要的脑袋瓜。电影明星们，也常用它做装饰，以显示低调而不张扬的奢华。总之，它是上流社会的标配。有点像中国的丝绸绣品，极品的刺绣，只有皇家才能享用哦。

旅游汽车上空间狭小，一人讲话，众人听也得听，不听也得听。彩虹妹这一通巴拿马草帽的启蒙教育，让我们团的一干人等，都决定要在厄瓜多尔置办一顶草帽。我一边私下里怀疑这姑娘或许和草帽厂有私交，一边也不争气地决定加入购买大军。

想这巴拿马草帽，不过是一种植物茎丝，可谓出身寒门。然人不可貌相，植物也是不可貌相的。此物天赋异禀，加上人工长时间的指掌摩挲，赋它以灵气，托奎拉只生长在厄瓜多尔境内几个非常小的区域。极细的托奎拉草茎编织出的顶级巴拿马草帽，代表一种高贵的身份，是上流社会的标配。

修炼成了帽界显贵。有点像一个励志故事。

大家的购买欲被撩动，纷纷与彩虹妹探讨什么样的巴拿马草帽好。

彩虹妹继续介绍说，巴拿马草帽天生朴素的本白色，最为经典。它百搭，无论白色、黑色还是棕色、黄色人种，它都能让你的脸在它笼罩之下，不显突兀，相得益彰。2012 年 12 月，巴拿马草帽还被列入联合国教科文组织人类非物质文化遗产名录。

人们发现她有点言不由衷，于是发问，那你的草帽为什么是彩色的?

彩虹妹的草帽顶是红色，依次编缠，诸色曲折蔓延而下，直到帽檐收口处的紫蓝色。目光再向下睃寻，见到的就是她戴的深色超大墨镜，霓彩变幻。在其下，是美女俏丽的小鼻子和菱角般的红唇。这扮相，在炎热的厄瓜多尔顺理成章，又显出夺目的青春感。

彩虹妹说，年轻人不喜欢一成不变的本白色，草帽商人也投其所好，造出了不同以往的新式草帽。

人们于是短暂默然，在心里琢磨是买传统草帽还是新式草帽。我决定买个传统的。彩虹妹偏着头问大伙儿，你们是否决定要买好的巴拿马草帽?

大家说，那是自然。万里迢迢的，要取到真经。不过也不能贵到 10 万美元一顶。

彩虹妹说，几千块钱可好?

大家咬咬牙说，千把块钱左右吧。

彩虹妹说，那咱们先到最好的店里，看看最好的巴拿马草帽。

抵达厄瓜多尔的第一天，我们就一头扎进首都最好的帽子店之一准备开买。橱窗里，醒目的位置上摆有编织细腻造型美观的诸多草帽，果然以本白色为主。一眼看去，你几乎怀疑它们是草编的吗?太像丝绸类的纺织品，柔软而有锦缎样的光泽。我们在店里一番端详后，趴在柜台上，招呼服务生过来，把各自相中的帽子拿出细瞅。衣冠楚楚的男服务生态度不错，微笑着点头打招呼，却并不急着拿帽子，面露难色地和彩虹妹低声说话。彩虹妹似有异议，同他辩解。看此状况，我们预感到似有某种麻烦，只好压抑下旺盛的购买欲，静待下文。

看来交涉的结果不很乐观，彩虹妹无可奈何地转身对我们说，帽子店的意思是你们可以买帽子，但不能试。试过之后，顶级的帽子就会变形，他们将无法出售。

这一刻，我为曾疑彩虹妹是草帽托儿，感到抱歉。

大伙儿脖子上的脑袋，本来已经准备好试戴帽子，现在尴尬地僵在那儿。帽子不让试，就像鞋子不让试一样，如何保证合适?人的脸形不同，以前也没有买过巴拿马草帽，帽形戴上是否好看，总要试过才能定夺。

我至今不知道这是所有顶级帽子店的规矩，还是这一家的独特癖好。我们问彩虹妹，此事可有商量?

彩虹妹说，他们很坚决，没有商量。

大家轻声讨论了一下，决定不在这个店里买帽子了。出得门来，站在寒风凛冽的街头，一时不知道这帽子情缘如何了结。（那天突然降温，加上基多地处高原，此刻已近傍晚，天气深冷。）

彩虹妹想了想说，那咱们上自由市场吧。

这风云突变的力道也过猛了吧？刚从顶级帽子店出来，就一头钻进街边摊，反差有点大。不过，人在异乡，只能入境随俗，彩虹妹业已尽力，咱不能太过苛求。

全世界的自由市场都有不洁且又暖洋洋的味道。很多明显来自中国的小商品，让我们有走入县级批发市场的亲切。

约好了集合时间，大家四下散去。我和彩虹妹一道走，她说，您想要什么样的草帽？

打眼一看，市场中的草帽和刚才帽店里的货品，成色相差太多，曾经沧海难为水啊。传统的本白色帽对工艺和材料要求甚高，最见优劣，此地的货物实在看不入眼。倒是现代流行款式，以五花八门为噱头藏拙，一时让人雌雄莫辨。不过既是时髦新款，我这个老迈头颅，便戴不成了。若要送亲朋，平日未曾注意过人家的头围。所以，决定收敛初心，放弃购买草帽的打算。买是不买了，不过我对巴拿马草帽的好奇心并未消解。我对彩虹妹说，你还没讲冤案呢。

彩虹妹说，那咱们先从巴拿马运河讲起。它位于美洲巴拿马共和国，是沟通太平洋和大西洋的重要航运要道。

我说，知道。我走过巴拿马运河。

彩虹妹说，本地印第安人早就知道用托奎拉纤维编织草帽，遮阳挡雨。他们甚至把这种草帽，视为印第安人的象征。1840 年，也就是中国鸦片战争前后，这外表普通内里却大有乾坤的草帽，引起了当时的厄瓜多尔政府高度重视。为了扩大草帽产量，政府开设了草帽编织厂，学校还专门开了传授草帽技术的课程。草帽被大量编织出来，总要有销售渠道啊。商人就到巴拿马开拓草帽出口业务，草帽通过海路，运到美国的加利福尼亚，再从那里辐射到北美各地。由于人们是从巴拿马得知这种精美独特的草帽，就被美国和欧洲客商称为“巴拿马草帽”了。

我点头道，原来是这样。

彩虹妹迟疑了一下又说，这是见于官方的说法。

我猜还有乾坤，便问，那另外的说法是……？

彩虹妹说，民间有一种流传甚广的说法，说真正让巴拿马草帽走向全世界，要归功于修造巴拿马运河的穷苦劳工。19 世纪末至 20 世纪初，开始开凿巴拿马运河。巴拿马地峡属于热带雨林气候，又潮湿又闷热。藤蔓缠身，草深林密，

The Microcosm 美洲小宇宙 of America

橱窗里，醒目的位置上摆有编织细腻造型美观的诸多草帽，以本白色为主。一眼看去，你几乎怀疑它们是草编的吗？太像丝绸类的纺织品，柔软而有锦缎样的光泽。

交通极不方便。那时又没有得力的大型设备，干活儿基本上全靠人工。巴拿马地处北纬9度，气候炎热终年酷暑……来自数国的数万劳工大军，挥汗如雨，疲惫不堪，巴拿马地峡简直成了人间地狱。

不由想起2008年我环游地球通过巴拿马运河时的情形。由于航运力有限，我们的游轮在运河的大西洋侧，等待了约40小时。终于轮到我们的船过水闸了，大家都挤在甲板上，看船闸一寸寸移动注水。同行的一位年轻人，则目不转睛地盯着岸上。我问他，你在看什么？

说实话，巴拿马运河的风景并无什么特殊，草木纷杂，未经人工雕琢，一派林莽混杂的原始景色。年轻人说，这附近应该有一座山，叫作希望之山……

正说着，游轮缓动，我们看到了那座山。并不很高，有密集的墓碑，低矮残破。小伙子告诉我说，这里埋有中国工人的尸骨，坟冢面向东方，眺望家乡。

彩虹妹不知道我思绪跑远，继续说下去。在艰苦的劳作中，工人们需要遮阳遮风挡雨，便大量购买当地草帽。运河修好了，工人们返乡了，各自带走了他们的草帽。于是，这种又便宜又实用的劳保用品，就此流向全世界的各个角落，被称为“巴拿马草帽”。

比起官方说法，我觉得这草帽纹络中藏着汗水和归家时不离不弃的眷恋，让我更记住了这个温情传说。

当天在自由市场，同伴们挟高级帽店之威，看啥草帽都不入眼，全无斩获。后来，眼看就要离开厄瓜多尔，再不买就来不及了，大家便在其他城市的中档帽店，齐刷刷开了张。这家店比较人性化，允许试戴。大伙儿便把传统的、时尚的草帽一一试了个遍，各自挑了中意的样式和合适的尺寸。店员三下五除二地把草帽折成老式拔火筒模样，安放进精美礼盒。不管怎么说，大家还是怕把这宝贝压坏，从此行进的队伍中多了一道风景。上飞机时，我们团的人都拎着长方形的草帽盒。好几次我一时找不到队伍，就先寻觅拎花花绿绿长盒的旅人，十拿九稳。

回国之后再次聚会时，我问买了草帽的旅伴，草帽可安好？

旅伴迟疑了一下说，没有想象中的好。回来展开后，有抚之不平的压痕，并不像在草帽店里看到的那般平整。

我说，你是否重压了它？

旅伴矢口否认，说这帽盒在旅途中从未离开过手指，盒子的外观也丝毫无损。

于是我们都静默了一小会儿，共同想起彩虹妹说过，能否完全复原不留任何褶皱，是鉴定真正巴拿马草帽的要诀。

而且……草帽纤维有很多断头，当时匆忙看不太仔细，回来后才发现纹路不完整，由多节短纤维拼接而成，几乎没有一根是从一而终。

我道，你这顶草帽多少钱买的呢?

旅伴说，合大几百块人民币，不到 1000 吧。

全世界的自由市场都有不洁且又暖洋洋的味道。很多明显来自中国的小商品，让我们有走入县级批发市场的亲切。此地的草帽成色不如帽店，款式倒是五花八门。

我说，这就对头啦！一分钱一分货，当然不能和 10 万美元的宝贝相比。想那天然生长的托奎拉，自然也是长短不齐七手八脚的，断不会一刀切得颀长。上等的托奎拉被用去编织高价草帽，短的纤维也得物尽其用，于是就成就了你的草帽。有接头不足为怪。

旅伴说，你这么一说，我这心里就不那么堵了。不管怎么讲，它是一项真正来自厄瓜多尔的巴拿马草帽，对吧？

是的。它的确血统纯正，哪怕是庶出。我私下里琢磨，当初印第安的猎手和巴拿马运河的工匠，戴的就是这种普通的草帽吧？

联想起来一个词——德不配位。和这个词肩并肩而立联成上下句的伴侣是——必有灾殃。这两个手拉手的词，通常指的是人的德行浅，若占据了高位，会引来灾祸。我们所有的财富和智慧，在老祖宗那儿，都被统称为“物”，厚德才能承载万物。在草帽问题上，“德”是我们并不丰盈的钱囊和匆匆的脚步，“位”就是银丝般的托奎拉极品纤维和埋藏其中的工匠辛劳时间。借来“德不配位”一用，或可大致理解为——我们本不该享有 10 万美元一项的巴拿马草帽，不要用它的标准来衡量家常用品。

我们本可不去看那些非常昂贵的草帽。或者单是看看，也就罢了，不必企图收入囊中。误看之下，胃口吊高，自此好高骛远，除却巫山不是云。巴拿马草帽上小小的德不配位，尽可一笑了之。不过我从此记得提醒自己，没有金钱与之相匹配的奢华，不要张望，那是消费的僭越。世界上的有些景观，是有杀伤力的，观景也要有足够的握持。心无旁骛保持纯然欣赏的距离，方得大美。挤靠得太近了，竭尽铺排的奢靡火星一旦溅入眼中，烫了自己的上下眼睑不说，弄不好心境也被捅个透明窟窿。

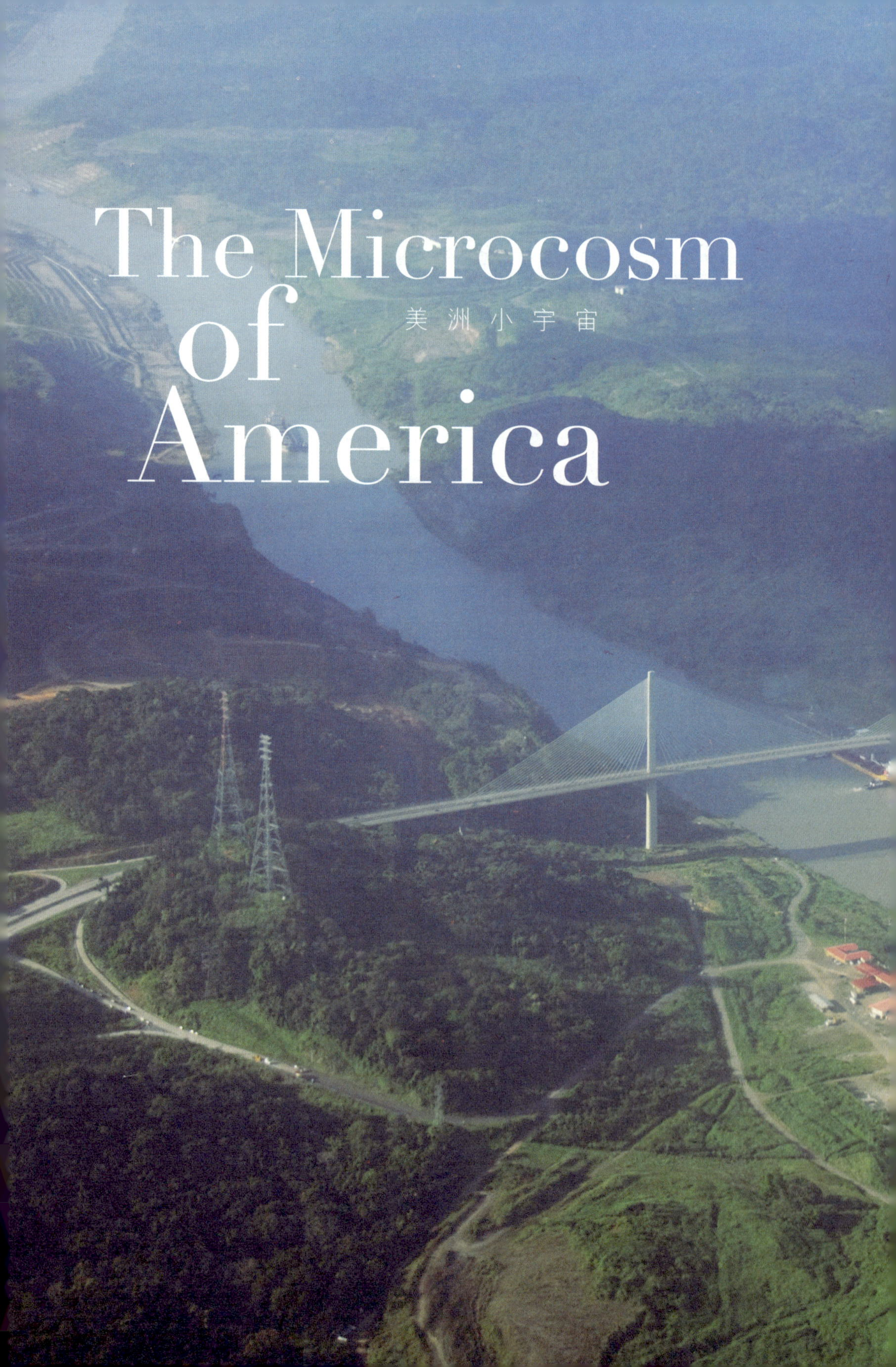
The Microcosm
of
America
美洲小宇宙

厄瓜多尔生产的草帽为何叫作“巴拿马草帽”？民间说法是：修造巴拿马运河的劳工们大量购买当地草帽。运河修好了，草帽也随着来自数万劳工大军返乡，这便宜又实用的劳保用品就此流向全世界的各个角落，被称为“巴拿马草帽”。

The Microcosm

美洲小宇宙

of

America

10 草地下破碎的颅骨

关于那次暗杀，我已经放了太久的时间，总是心中黯然，然而，还是要写完整。

1999 年，电影《美丽人生》获得奥斯卡奖。当被问及这个片名的来源，导演贝尼尼说，它来自托洛茨基的一句话。托洛茨基在墨西哥流放时期，得知他要被斯大林暗杀时，看着花园中的妻子写道，无论如何，人生是美丽的。

哦，这就是那个花园。哦，这就是那句话曾经回荡过的院落。托洛茨基故居的青青草地，让你脚步不敢实打实地落下。因为你知道，在这几尺泥土之下，僵卧着一位老者疲惫的身躯，在他被解剖过的心脏里，怀揣着世界大同的理想，在他高昂的颅骨上，有利刃剁砍的深痕。其实严格说起来，地下埋的是骨灰，但一具浸血遗骸的幻影挥之不去。

我用了很多时间，阅读我找得到的有关托洛茨基之死的资料。原先几乎一无所知的这个人，从历史的尘埃和血泊中蹒跚走来，渐渐有了些许温度和吹拂的气息。随着阅读的资料增多，迷茫也在加深。有些记载相互抵牾，不知谁说的更符合历史的真相？我向读者的转述，如何才能更为客观？

在投身写作之前，我从事过 20 年的医务工作。这使得我对于第一手资料的搜集，有近乎病态的执着。你要了解病史，当然要和病人及其家属，反复核对关键病程症状和发作时间，才能为最后的诊断和治疗提供翔实有效的支撑。这种努力在我已成习惯，不过在托洛茨基之死这桩历史公案中，时有碰壁。

比如，凶手将凶器劈进托洛茨基的颅骨，深度是多少呢？有的记载说是 3 寸，有的说是 3 厘米，有的说是四分之三英寸……如果是 3 寸，那么就有 10 厘米，近乎成人的一拳厚度。以我当过军医的经验，加之考虑到当时的医疗水平，这种深裂度的颅脑外伤，基本上一击致死。托洛茨基不可能在伤后还讲了那么多话，又生存了 20 多小时。那么用另一种说法，深达 3 厘米，就是说将近一寸，似乎也还是太深了些。斟酌之下，我取了四分之三英寸这个记载。一英寸为 2.54 厘米，四分之三英寸约是 1.9 厘米，这个深度应该大致可信。

当过医生，有时会不由自主地把书稿当成病历，这肯定是不恰当的。但我钻牛角尖地热爱详尽准确，竭力想逼近真实的情况。凿求真相，是我不变的初心。然而由于历史久远，人们记忆模糊，材料支离破碎，我只好把各家所说汇总起来，加以整理。实在难以周全之处，恕我略加推理。求各位史家宽谅，它只是游记，而非信史。

再如，最后置托洛茨基于死地的那件凶器，到底是什么构造？有的记载上说是雪斧，有的说是冰镐。经查证，冰镐和雪斧指的本是同一类登山工具，刃口稍有区别，大同小异。在托洛茨基故居，我看到了那件凶器的图片，似乎更符合人们对于短镐的印象，十分利于携带。镐把有符合人体工学的弯曲，利于执掌。镐头为鹤嘴形，一头非常锐利，另一端稍微平钝些，但也很有力度。我称它为短柄冰镐。

关于刺杀托洛茨基的执行部门，有的文献说是苏联的克格勃，但那时克格勃这个机构还没有成立，它的前身叫作苏联国家安全总局，托洛茨基称呼它为“格别乌”。为了叙述方便，我在文中统称它为克格勃。在引用托洛茨基原话时，会出现格别乌的说法。

那个杀手，到底叫什么？身为间谍，他是千面人，有很多化名，直到死后埋在莫斯科郊外的墓地，刻在他墓碑上的名字，也无法确认是否系他真名。他刺杀托洛茨基后被捕，招供时用的名字叫莫尔纳尔。托洛茨基只知道他叫雅克松。所以，在大部分叙述中，我称他为雅克松。

前面文中说过托洛茨基在苏联的政治斗争中败北，先是被流放荒远的阿拉木图，之后又被逐出苏联，最后被褫夺苏联国籍。

总算在墨西哥安定下来，托洛茨基拿起笔做刀枪，写下大量激扬文字，回忆历史指点江山，奋力揭露斯大林的真面目。

20 世纪 30 年代末，托洛茨基着手写作一本巨著，名为《斯大林——对此人及其影响的评价》，中文译名《斯大林评传》。这本书，托洛茨基可谓“呕心沥血”。通常人们用到“心血”这个词的时候，是个比喻，指的是作者殚精竭虑倾注思考。用它来描述此书的写作过程，指的不仅是无形精魄，还是真正奔涌的鲜红热血。1940 年 8 月 20 日，此书即将完稿之时，一具冰镐砸入托洛茨基颅骨，血柱飚射。书桌上正摆着的此书的手稿，顷刻被热血浸泡。

暗杀并不是始于这个傍晚，在此之前，斯大林已命令克格勃，将托洛茨基家族的所有子嗣（除了 8 岁的小外孙），剿灭一空。

1940 年 5 月 20 日深夜，暗杀托洛茨基的第一波行动以失败告终。斯大林雷霆震怒，严令必须尽快让托洛茨基人头落地。克格勃吸取上次失败的教训，改弦易辙，变强攻为智取，志在必得。

在墨国第一线负责暗杀行动的指挥者，是一对情侣。男的是苏联内务部考托夫少将，女的是西班牙人米尔卡达雅。他们密谋后派出的杀手，真是内举不避亲，竟是米尔卡达雅的亲生儿子莫尔纳尔。

莫尔纳尔长相英俊，可谓风度翩翩。托洛茨基故居的展室中，存有此人的照片。冷眼看去，甚至有点影星风流倜傥的风度。不过，此人并非凭着高颜值行走于江湖，而是确有本事。他精通英语和法语，能写诗歌和论文。体能也相当了得，酷爱登山，受过系统的体能锻炼，是登山健将。他还善使各种通信器材，可谓全能之才。枪法也很厉害，据说能在伸手不见五指的黑暗中，用不到 60 秒的时间，把分解到最小单位的手枪或毛瑟枪，闪电般组装完毕并保证击发出子弹，并命中敌方要害。以我当过 10 多年兵的经验，明白这等徒手组装枪支并令子弹应声出膛的技法，靠的是胆大心细的天赋和无数次的苦练，并非花拳绣腿的作秀。

莫尔纳尔乃才艺双绝的杀手。不过按一般人的逻辑，就算儿子武功再高强，把他送去搞九死一生的暗杀，也绝非一般母亲做得出来。

奇葩老娘米尔卡达雅，祖上来自西班牙，出生于西班牙当时的殖民地古巴。她高贵，教养良好，长大后返回西班牙，嫁了门当户对的体面丈夫。按说此女过优雅安逸的生活方为正途，却不想她从年轻时就决意投身共产主义事业，很早就加入了西班牙共产党，并受到莫斯科的高度信任。

莫尔纳尔从小对母亲崇拜有加，对守旧的父亲心怀藐视。他和母亲肩并肩参加了西班牙的战争，担任过武装部队的教官，充满了冒险和献身精神。

莫尔纳尔并不是在首次刺杀失败之后，才潜入托洛茨基周边的。深谋远虑的克格勃，早在两年之前就安插下了这枚棋子。

时间退回到 1938 年夏天。她叫西尔维娅，出生在美国，毕业于哥伦比亚大学。从当学生时就信仰托洛茨基主义，是托洛茨基的忠实粉丝。她认识托洛茨基，常为托洛茨基在欧洲和美国之间传递重要文件。

经朋友介绍，西尔维娅认识了一位新朋友——莫尔纳尔。当时他自称是在法国长大的比利时人，名叫雅克松。这只苏联克格勃放飞的“鸭子”，气质高雅谈吐不凡，相貌堂堂出手阔绰，一下俘获了西尔维娅的芳心。西尔维娅女士，虽说人品不错学历不凡，可是相貌平平。一见这么温柔体贴又渊博的帅哥倾心于己，顿时春心荡漾。雅克松一看首战告捷，立马穷追猛打，飞快演变到了单腿跪地正式向西尔维娅小姐求爱的桥段。

西尔维娅沉浸在爱河中难以自拔，雅克松水到渠成地进入了她的生活圈。西尔维娅与他先后到达美国，两人在美国开始同居，共赴温柔乡。不过美国只是整个计划的序曲，最终目的地是托洛茨基居住的墨西哥。西尔维娅与雅克松的柔情蜜意，并没有持续多久。雅克松说要到墨西哥去发展业务，断然将西尔维娅扔在美国，拍拍屁股扬长而去。独守空房的西尔维娅忍受不了分离之苦，马上追到墨西哥和情郎团聚。

西尔维娅继续担任托洛茨基的秘书。她此时神清气爽，一来终于和心上人同床共枕长相厮守，二来又可为自己的政治偶像工作，实乃一举两得。

雅克松就这样按照既定计划，蹑手蹑脚地逼近了托洛茨基。他假装受到西尔维娅的激情感染，逐渐对托洛茨基的理论产生了兴趣。他尽量为女友的工作提供方便，常常邀请警卫和工作人员吃饭，出手大方，待人友善，细节上恰到好处。他会给托洛茨基夫人带一束花，或是一盒让人愉悦的糖果。当着托洛茨基的面，他很有分寸地露出敬仰与羞涩交织的表情，把握着从普通人刚刚转变为“同情者”的尺度。他还说自己是经验丰富的登山运动员，愿意陪托洛茨基爬爬山，锻炼身体。参加活动的时候，他小心翼翼保持着距离感，绝不表现出太高涨的热情。他牢记极富政治经验的托洛茨基曾经警告过自己的追随者——奸细们通常会表现得过分热心。雅克松若即若离，让自己的谦逊、热心、清白的形象，无懈可击。这个苏联特工，终于获得了所有人的信任，得以在托洛茨基的寓所行走自如。

一段时间后，他突然性情大变，十分神经质。脸色灰白，面孔抽搐，双手会不由自主地痉挛。有时整天躺在床上沉默不语，有时又突然变得亢奋与饶舌，在焦虑和阴郁两极之间游走往复。他向秘书们不合时宜地夸耀自己力气很大，“用冰镐一下就劈碎了一个大冰块”。观看托洛茨基住宅坚固的“城防工事”时，雅克松耸着肩膀不屑地说，这些东西毫无用处，因为“下一次偷袭将会采取完全不同的方法”。人们当时以为这是雅克松的乖张脾气偶尔发作，殊不知这是因为他已经接受行刺托洛茨基的密令，精神紧张错乱。

雅克松原本以为自己成为西尔维娅丈夫的目的，就是不断提供最新情报给克格勃。不料母亲命令自己亲自操刀，上阵取托洛茨基人头，精神几近崩溃。他喝得酩酊大醉，摔砸家中物品，十分怪异。可惜这一切反常举动，当时并未让西尔维娅有所警觉。

雅克松开始彩排他的暗杀计划。8 月 17 日，雅克松来到托洛茨基家，假装谦恭地问托洛茨基能否帮他看看他新写的一篇论文，说如能得到托洛茨基的指教，荣幸之至。尽管有些为难，但雅克松是自己秘书的爱人，加之托洛茨基有一软肋，好为人师，很愿意指导年轻人，就答应下来。雅克松带着写好的文稿，进入了托洛茨基的书房。托洛茨基聚精会神开始看他的文稿，在这段等待时间里，雅克松对即将施行的杀戮计划进行了全面评估。

以他健壮的体魄，加上携带凶器，对付一个61岁的老人，应该完全没有问题。

托洛茨基看完文稿，提出了几点修改意见。雅克松假装真挚地表示了感谢，得寸进尺地说自己还有两篇文章，也希望托洛茨基过过目。托洛茨基计算了一下近几天安排，让雅克松3天以后再来。

彩排得以圆满完成。

雅克松的拜访，让托洛茨基心神不宁。他忧心忡忡，对夫人说，我再也不想见到雅克松了，此人举止反常。我读他文稿时，他竟然顺势坐到我的写字台上，俯身盖在我头顶上方，并且一直维持这种姿势。直到会面结束，他始终没有摘下帽子，手也一直紧紧抓着外套。这简直太无礼了！托洛茨基激怒地怀疑：他根本不像一个法国人！他到底是谁？这必须搞清楚！

夫人听后很吃惊，如果雅克松不是法国人，那他是哪国人？他为什么要在国籍上搞欺骗？这件事能骗，那还有什么事情他也在欺骗大家？

此处我有小小疑问。雅克松预演暗杀时，是站在托洛茨基侧后方，还是一屁股坐在了写字台上？按照夫人引述托洛茨基本人的说法，应是后者。但其他资料都说的是前者。我推测托洛茨基在极度不安中产生了错觉。雅克松原本就身材高大，他站于托洛茨基侧后方，脑海中预演劈镐杀人这一系列动作时，身体不由自主前倾，便对托洛茨基形成泰山压顶态势。托洛茨基个子不高，又是坐姿，感觉到了来自头顶上方的强烈杀气。他没能解读出这个危险信息的全部含义，以为雅克松极不礼貌地坐到了写字台上。

托洛茨基的直觉很准确，他也向警卫人员谈了不安之感。假以充足时间，托洛茨基会凭着一个老政治家的敏锐嗅觉，闻到危险迫在眉睫，或许有希望将自己从绝境中救出。

然而，一切都来不及了。

3天后。1940年8月20日。星期二。

这一天的开始，没有任何异样，甚至可以说是祥和的。院落平静，树影摇曳。早上7点钟，托洛茨基自信而充满活力地醒来，难得地没有用那个残酷的玩笑来迎接妻子的问候。他把开场白换成“我已很久没有感到这样振奋了”，还说昨天晚上的安眠药很有效。

夫人微笑着说："安眠药可不会让你觉得振奋，是踏实的睡眠和充分的休息帮助了你，所以你才感觉不错。"

托洛茨基点点头，表示赞同老妻的看法。他说，真盼望"今天能真正好好地工作一天"。

托洛茨基起床后的第一件事，是步履轻快地走到院落去喂兔子。他喜欢这种温情的小动物，无微不至地照料它们，这一喂，居然花去了整整两个钟头。吃罢早餐，他说要赶紧回书房去写"我那可怜的书"。

这书指的是《斯大林评传》。近几个月来，书稿被放在了一边，托洛茨基不得不拿出大量时间，应对警察局的调查。现在，该说的都说完了，希望再也不要有杂事来干扰写作了。

早上的电报也报告好消息。托洛茨基浩如烟海的宝贵文档，终于找到了妥帖保险的地方安放。美国哈佛大学图书馆，收到了他的全部文献。两天前，托洛茨基还为这事操心，他将档案委托给哈佛大学有个附带条件：部分内容要等待 40 年，也就是 1980 年之后，才可公开。现在，消息传来，一切圆满。

下午 1 点，托洛茨基见了自己的律师，决定对报纸上的攻击和诽谤做出回击。托洛茨基无所畏惧且心情振奋，他又一次告诉夫人，情况非常良好。

夫人也觉得他看上去不错，偶尔轻轻打开他书房的门看看，见他俯身书桌，奋笔疾书。

下午 5 点，托洛茨基又来到兔笼边喂兔子。夫人在阳台上，看到托洛茨基身后有个身影慢慢走近，来人正是雅克松。夫人不知为何有些不安，这人为什么来得这么勤？她下意识问自己，却找不到答案。雅克松脸色青灰，动作慌乱，神经兮兮地将外套紧紧裹在身上。

夫人猛然想起，雅克松曾当众夸耀，说自己身体倍儿棒，即使冬天也从不戴帽子、不穿外套。现在正是 8 月，墨西哥城酷暑，何至于此？夫人便问雅克松，怎么这么热的天还戴着帽子、穿着外套呢？雅克松颤抖着回答"怕要下雨"，接着说"渴极了"，想喝一杯水。

雅克松此刻说渴，有可能为真。人在高度紧张时，口腔内唾液腺会减少甚至停止分泌，便生口干舌燥之感。当然也可能是雅克松为了掩饰慌乱，怕托洛茨基夫人继续追问，以喝水为托词，转移夫人的注意力。

托洛茨基夫人给他倒了茶，雅克松却并没有喝，指着自己的喉咙说，我吃饭太晚了，食物都顶到这儿了。总之，他心神恍惚，答非所问。

雅克松的感受很可能为真。整整一天，雅克松一想到马上就要实施杀戮，就完全没有食欲。就算他曾勉强进食，胃肠功能已近瘫痪，食物也无法消化。

夫人又问他，文章修改完了吗？雅克松用一只手紧紧抓住外套，腾出另外一只手，给夫人看了几页打印稿。说，很想请托洛茨基费点心神，看看他的这篇习作。

在他死握不放的外套下面，藏着冰镐。他的口袋里，还有一支子弹上膛的手枪。

夫人同雅克松一道向兔笼走去，托洛茨基抬起头，对夫人用俄语说：雅克松是在等西尔维娅，他们俩明天要到纽约去，你为他们饯行。

雅克松为了防止西尔维娅不合时宜地出现，使暗杀计划受到干扰，已把妻子打发到饭店去为宴请做准备。

夫人回答，我刚才还请雅克松喝茶，不过他没喝，说是不舒服。

托洛茨基凝神看了看雅克松，说，您的健康又糟糕了，看起来病了，那可不妙。

庭院中出现了刹那间难堪的静默。雅克松手拿打印稿，尴尬地站在那儿。托洛茨基尽管兴趣索然，觉得还是有责任看看新稿子。他很不情愿离开心爱的兔子，可能是蹲得太久，起身时有点困难，左手拄着膝盖，右手撑着后腰，渐渐直立起来。他慢腾腾地锁好兔笼门，脱下套袖，掸了掸蓝色夹克，默不作声地跟着夫人和雅克松向书房走去。温良的小兔子们不知道，这是老人最后一次喂饲它们，几分钟后，他将血溅大地。

时至今日，我们还可以在院落里看到兔笼，只是笼中已经没有兔子。我在兔笼前站了一会儿，想象托洛茨基最后的离开。

夫人陪他们一直走到书房门口，把门掩上，自己走进隔壁的屋子。

进入书房后，“这个男人会杀了我”的念头，突然占据了托洛茨基的脑海。

类似的念头在长期流亡生涯中，时不时会冒出来。托洛茨基不愿被恐惧威慑，压抑下直觉的提醒。他走到书桌前，安然坐下，低下头来看雅克松的打印稿。

当托洛茨基将要浏览完第1页时，雅克松的右手慢慢取出冰镐。他右手高举冰镐，向托洛茨基花白的颅顶狠狠砸去。他深知托洛茨基曾任苏维埃共和国军事委员会主席，指挥过千军万马，如果第一击不足以致命的话，后面将难以驾驭。

雅克松原以为竭尽全力劈下冰镐后，托洛茨基会像刈倒的稻捆沉重倒地，不料听到的却是震耳欲聋的嘶吼。

雅克松在警局供述，他掏出冰镐，闭上眼睛，用尽全身力气打在托洛茨基的头上。本以为这一下沉重的打击，会让托洛茨基连哼都不哼一声就死去，而他本人则可以在凶杀被发现之前，从从容容地溜掉。然而，托洛茨基发出了一声可怕的尖锐叫喊，雅克松一生都能听到这声音……

据说，按照雅克松和克格勃及他母亲事先制订的计划，托洛茨基悄无声息倒地后，雅克松迅速用地毯将托洛茨基尸体卷包，以防鲜血流出房间被人发觉。之后，雅克松如往常一样，镇定地从屋里走出来，直奔大门。此刻，他母亲和考托夫将军，各驾驶一辆汽车从街道两端驶来。莫尔纳尔钻进其中任何一部车，都可逃之夭夭。汽车疾驶十几分钟后，就会到达墨西哥城郊外的停机坪，那里停放着早已准备好的直升机。起飞后半小时，他们即可安全离开墨西哥国境。

托洛茨基顽强挺立，与刺客进行殊死搏斗。对于这一结果，法医的鉴定给出了可能的解释。因雅克松紧张过度，将冰镐两端弄反了，他是用钝面而不是尖锐端劈向托洛茨基颅顶的，使冰镐的杀伤力有所减弱。

托洛茨基的头盖骨被打破，鲜血喷涌而出，顺着脸颊流淌。重伤的老人毫不退缩，咆哮着跳起来，用能抓到手的一切东西——书、墨水瓶、录音机砸向凶手。像老虎一样猛扑过去，抓住雅克松，咬他的手，抢夺冰镐。

雅克松吓得发抖，完全失去了用冰镐进行第二次打击的能力，也忘了自己还有手枪。他甚至连逃跑的能力都丧失殆尽，呆若木鸡。

随着时间推移，致命的创伤弥散开来，吞噬了托洛茨基残存的力量。

他再也站不住了，摇晃着向后退去。最后一个有意识的动作，是调动全部意志力，让自己不要倒在敌人脚下。

暴烈的呼叫和厮打声，让夫人和卫士们惊觉，冲进书房。托洛茨基此刻倚着门框，脸上全是血，胳膊像布偶一样无力下垂。

夫人娜塔莉亚伸出臂膀搂住了托洛茨基，急迫地问：出了什么事？她一时没搞清原因，书房正在装修，她还以为是从天花板上掉下的东西砸伤了他。

托洛茨基的目光中没有愤怒，甚至也没有沮丧和悲哀，他静静地说：“雅克松……”

娜塔莉亚感觉托洛茨基说话的实际意思是——“那件事情……终于发生了……”

托洛茨基被夫人搀扶着慢慢走了几步，滑到地板上躺下。夫人拿来枕头，垫在他破损的头颅下，用冰块敷住伤口。

托洛茨基说：“一定不要让谢瓦看到这一切。”

他记挂着小外孙。这时，颅内损伤蔓延，托洛茨基的舌头已渐僵硬，口齿含混不清。他将眼珠吃力转向书房门口：“我感到了……我明白他想要干什么……他想……再一次……我……”。托洛茨基此刻平静温和，用稍带满意的口吻说：“……我没有让他得逞。”他又转脸向秘书汉森用英语说：“这就是终点。”

秘书告诉托洛茨基，雅克松是用冰镐袭击了他，并宽慰说伤得并不重。托洛茨基指着心口连说了三个“不”字。“……我能觉出这次他们得手了。”

直觉告知托洛茨基，这一次袭击是致命的。当秘书再次向他保证说伤势并不危险，托洛茨基的眼里浮现出浅淡笑意，好像为看透别人极力安慰自己并设法隐瞒真相而感到有趣。

他继续用英语说：“照顾好娜塔莉亚，她跟了我很多……很多年。”说到这里，托洛茨基的手突然痉挛起来，泪水涌上他的眼睛，夫人在一旁号啕大哭。看到卫士们正在痛打雅克松，血流满面但神志依然清晰的托洛茨基挣扎着说，不，不，绝不能杀死他……必须让他招出指使者……

医生以最快的速度赶到，托洛茨基左边的胳膊和腿已经麻痹，这说明他的右侧大脑开始丧失功能。夫人用一块白色披肩盖住丈夫，双手捧着他血迹斑驳的头颅，赶往医院。在救护车上，托洛茨基神志稍稍清醒时，用尚能活动的右手在空中画着圆圈，仿佛在找什么东西。终于，它游移着摸到了娜塔莉亚。夫人问，感觉怎么样?

“现在好些了。”托洛茨基对秘书汉森喃喃低语道，“他是个政治杀手……格别乌间谍……或一个法西斯分子。更可能是格别乌……也可能受盖世太保指使……”

托洛茨基紧急入院，躺在病床上，护士开始给他剪头发，以备手术。夫人立在床头，托洛茨基向她艰难一笑。这是两个人的小秘密，昨天夫人还曾想给他找人理发。托洛茨基眨眨眼，说:“你看，连理发师也来了。”

然后，他问秘书汉森:“你……带……笔记本了吗?”

汉森点头。托洛茨基开始以英语口授内容。汉森做了如下记录:“由于一个政治杀手的重击，我就要死了……他在我的书房里袭击了我。我同他搏斗……我们……走进……谈论有关法国统计资料……他袭击了我……请告诉我们的朋友……我坚信……第四国际……必胜……”

从以上文字可以看出，托洛茨基刚开始口授时，还想尽可能详细地描述谋杀过程，但他很快意识到生命正在毫不留情地离他而去，所剩的时间不多了。他的政治遗嘱，是留给追随者们最后的鼓励。

为了马上施行手术，护士从他手上褪下手表，剪开他血迹斑斑的外衣和衬衫。当护理的人要脱掉他最后一件内衣时，托洛茨基“清晰但又悲伤、庄重地”对夫人娜塔莉亚说:“我不要她们给我脱衣服……我要你帮我……”

这是夫人听到托洛茨基留在人间的最后的话语。脱完衣服后，夫人弯下腰把嘴唇贴在他的嘴唇上。“他回了吻。我再次吻他，他又一次回吻。然后，又重复一次。”这便是夫妇间最后的道别。

当晚7点半左右，托洛茨基陷入深度昏迷。5位外科医生对他施行了开颅手术，右颅骨被打碎了，碎片嵌入了大脑。脑膜受损，部分脑体破裂并毁坏。托洛茨基以惊人的顽强毅力，承受了手术，却再也没有醒来。他同死亡搏斗了 22 小时，于 1940 年 8 月 21 日晚 7 时 25 分与世长辞。

医院解剖了托洛茨基的遗体。显示出大脑“巨大的体积”，共有 2 磅零 13 盎司重。1 磅是 453.6 克，1 盎司约为 28.3 克。托洛茨基的大脑重约 1275 克。解剖显示他的心脏也很大，我想这是由于他长期患有高血压，出现了病理性的心肌肥厚。

人们从凶手雅克松的衣兜里，发现了早就打印好的一封信。信上胡扯自己是托洛茨基的“幻灭的追随者”，称曾准备为其献出“最后一滴血”。来到墨西哥后，遭遇了“巨大的幻灭”，托洛茨基暴露出了狰狞的反革命真面目，命令他“到俄国去组织对许多人的一系列的谋害，首当其冲的是斯大林”。他还发现托洛茨基与一些资本主义国家的首脑有勾结，托洛茨基既阴谋反对苏联，也阴谋反对墨西哥。

这都是毫无根据的胡说八道。信中还捏造说托洛茨基逼他离弃妻子，因为妻子参加了不同的派别。雅克松把自己粉饰成情种一枚，说自己无论如何都不能失去西尔维娅。

雅克松继续编造鬼话。据说在接受墨西哥警方审讯时，他又为自己杀人找出另外的理由，说怀疑托洛茨基与西尔维娅有染，醋意大发时想教训一下这个老色鬼，不料失手将其打死。

这些理由无疑都非常荒唐，毫无事实根据，但却“独当一面”，使墨西哥当局无法查找他的上司和同伙，甚至连他本人的真实身份也没有搞清。当时的墨西哥法律中没有死刑,雅克松,也就是莫尔纳尔,最后被判了20年徒刑。

1950 年，也就是此次暗杀得逞 10 年之后，在犯罪学家的不懈努力之下，终于查清了雅克松也就是莫尔纳尔的身世。他的真名叫作：海默·拉蒙·梅尔卡德尔·德尔里奥。

由于成功地刺杀了托洛茨基，莫尔纳尔被授予“苏联英雄”称号，他的母亲米尔卡达雅和考托夫也荣获了“列宁勋章”。

莫尔纳尔在墨西哥服刑期间的表现，有几分令人费解。在监狱里，他开办了一所学校，亲手编写教材并给犯人上课。最后几年，他甚至不再配合苏联方面的营救，安心服刑。

1960 年，莫尔纳尔坐满 20 年牢狱，刑满获释。他娶了一个墨西哥国籍的印第安女人，定居古巴，据说还曾担任卡斯特罗的顾问。1978 年去世后，苏联方面将其遗体运回，埋在了莫斯科郊外孔策沃公墓里。墓碑上写着“苏联英雄洛佩斯·拉蒙·伊万诺维奇”。按照他生前的习惯，依然没有使用他的真名字。

我站在托洛茨基故居外的街道上，这里是富人区，环境清雅。街道不是很宽，来往行人也不多。看着路旁的树木，我想 75 年前，这些树应该还未长大，或者是另外一批树？莫尔纳尔的母亲米尔卡达雅和她的搭档苏联将军考托夫的车，当时就停在这附近某一段路面上。引擎发动着，等待着那个叫雅克松的年轻人，从托洛茨基家的大门口匆匆跑出，然后载上他成功远去。

然而，米尔卡达雅等来的不是她亲爱的儿子，而是撕心裂肺的警报声，墨西哥警察冲入托洛茨基寓所，高墙内搏杀正酣。

对于克格勃高官考托夫将军来说，莫尔纳尔不过是一枚射出的箭矢。他不曾跑出来，被卫队堵在托洛茨基寓所之内，虽不是最圆满的结局，但暗杀托洛茨基的任务，应该已经完成。所以，这个时刻，他绝对是兴奋大于忧虑。对于米尔卡达雅也就是雅克松的亲娘来说，必是烈焰焚心。儿子眼见得没跑出来，等待他的将是怎样的结局？！或许已然殒命？米尔卡达雅万分不想离开，绝望与残存的希望，让她痛不欲生……可是，警笛裂空，继续留在这里已无任何意义。她只有离开，悲痛欲绝，一步三回头，祈祷一切神明，保佑儿子平安……

这个女人，亲手把孩子送上狰狞之路，亲手把他投进监狱。当克格勃对营救莫尔纳尔失去兴趣后，她又锲而不舍地孤军奋战，但她几次拯救儿子的行动都没有得手，只好绝望地离开墨西哥。苏联给予她崇高荣誉，但她没有去苏联而是到了法国，在那里思念儿子直至死于法国。莫尔纳尔此生再也没能见到母亲，直到自己也客死异乡。

当年，前来给托洛茨基送葬的人，约有 30 万。

托洛茨基故居的院落里，在他的墓前，插着一面红旗。我们去参观的这一天，没有风。红旗耷拉着，纹丝不动。我仔细看了看，既不是苏联国旗，也不是党旗军旗，只是单纯的红色，一如他曾经在这里喷溅的鲜血。

花园里，花朵俏丽。

The Microcosm

美洲小宇宙

of

America

11

在大使馆讲课吓得我胆战心惊

我们团里有一位博学的西班牙语专家，德高望重，多国大使都曾当过他的学生。这次去中南美诸国，我们一行人托他的福，有幸被邀到若干大使馆做客。临出发前，西语专家对我说，某国大使知道我加入了这个自攒的旅行团，希望我能给驻该国使馆的外交官们讲一课。

我吓了一跳，连晃脑袋带摆手说，这可使不得！外交官们个个都是人中龙凤，乃肩负国家使命的栋梁之材。我一介草民，哪里讲得了！

西语专家说，人家大使都开口了，不好拒绝。这样吧，主题由您自己选，按照您平日擅长的领域，说说就好。另外，讲课完了，人家大使邀请咱们团参观使馆官邸。您上的这一课，虽没有课酬，但能给咱团挣个参观门票。

我知道他最后一句是玩笑，不过无功不受禄，总得给人家使馆做点贡献，才好去大使官邸四处寻觅着走走看看啊。本书开篇时说过，我小时候就读的那所学校，口号是以培养共和国的红色外交官为己任。我没资格当上外交官，成了在藏北高原爬冰卧雪的边防小兵，但对于外交官的好奇心并未泯灭。现在有机会能进入真正的驻外大使馆窥视一番，自然也很期待。

自打领了旅行途中要讲一课的任务，心情就陡地紧张起来。按说这授课的事，不该把我吓成这番模样。好歹也是讲过一些课的，比如央视的《百家讲坛》，比如《开讲啦》，比如担当某些大学的名誉教授并少量讲课，等等。况且人家大使很豁达，给出的范围相当自由，并无严格限制。让我能够因地制宜扬长避短，实在是很宽松了。

但我就是不争气地忐忑不安。我的确是不喜欢讲课的人。每逢演讲之前，都像滚了一身麦芒的骡马，有挥之不去的不适。本是自费轻松的纯玩之旅，讲课的担子，给行程掺入惊慌失措的因子。

确定下了讲课的日期，那日子便成了心情分水岭。讲课前，无一时彻底轻快的感觉，总有一个心之角落藏着秤砣。哪怕玩得再开心，嘻嘻哈哈笑着，一想起这茬口，立刻情绪下降，心皱缩成团。甚至希望那个日子早早到来，讲完之后，可马放南山，百无禁忌。我暗地讥笑自己无能，都怪我平日的工作状态，孤寂面对电脑，犹如鼹鼠在黑暗中掘进洞穴。有时连续几小时一言不发，姿势刻板，面容僵化，形若一个胖木乃伊。

然受人之托，当忠人之事。临出发前，在北京挥汗如雨的苦夏，我诚惶诚恐进入了为外交官们准备演讲稿的忙乱之中。

首先，当然是要确定一个主题。

讲什么好呢？讲人们对于外交官的仰慕？估计他们早就心知肚明，听得不耐烦了。讲人们对于外交官的期望？想来外交部在诸位入行之初，就对他们进行过毫不含糊的革命传统教育，哪里轮得到我这个门外汉班门弄斧。讲国内的大好形势？我还需要有关部门普及教育呢！要不就讲讲幸福？这两年我有时会用这个题目和大家伙儿交谈聊天。回忆自己戍守边疆的青年时代，曾因忍受不了高原缺氧和身体乏累，准备自杀过，最后终于战胜了怯懦……不过，在深思熟虑的外交官面前，这插曲有点小题大做……

念头如一盆脏衣服的洗衣粉泡沫，涌起又噼里啪啦碎裂，几近黔驴技穷。

出发在即，无论如何也得在临行前把稿子准备好。不然一路奔波目不暇接，难得静下心来思索如此郑重的课题。若秉承车到山前必有路的古训，届时仓促上阵打无准备之仗，既对不起我非常尊敬的西语权威老师，对不起高度信任我的大使，也对不起人家容我们在大使官邸四处睃寻的高等待遇啊。

冥思苦想，总算得一题目——“什么人适合当外交官”。

瞅瞅看看，颇有不自量力之虞。相当于烹饪门外汉，跟大饭店掌勺多年的主厨，讨论什么人适合当炊事员；相当于你只会饭后百步走，跟参加过奥运会的田径选手，讨论什么人适合当运动员；相当于基本上是个文盲，跟大学毕业的学子，讨论什么人适合上学。

总之，这是一个愚蠢的主题，但我还是如救命稻草一般死抓住不放。为什么呢？我固执地认为，一个人沉浸在自己的职业氛围内过久，可能需要旁人说点外行话，多个角度看事物。愚者千虑亦有一得，旁观者清。

世界上有太多的人，对于所从事的专业领域知识，积累储备十分充分，但对于自己是否适合做这个行当，却从未认真考量过。俗话说，女怕嫁错郎，男怕入错行。可见行当这个事，对人一生的影响甚大。现在男女平等，那么可以说，男的也怕娶错了妻，女的也怕入错了行。总而言之，此问题随着时代发展，变得越发重要。男女嫁错娶错的事，归婚恋专家那疙瘩负责，暂不赘述。入错行这件事，属于更多了解自我的心理探索部分。

我把好不容易琢磨出的选题跟老芦说了。本以为他眼见得我这些天愁眉苦脸不得要领，现在好不容易柳暗花明了，应该为我高兴才是，却不想兜头一盆冷水。

什么人适合当外交官这个事，是人家外交部组织部干部的专业范畴，多少年来早就形成了相应标准，据此挑选外交官的雏形。你一个隔行如隔山的老大娘，充什么大尾巴狼？你拟的标准有什么含金量？话虽不中听，内含的锋利的理性冰碴，把我浇得清醒了些。确实，我有什么资格对谁适合当外交官，指手画脚说三道四呢？我既不曾在外交官这个圈子里混过一天，也不曾学习过任何有关外交官素质的基础知识……不配有发言资格。

完了！绕了一个圈，我又回到了原点。讲什么主题呢？我重新呕心沥血搜肠刮肚，所不同的是时间更为紧迫。几番思考未果，只得把一腔焦灼倾泻在我先生头上。都是你！你知道你最擅长干的事是什么吗？

是什么？他一脸无辜加少许好奇。

就是张口提出否定性意见，却不能同时提出建设性意见。我发难。

他好脾气，想了想说，好吧，我现在提供一个建设性意见。

我转悲为喜，说，太好了，快讲。

他说，你就还用原来的题目吧。

我俩大眼瞪小眼，想不出更好的招数。于是，我回归到原本拟定的题目——“什么人适合当外交官”。

为了鼓己士气，壮我行色，我在心里一一驳斥老芦的歪理邪说。

怎么啦？谁说外行不能发表意见？每个行业都有特殊要求，每个人也都各不相同。森林中有各类树木，木质品性各异，派的用场就不同。一个人并不见得完全明了自己的特质，有可能不识庐山真面目。今个儿，我就斗胆弄斧，言者无罪。

主意一定，后面的事情相对简单。我先把闹钟定好，清晨3点起床，布局谋篇这份讲稿。

我通常恪守农夫习俗，日出而作日落而息，虽然在雾霾深重的京城，要看到日出并不容易。我基本上不熬夜不贪早，写作是天长日久之事，不能把自己煎熬得晨昏颠倒夜不能寐。我顽固地保持庸常的生活节奏，除非特别紧要的事物，我才会偶尔早起，利用头脑比较清晰的时刻应对杂芜。

现在，你明白我对这个课稿噤若寒蝉的程度了吧。

连续两个早上的努力，终于初见成效。我用3号黑体字把演讲提纲打出来。人老眼花，字号太小笔画太细恐看不清。本可现场戴上老花镜补救，但你不可能总是一头扎在那里低头看稿，有时也会抬头望望大家，来个目光交流或莞尔一笑什么的。老花镜的弊病是只能看近，看远就头晕目眩。上了年纪的老头老太太在台上念稿，眼镜一会儿摘下一会儿戴上，好不忙活，概因此患。也有偷懒之人，不肯费力将老花镜彻底摘下，将就着把镜托往鼻梁下面一拨拉，目光从老花镜上缘乜斜着鸟瞰大家。

我清楚记得自己年轻时对这种状况多么反感，无来由地感觉那目光有阴鸷冷漠之意。当我老到必得戴老花镜之时，严厉告诫自己要尽量减少从镜片之上瞄扫他人的举措。预防措施便是把稿上的字号放大，字体加黑。基本上可不用戴老花镜，省去了戴上摘下的烦琐。

我把讲稿打印了两份，一份夹在行李里，一份和护照等细软物品放在一处随身携带。思谋着就算行李丢失，讲稿尚在，不会影响我的工作；或者就算是护照丢了，这课也还能照讲。

一路颠沛流离，按下不表，终于，演讲的那一天到了。时间安排在下午，正是中南美国家暑热难耐的时刻。本以为我泱泱大国，国力渐强，驻外使馆关乎国家形象，得鸟枪换炮，会议室虽不能说是富丽堂皇，也该窗明几净凉爽宜人。却不料该使馆的会议大厅，是建在平地上类乎简易楼般的平房，且无空调。几个老式的电风扇，呼呼作响，鼓动灼热空气，给人以精神安慰。

讲台朴素，一张旧桌子蒙了一块布。使馆的外交官们，除了不能离开人的重要岗位，能来的都来了。听众们大多非常年轻，很像我在大学演讲时看到的青春勃发的面庞。当然我确知他们和无忧无虑的大学生有着巨大不同，肩上已经承担起了祖国托付的千钧重担。或许单独看他们其中的某一个人，你会觉得就是个普通的年轻人，但他们集合在一起，就汇聚成了国家的形象，任重道远。

为了这一天的演讲，我特地准备了一件暗宝蓝色的正装连衣裙。临行前，我在家中镜前走过来走过去斟酌掂量，觉得颜色有点过于凝重。翻箱倒柜取出一条写有中文古字体的红色围巾，配起来有点像红蓝铅笔，大致还算醒目。万没想到大使馆馆舍热如蒸笼，虽然调来一个摇头电扇对着我猛吹，但终不敌这身行头温暖。为了维持挺括，我这裙子的前心后背处都有衬里，再以围巾搭颈，暖热无比。好在当时倾情投入，并未觉得酷暑难熬。演讲结束后，才发觉汗透衣衫。

什么人能当外交官呢？我抛出了自己的问号。

先声夺人，外交官们鸦雀无声等待着我的下文。估计不以为意的也大有人在，心想我们都已入行多年，均是资深外交官了，您一局外人，能讲出什么新鲜？

我先从人格分类讲起。哦，在我们每个人的身体里，都居住着我们的人格，而它最终决定了我们的思维模式和行为模式。所以，用通俗点的话说，人格就是我们每个人的最高指挥官。

以前听过一个脑筋急转弯段子，问的是这个世界上一共有多少人。人们忙着回忆联合国的最新统计数据，是 60 多亿还是 70 亿。答案呢，是这个世界上只有 12 种人。按照中国的属相划分，所有的人都可以归结到这 12 种之内。在心理学家那里，还有更简明扼要的分类，这就是人格分类。

关于人格分类，众说纷纭，至今并没有统一的结论。据说光是基本被认可的权威分类法，就有十数种之多。我个人最喜欢的是一位美国女心理学家的四分法。她把这世界上形形色色林林总总的人物，分成了四大类。分别是：

一 道德卓越型　　**二 控制型**

三 表演型　　**四 舒适型**

关于这些人格分类的特点和各自差别，我就不在这本游记书中展开详解了。

回到那间酷热的会议室中，把我给汗流浃背的外交官们的演讲，大致复述一下。

我觉得做一个好的外交官，首先要有高度的道德卓越感。外交官是个整体，是国家庄重形象和严正立场的忠诚代言人。当一个外交官执行使命的时候，并不仅仅是以他个人身份出现，而是国家利益的浓缩又具体的双重体现。个人利益和国家利益，这不是一个选择题，而是只有一个答案的必答题。宏观上说，人类社会最优异的品质，外交官要集于一身。如果你说你有自知之明，知道自己做不到，或者说你知道自己做得到，但是你不打算做到，我觉得请你不要做外交官。这世上的行当千千万，有一些行当对人的要求并不太严，比如扫地。我并不是看不起环卫工人，只是觉得这份工作如果做得不够完美，后果不是太严重。而有一些行当，则对从业人员的品质，提出了极为严苛的要求，外交官恰恰属于这后一类。在人类整个群体中，总会有些人如此与众不同，他们如磁石被高尚的磁铁吸引，被将要担负的宏大责任吸引。对他们而言，有幸担当公共事务本身，是对他们卓越品质的肯定，他们的生命在这种艰巨的担当中找到意义。不言而喻，外交官就要具备这样的素质。

你要投身外交领域，你必要有所付出。你不能只被这个行当的炫目光环迷惑住，你不能只看到它光鲜一面、体面一面、风光一面、衣锦还乡的一面。你还要看到它枯燥单调重复服从的一面，看到身居险境甚至可能以身殉国的一面。只有你对最恶劣的境遇都有所准备，并决定万死不辞，你才有勇气踏入这神圣而艰辛的职业。人都说由俭入奢易，由奢入俭难，人的惯性容易适应舒适，而不易适应艰险。做一个外交官，在你的生涯中，会有多少风吹雨打惊涛骇浪千钧一发力挽狂澜的时刻……没有人能预判。能够像忠犬一样跟随你的脚步的，唯有坚韧不拔百折不挠胜不骄败不馁义薄云天的品质，是浩然正气和两袖清风。具备这些卓越的道德特质，一个外交官才能成功入行并日益显示出大浪淘沙卓尔不群的风采。

第二种是控制型人格特性。简单地讲，就是在错综复杂的情况下，有清醒的判断力，有强大的掌控力，有把握方向和做出决断的担当感，甚至还要有常人难以企及的精彩直觉。要能忍受孤独和误解，在排山倒海迷雾重重的困境中，不张皇失措，不人云亦云，不畏惧退缩，不因循守旧。一个杰出的外交官，要有叱咤风云的力度。国际形势复杂多变，面临的情势瞬息万变。危难时刻，不可能事事都有请示有预案，不可能一切都运筹帷幄成竹在胸。所以，外交官要有一双鹰隼般的眼睛，洞察秋毫。

暗宝蓝色的正装连衣裙和写有中文古字体的红色围巾，配起来有点像红蓝铅笔。大使馆馆舍热如蒸笼，演讲结束后，汗水已将衣衫湿透。

要有充满韧性的铁腕，为了国家的利益，牢牢执掌局面，临危不乱。如同航行于激流险滩的船长，要将灯塔始终保持在视野中，要将舵轮牢牢把控。

第三种是表演型人格特性。我以前觉得这种类型古代社会比较多见，比如伎乐之人、占卜之人等等，必得具备此型特质的，不然就没饭碗可端了。却不承想现代传媒业的发展，让演艺界人才辈出大红大紫。多少青年趋之若鹜，甚至把进军演艺界当成爆红的唯一捷径。我以往认为，中华民族应该有更多踏踏实实脚踏实地的埋头苦干之人，对热衷表演的能力应该有所约束才是。然而，外交官需要恰到好处的表演才能。你发出的不是一己之声，而是一国之声。你的行为举止在某些时刻，并不代表你自己，而是国家的某种象征。你要把一己形象加以严格训练，适当地加以修饰，使之与国家的形象更加融合匹配。完全没有表演才能的本色出演，并不是适合任何场合任何时刻的。大家不要一想起表演就觉得是搞笑，是娱乐。其实，知识分子的前身，就是颇具表演性的建言者、占卜者。一个外交官，要能春风十里广交朋友，要能进退得当长袖善舞。在国际社会乱云飞渡的大舞台上，形象须既能巧笑倩兮又能金刚怒目，运筹帷幄全在一心之把控。

第四种是舒适型人格特性。这一类型的人，将个人的身体和心理舒适，当成至关紧要的头等大事。他们通常比较敏感，感觉细致入微。对令自己不愉悦的事情，十分在意并长久存留在心理和身体的记忆之中。他们做选择的时候，非常在意自我感受，听凭直觉的指挥。对人和事，高度重视自己的第一感觉。如果让他们做出牺牲，进行更高层面的道德取舍，他们会出现选择困难症候群，有时要下极大的决心才可做出相应的决定。他们很在意气候、季节、外界的温度湿度等条件，在意饮食、居住环境的洁净与美好，喜爱轻松优美的氛围和某种程度的随心所欲。

我认为，一个好的外交官，需要具备道德卓越型的出类拔萃，需要具备控制型的强大力度和准确度，需要有适当的表演才能，以利于工作的完成。但对个人舒适感的要求，不可过高。

那天所讲的基本框架就是以上这些，起码这是我准备的讲稿，可能具体表述的时候略有增删。馆员们不顾炎热，听得很认真，不停地做着笔记。这一方面出于他们外交官的职业素养和礼节，另一方面，我觉得自己虽是一孔之见，不一定全面正确，但的确是我的思考，不是抄来的，不是拼凑起来的。事后外交官们告诉我，他们之前从未听到过从人格这个角度论述外交官的特质。大使也对我称赞鼓励有加（人家很可能是出于礼貌哩）。

大使很恳切地说，您讲课中提到的一点对我有启示。

我说，哪一点？

大使说，就是您说外交官要有表演才能。这一点，我们以前注意不够。细想想，外交官的确是要具备这样的素质。

我长出了一口气，在那之后的旅程中，再也不用想起有一堂课等着我便愁眉不展。

后来，有一位听我讲课的女外交官对我说，您讲的那四条，好懂好记，当时忍着酷热，一边听一边对照自己思考，最后发现，我有潜力做一个优秀的外交官。

真心为她高兴不已！祝福年轻的外交官们！

12

赤道上的左右漩涡和竖鸡蛋证书

如果把地球想象成一个西瓜，赤道就是这个西瓜表面中央部分最凸鼓的那一圈。赤道周长约 40075 公里，所以毛主席诗词中说“坐地日行八万里”，很有科学根据。如果举起想象中的一把巨刀，凌空从赤道切下去，西瓜就会破成两瓣，地球就分成了南北两半球。如果把这一刀当成划分纬度的基线，刀切下去的地方就是 0 度纬线。可以想见，此处必是地球上最长的纬度线。

赤道摧枯拉朽经过的陆地，主要是非洲和南美洲，稍带剐蹭了一点亚洲边缘。赤道上的国家计有：印度尼西亚、瑙鲁、基里巴斯、厄瓜多尔、哥伦比亚、巴西、加蓬、刚果（布）、刚果（金）、乌干达、肯尼亚、索马里、马尔代夫……

中国的疆土中没有位于赤道的地方，它对大多数国人来说，完全是陌生的存在。人们说起赤道好像熟稔，可能很多人去过海南岛，便把热带和赤道混为一谈，以为赤道无非是热上加热。请记住，海南岛是处于热带，但热带是一个横跨了约 46 个纬度的广大区域，海南岛南端离赤道还有 2000 公里。我国最南端的领土曾母暗沙，离着赤道也还有四五百公里。打个不很恰当的比喻，你不能到了哈尔滨就指望能想象出北极点的风光。

赤道是个奇妙的地方，这儿的动植物比别处长得更快、更大，且外形有的会古怪。为什么呢？概因赤道上阳光最强烈，太阳源源不断地给这里输送强劲无比的能量，诱发奇异改变。这种超级阳光除了光艳灼灼普照万物，还像个大烤炉，促使热带海水大量蒸发。蒸腾而起的水汽形成巨型的湿度柱，孕育躁烈

如果把地球想象成一个西瓜，赤道就是这个西瓜表面中央部分最凸鼓的那一圈。

的狂风和汹猛的潜流。狂风和潜流这哥儿俩协同作战奔突席卷，最终会无拘无束地涌向地球两极，对全球气候造成一系列巨大深远的影响。

人们现在特重视南北极变化对地球的作用，其实赤道更是有举足轻重的力量。它给全球所有的生命提供永不衰竭的能量，地球才得以生生不息。

出于对赤道的尊敬，人们要为赤道立个碑。

厄瓜多尔的赤道纪念碑的位置，让我一时糊涂不已。网上七嘴八舌，有说位于首都基多市以北 95 公里处的，有说距离 27 公里处的，还有说 24 公里的。我对 24 和 27 之间 3 公里的误差还可以体谅，但 24 和 95，一下子差出 70 多公里，有点说不过去。赤道再多诡异，纪念碑也不能长脚啊。

实地一看才搞明白，原来这赤道纪念碑有新旧两座，旧碑比较远，新碑比较近。两个碑的图纸几乎一模一样，只是新碑更大。厄瓜多尔人给碑起了个威武响亮的名字——世界之半，他们自豪地宣称这里是地球中心。

对此我稍稍做点补充。说这里是地球的中心，不错。不过更精确的描述应该是——这里是地球中心之一。赤道是一条环形的线，这线上的任何一点，都可以说是地球中心，并不仅仅指厄瓜多尔首都基多一地。

经过科学家们的测量，此地到两极的距离为 6356.8 公里，而从此地到地球核心的距离为 6378 公里。你比较一下就会发现，从这里到两极比到地球核心要短 21.2 公里。也就是说，地球并不是一个非常规整的球体，它有一个为 1/298 的扁率。不过这个数字对一般人没多大实用意义，地球仪也没法做出这个扁度来，聊作谈资。

刚才说了，有十几个国家位于赤道上，理论上讲，这些国家都有修建赤道纪念碑的机遇，但它们都没有厄瓜多尔经营得好，那些碑也没有这一座名气大。也亏厄瓜多尔的首都基多就建在赤道边上，强强联合，相得益彰。

“厄瓜多尔”这个国名，在西班牙语里开门见山，就是“赤道”之意。基多山峦起伏，加之处于高原，又逢旱季，汽车开往赤道纪念碑的路上，衰草凄凄，一片委顿枯黄，和想象中的热带茂密森林完全不同。

这片土地上的原住民，是印第安人。高原的阳光穿透力极强，非常耀眼，土著便自诩是“太阳的子孙”。他们修建圆形无顶的神庙，从阴影的位置，记录太阳活动的规律，并祭拜太阳神。中国的古代遗址中，我也看到过类似的建筑，看来阳光照射的特殊阴影，曾让先民们充满了好奇，被它周而复始的活动规律折服。不过我们位于北半球，看到的阴影和位于赤道上的人们不同。此地的人，每年 3 月 21 日和 9 月 23 日正午时分，会发现地面上完全不会出现物体的阴影。土著很聪明，明白这说明太阳正悬头顶，是它一年两度跨越此地的时刻。于是，当地人设立标志，将它命名为“印第尼安”，意为“太阳之路”。

1736 年，法国、西班牙国的科学家们，根据上述传说，来到这里仔细勘测。经过 8 年的不懈努力，科学家们最终宣布“太阳之路”是正确的，并在此建成了第一座赤道纪念碑。

后来政府根据更精准的赤道位置，决定择地新建一座大型纪念碑，于 1982 年建成新碑。

现在我们游览的就是新赤道碑。外形和旧碑一模一样，只是身高长了两倍，体积当然也增大了很多。碑柱和碑座皆为四方形，用赭红色花岗岩建成。碑高 30 米，顶端是个地球仪，仰头看去，十分壮观。地球仪直径 4.5 米，重达 4 吨。远观它像是铜铸的，但根据重量，可判断出并非实心。想想也是，若是这么大一个金属实心球安放在 30 米空中，在多火山爆发的厄瓜多尔，且不说技术上是否容易操作，安全这一关就难过去。碑身四周刻有醒目的 E、S、W、N 四个大字母，分别表示东、南、西、北四方位。碑面上镌刻着西班牙语碑文，以纪念那些对测量赤道、修建碑身做过贡献的法国和西班牙科学家。下端刻着“这里是地球的中心”字样。整个地球仪的中腰，刻有一条十分清晰的线，代表赤道。它一直延伸下来，曼延到碑底部的石阶和广场上。很多人把双脚分别放在这线的两边拍照，以代表自己的左脚踏在南半球，右脚踏在北半球。此地的准确方位是——西经 78 度 27 分 8 秒，纬度 0 度 0 分 0 秒。

据说碑的内部有 10 个楼层，可乘电梯上下。每层都辟成展厅，介绍厄瓜多尔的地理、文化和风土人情，相当于一座内容丰富的博物馆。碑顶上有瞭望台，可以远眺安第斯山区的风光。可惜我们来的这一天，不知何故闭馆，不得入内参观，甚是遗憾。

同伴们照相如火如荼，单人照，合伙照，正规照，龇牙咧嘴照，手舞足蹈照……不一而足兴致勃勃。我近年来已不大照相了，以便集中精力细看风景。架不住大家伙儿热情相邀，也随大流地照了几张。一边照一边想，人们到了一些特殊的地理位置，为什么一定要照张相？为的是留此凭证吗？为的是以后向人说起我到过某地，人家若不信，拿出来验明正身整肃视听吗？藏起来以备老眼昏花之时，哆哆嗦嗦拿出来，向儿孙们复述此刻的激情澎湃吗？

也许都有吧。但我猜测更深层的原因，是印证自己脚步曾经抵达的范围。说得粗鄙点，像一个不时撒尿以宣示领地的柴狗或是狮子。尽管我们自以为早已和这样的动物属性分道扬镳，但如何证明自己曾经莅临某地呢？不能折根树枝，不能捡块石头，也没法带走鸟羽和兽毛……感谢现代文明，赠予我们愈来愈便捷的影像技术。对难得走出边境的国人来说，我们有勇气顶住全世界的嘲笑，我行我素拍照不已，顽强地在世界任何地方留下身影……这深层的心理原因，或许在此。我对着空气莞尔一笑，理解并尊重。

E
S
ECUADO

The Microcosm of America

美洲小宇宙

“世界之半”由赫红色花岗岩建成，顶端是个地球仪。碑身四周刻有醒目的E、S、W、N四个字母，代表东、南、西、北四方位。

在赤道上，有一些供人耍玩的小把戏。真正的科学家们可能不屑一顾，但我还是忘乎所以投入其中。赤道纪念碑因是国家名片，比较严肃，离它不远处有个小园林，是这类游戏的大本营。我们进得园内，被引到一个黄白色洗手池子旁边，池边站一个当地姑娘。我猜出这套设备，是有证明漩涡走向之用。不过原以为会是个浴缸，却不想如此简陋。或者早先曾用过浴缸，因体积太大，耗水且不易操作，便删繁就简，改用了厨房中的洗菜盆替代。姑娘虽容貌俏丽，但面无表情。估计是每天同样表演的次数太多，温情腐蚀殆尽。她先把瓷盆底部的排水孔用橡胶塞子抵住，然后打开其上的水龙头放水，水至半盆左右，她随手把一片卵圆形的绿色树叶放入盆中，然后关闭龙头。叶子半沉半浮地趔趄在水面上，围观者的头围拢来，盯着树叶。姑娘把水池塞子拔掉，叶子打着晃旋转，它指示出了池中水流漩涡的方向，是顺时针转动。

实验的开头部分没有什么特殊之处，人们沉默地注视着不苟言笑的姑娘，记住了绿叶旋转的方向。

The Microcosm
美洲小宇宙
of
America

然后，姑娘示意大家跟上她，走了十几步远，来到一处空地。一模一样的瓷质黄白洗菜盆，一模一样的水龙头。姑娘又无声地操作了一遍，只是这一次的叶子是个瘦削尖翘的角色，似有叶绿素营养不良。虽说看起来没有上一片叶子茁壮，但指示漩涡流转的方向毫无差池。

人们发出尖叫——天哪！仅仅几步之遥，绿叶旋转的方向就变成了逆时针！

原理本是人人皆知的。地球自西向东绕地轴自转，南北两半球水流的旋转方向就不同。只是这种不同，人们一般没法在同一个场合看到。你要么在北半球，比如中国，你永远看到的是水涡向左旋转。在南半球，比如巴西，看到的就是水涡向右旋转。此地令人惊叹地将地理浓缩在十几步内。

地球自西向东绕地轴自转，南北两半球水流的旋转方向就不同。在北半球，比如中国，你永远看到的是水涡向左旋转。在南半球，比如巴西，看到的就是水涡向右旋转。

惊呼声还没消歇，严肃小姐又示意我们跟随她脚步，来到两个白瓷盆的中间地带。刚才我们跟着她往南半球走，没注意这里还潜伏着第 3 个瓷盆。

瓷盆和那两个一模一样，估计当初一块买了仨。大伙聚拢过来，小姐面无表情地又一番照章打理。这次的叶子比较硕大，拔掉塞子之后，它居然毫不打转，笔直地朝下方水孔坠去……认真说起来，本瓷盆内的景象没有上两个瓷盆好看，不见漩涡。水就那么直筒筒地泻下去，无遮无挡，如同暖壶中直接倾下的水柱。人们这一次没有惊呼，都屏住气息。你如此确切地看到大自然的威力，它不动声色地把控规则，将树叶玩弄于股掌之中，顿生敬畏之情。你必须承认在渺小的一己之上，有一个无声无息的大自在，傲然俯视。

这第 3 场池水秀，其原理是地球的自转速度自赤道向两极递减，在赤道上自转速度最为稳定，池中水便垂直坠下，不会产生顺时针或逆时针的漩涡。道理其实很多人老早就懂得，但不在此处，你不会亲眼看到。你亲眼看到了，便被震慑。

以前破过一个灯谜，谜面是“北半球的浴缸水——猜一本中国古籍”。

我对这一类的题目，几乎完全无能为力。见过一个谜面为“一亿年前北京城”的谜语，答案是“袁世海（原是海）”。我傻了半天才回过味来，觉得连谐音都要算上，真难以琢磨。对北半球浴缸水一说，只能束手就擒，傻等着人家告知答案。谜底是《左传》（左转）。

在一处树荫下，有个懒散赤脚男子，守着一个磅秤。导游说，女士们，可以去称一下自己的体重。

当众称体重，是稍涉及隐私的事，人们不很踊跃，丰腴女士尤其无动于衷。导游怂恿，称吧称吧，会有意外惊喜。

终于有位正在减肥的女子踏上秤盘，一边调整着身姿平衡一边嘟囔，这几天伙食不错，也没空上健身房锻炼，估计会反弹……说完屏住气，看秤盘上的数字。

哎呀……一点分量也没长，还掉了半公斤耶……该女士喜笑颜开。

导游介绍说，人们在赤道称的体重比在别处要轻 1 公斤左右。因赤道离地球中心最远，受重力影响最小。在这里，人人都变轻了。

另一个有趣的体验节目，是竖鸡蛋。我原以为是把鸡蛋竖在桌面或地面上，却不想要人站在台阶上。其上有个 1 米多高的石头台，台面上插着一根钉子，游客要把鸡蛋笔直地竖在铁钉帽上。如果你完成了这个动作，叫同伴们拍照为证，可到位于进门处的公园管理人员那里，领到一张“竖鸡蛋证书”。

大家以为有神奇的赤道帮忙，竖鸡蛋应该是手到擒来之事，却不料同伴们摩拳擦掌上前操作，竟无一成功。因为并无尝试时间和次数的限制，竖不起鸡蛋的人便心存不服，一遍又一遍地一竖再竖，渐渐口鼻喷烟心烦意乱手下抖动，结果是成功更加渺茫。等在后面的人，不由得心想，你怎么这么笨！待会儿看我大显身手！终于前面的人在一次又一次失败之后，心灰意懒解嘲着“这鸡蛋也不是那么好竖的呀……”败下阵来，下一个游客再来尝试。

神奇的赤道，在这个项目上似鞭长莫及。起码在我目所能及范围内，10 人之内，没有 1 人竖鸡蛋成功，成功率为零。终于轮到我了，自知一向手笨，先驱们败绩累累，自忖无力开创新局面，草草比画一番，偃旗息鼓败下阵来。

在这极短时间的实践中，我发现了成功率极低的奥秘。

其实，即使不在赤道线上，只要假以足够的时间和耐心，生鸡蛋都是可以竖起来的。咱老祖宗就有“春分到，蛋儿俏”的说法，春分竖蛋在中国已经有 4000 多年的历史。鸡蛋安然竖起来，关键在于要找到蛋黄和蛋白在鸡蛋里的重力平衡点，这本算不上太难。此地的这个鸡蛋之所以非常难以竖起来，是因为鸡蛋和钉子上都有小瑕疵。不敢说公园方是有意做手脚，但某些设置的确非常不利于鸡蛋平安竖立。

首先鸡蛋不新鲜，难以找到它准确的重心所在。不知是否早上鸡蛋刚拿来时尚好，烈日之下，大半天经无数客人手掌摩挲，已变得半熟。汗淋淋地抚摸，不仅使蛋黄蛋白半凝，还让鸡蛋表面变得像貂皮一般油光水滑。如果是很明显一头大一头小的蛋，竖起来的成功率就较高。公园方选的鸡蛋，两头粗细差不多，使人无法利用大头朝下重心较低的方法，助蛋一臂之力。

其次，那个预留的支撑面，就是钉子帽，有不易察觉的倾斜角度。平常钉钉子，遇到这样货色，便会把钉子打歪。我们经常归罪于自己的技术不过关，其实是钉子先天不足。园方预留的钉子帽，本身倾斜，锃锃泛亮，完全是不良承载体。一般游客步履匆匆，只顾得埋怨自己运气不好，却不曾发现钉子的奥秘。

看来，就算大自然有伟力，人类略施小计，也可抵挡一番。原以为赤道好

一米多高的石头台上插着一根钉子，游客要把鸡蛋笔直地竖在铁钉帽上。完成了这个动作，即可到公园管理人员那里，领到一张“竖鸡蛋证书”。

似一胶水瓶子，只要把蛋往那儿一放，它就像坐上了小板凳，稳稳当当安然竖起……可梦想就此幻灭。

对于以后能到赤道线一游，并希望成功竖起鸡蛋的朋友，我以烈士的身份，贡献几个小招。

第一，自带一个大小头区分明显的新鲜生鸡蛋，表面粗糙挂着白霜的那种最好。这并不违规，发证书的要求是成功竖起鸡蛋即可，并没有说鸡蛋一定是要馆配的。

第二，自带一小块口香糖，暗暗贴在钉子头上，以纠正钉子帽的倾斜面。不能只许州官放火，不许百姓点灯啊。不过请注意，用过此法之后，一定要把口香糖抠干净。不然的话，其后的若干人，估计都能拿到证书了。

第三，在家事先多做练习，熟能生巧。竖蛋 100 次之后，成功的概率一定会大大提高。再说赤道还会两肋插刀地助你马到成功。

那个不苟言笑的姑娘，又让我们伸展双臂，闭着眼，双脚前后相抵沿地面上的一条白线行走。

这是什么线？我问。

赤道。姑娘言简意赅，不屑多吐一字。

我已猜到它是赤道，但不知这实验的意义。有爱凑热闹的客人愿意尝试，乖乖闭上眼睛，大鹏展翅般伸开双臂，试着前脚跟接后脚尖，向前走直线。本以为这不算是什么高难度动作，却不想此人走着走着，就歪斜到了一边。

我一时想不出这是何道理。导游说这是因为站在赤道线上，会受到南北极磁场力的拉扯，于是就走不成直线。我不甚心服。思谋真正的原因是我们来自北半球，凭以往经验，闭目走直线，身体要有一个极轻微的倾斜，以纠正地球的倾斜力。经验害了我们，在赤道上，应该完全取消这个自动的纠偏角度。

据谷歌地图所标，“世界之半”赤道碑，实际上位于 0 度纬线以南约 240 米，老碑在 0 度纬线以北约 25 米。而这个公园，则是非常准确地建在 0 度纬线上。

走出公园的时候，随同的导游小姑娘对我说，毕老师请稍留步。说罢她钻进了一所小房子，过了一会儿，一边朝一张纸上吹着气，一边向我微笑着跑过来。

我说，什么事这么高兴啊？

小姑娘把那张纸递过来，说，给您。这是您在赤道上成功竖起鸡蛋的证书。

我拿过来一看，可不，还有我的名字呢，墨迹未干。

我大惑不解道，我并没有竖起鸡蛋啊。

姑娘说，我跟颁发证书的女士讲，我们这位客人成功地竖起了鸡蛋。

我满腹狐疑问，不是还要照片为证吗？

姑娘说，对啊，我给工作人员看了手机里的照片。

我还是一头雾水，说，我并不曾竖起鸡蛋，你的照片从哪里来的?

小姑娘说，我手机里刚好有一张照片，是上次带客人竖起鸡蛋时照的。我打开给工作人员看了一下。对于中国人的长相，当地人也分不大清楚。我想您回国以后可能会需要这个资料，所以，也就善意地小骗了一下啊。

我心怀惭愧地收起了这张证书，觉得有点像伪造了一张学历证明。

The Microcosm

美洲小宇宙

of

America

13

我带到坟墓里的唯一遗憾
——有一首歌尚未唱完

1959 年 11 月 26 日，切·格瓦拉被任命为古巴国家银行行长。

我们在古巴首都哈瓦那，参观了他担当古巴国家银行行长时的办公室。切在这里签署过无数文件，连古巴用的新货币，都是由他在这里下令之后，在捷克斯洛伐克印刷的。

山坡上的一座小楼，可鸟瞰港湾。一进楼房的门廊，就被告知左首便是切的办公室，有点令人猝不及防。想象中，领导或是重要人物的活动场所，应该庭院深深地藏在整个建筑的心脏处。这个办公室，相当于人的鼻梁处，是易遭受攻击破坏的所在。房间很小，大约只有十平方米，地中央摆着一张大写字台，其他地方就显得相当局促。门所在的那一面墙壁尚属正常，其余墙壁上镶有大玻璃窗。虽不是落地窗，但采光甚好，有点像个阳光房。我们参观那天，气候炎热，又临近中午，工作人员便把大窗户都打开了，热带的海风裹挟着山风，气势磅礴灌注进来，把我们的外衣都吹得鼓如风帆。想象了一下国家银行行长办公室（无缘见到，纯为臆测。责任自负），不说金碧辉煌，起码也要比较威严肃穆，哪像这般突兀。这间房子唯一给人不同凡响感觉的，就是空气流通，异乎寻常地爽洁。

这是为他专门修建的房屋吗？我问此地的工作人员——一位 50 多岁的中老年妇女，脸形端正，但几乎没有笑容，解说时态度认真。

The Microcosm of America

美洲小宇宙

1959年11月26日，切格瓦拉被任命为古巴国家银行行长。

不。它原本是独裁政府的财产，革命后被征用了。她回答。

依我个人的粗简判断，切·格瓦拉的这间办公室，原来似乎应该是门房或是警卫的工作场所。视野开阔通道顺畅，都是为了满足守护者眼观六路耳听八方的需要，才有如此设计，以利于警戒人员第一时间发现周围的异常。说句不好听的话，这是一间仆役用的门房。想来那时的切手握重权，没有人敢把国家银行的行长安排在如此局促褊狭的房间里。那么做出这个安排的，只能是切·格瓦拉本人。

通往小楼二层的楼梯被拦挡，据说楼上是切的卧室，当年他和最后一任妻子就住在那里，现在并不对外开放。一楼的核心部分，当属客厅。墙壁上挂着很多照片，照片中的切·格瓦拉面带微笑神采奕奕，他在这里曾会见过来访古巴的很多重要客人。展室的玻璃柜里还陈设着一些枪支弹夹，依我当过兵的经验，辨识出其中有 AK-47 式样的武器和某种老式轻机枪。

我问工作人员大妈，这可是格瓦拉用过的枪？

不。这不是切·格瓦拉用过的枪。他那时用过的枪在敌人手里。这里展出的只是那个时代的枪支。大妈不苟言笑地回答，略有批评我不明事理不懂敌情的意思在内。

我知趣地噤声。此地并非寻常展览馆，而是切·格瓦拉工作过的场所。他的气息在空中飘荡，让人心生忌惮。

墙上印着一行西班牙文，这是切的语录。我们同去的西班牙语老师将这句话译了出来，我提笔刚要记录，老师说，等一等，我把这句西班牙文抄下来，回国后再和其他西语专家商议一下，找出相对应的最精准的汉语译文。

我为他的严谨态度所感动。后来，他特别郑重地告诉我，那句话经过多个西语专家的推敲，最富有诗意的翻译应该是："我带到坟墓里的唯一遗憾——有一首歌尚未唱完。"

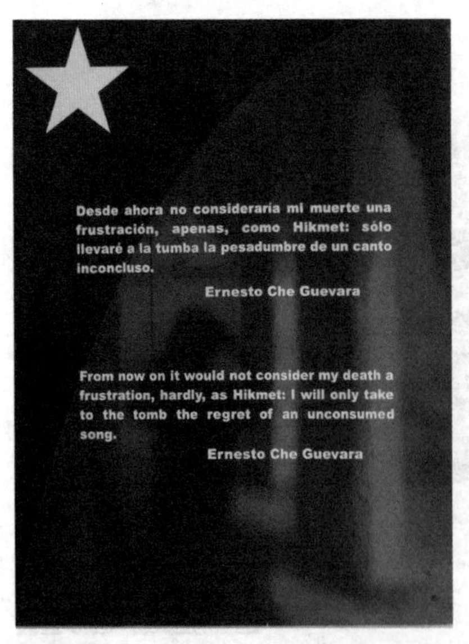

墙上印着一行西班牙文，同去的西班牙语老师特别郑重地告诉我，那句话最富有诗意的翻译应该是："我带到坟墓里的唯一遗憾——有一首歌尚未唱完。"

哦！这个翻译太好啦！你轻轻读上几遍，有一种薄而温的湿润会爬上你的眼帘，你在朦胧中能依稀看到切的微笑。

我觉得切的这句话，可能脱胎于梭罗的《瓦尔登湖》。梭罗曾说过，大多数人生活在一种平静的绝望中，他们心中的歌和他们一起埋入坟墓。

切的阅读量很大，我相信梭罗的这本书，切一定读过。墙上的这句话，表达了几重意思。第一是切的心中有歌。这是一首什么歌？第二是这歌还没有唱完。如果唱完了，那是怎样的结尾？第三是有人把切的歌掐断。那么这些人是谁？第四是掐断歌声的人，最终将切送入了坟墓。他们为何要如此残忍？第五是切到了坟墓里依然歌唱。他的歌声人们可曾听到？

“Che”是个西班牙语词，中文的大致读音是“切”。它在西班牙语中，相当于一个感叹词，是人们见面打招呼和表示惊讶的常用语，在阿根廷等南美国家广泛使用。约略相当于汉语中的“喂”“喔”之意。简言之，切·格瓦拉，就相当于说——嗨！格瓦拉！

从未有过一位红色英雄，在全世界的青年中，获得过如此广泛而长远的拥戴。他是舍生忘死的勇士，他是浪漫情怀的造反家，他是神秘而坚定的革命党人，他是视死如归的叛逆者。

我真的就此问题想了很久，格瓦拉长盛不衰的流行，究竟有什么魔力支撑？

想出了以下几个原因（排名不分先后），斗胆写在这里，不当之处，恳请海谅。

一是他长得帅。当然见过他真容的观者有限，人们多是从他的照片上认识他。那张最著名的照片《英勇的游击队员》，满足了人们对于当代男性英雄的所有想象。摄影的时间是1960年，切·格瓦拉31岁，正值一个男子最成熟又英姿勃发的年纪。摄影者是古巴摄影师阿尔贝托·科尔达，这张肖像照上，切·格瓦拉头戴充满奋进感的贝雷帽，长发披肩，神情坚毅，眼望远方，眼神中充满了理想主义的光芒，又带着几丝若隐若现的忧郁。照片照得好，照片名字也简明扼要斩钉截铁。如果说这张照片已经将切的精神做了入木三分的刻画，那么，1968年，艺术家吉姆·菲茨帕特里，又在这张照片的基础上，锦上添花。他使用红白黑三色作为核心设计元素，制作了类似版画风格的切·格瓦拉画像。切·格瓦拉的形象变得更富视觉冲击力，你和他对视，会感受到强悍的张力并热血沸腾。从此，这张图成了“世界上最有革命性最有战斗性的头像”。

The Microcosm of America

美洲小宇宙

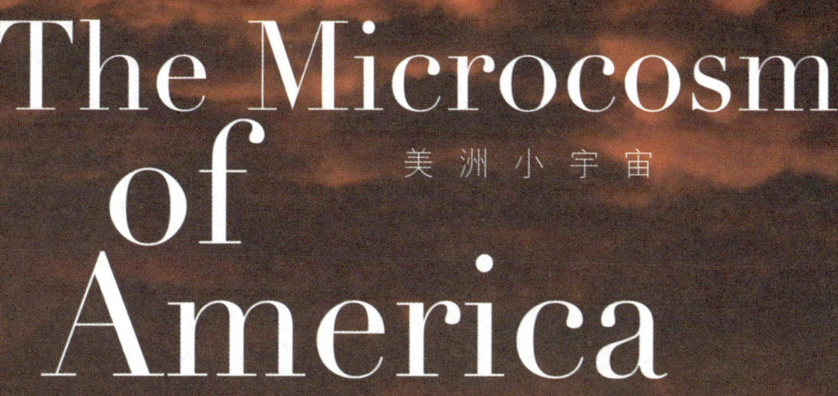

从未有过一位红色英雄，在全世界的青年中，获得过如此广泛而长远的拥戴。他是舍身忘死的勇士，他是浪漫情怀的造反家，他是神秘而坚定的革命党人，他是视死如归的叛逆者。

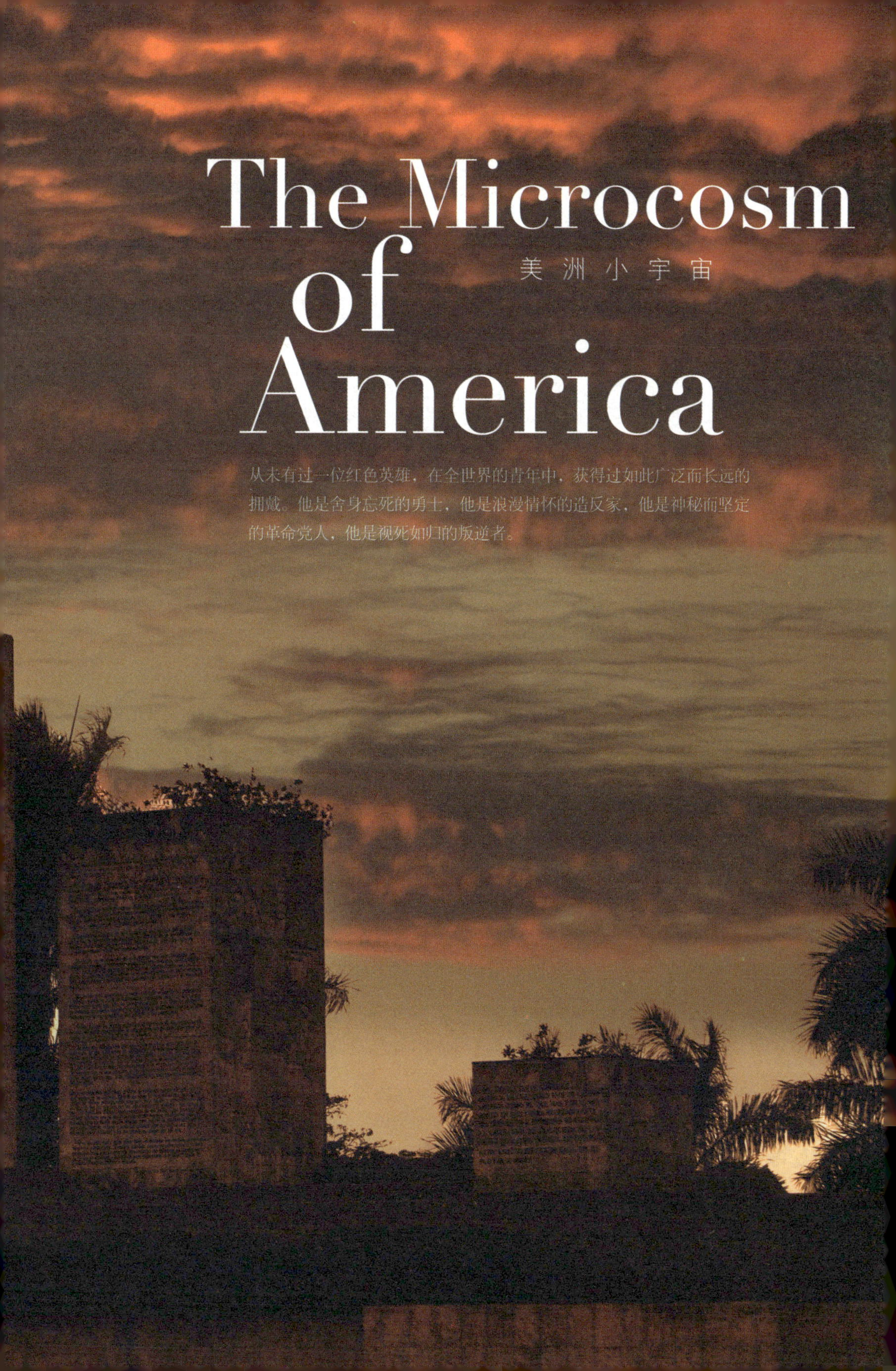

说实话，切长得很上相，目光深邃，脸部线条硬朗英俊，长发飘逸，叼着雪茄若有所思……他成为一代又一代激进青年崇拜的偶像。我在世界上走过70多个国家，无论是在非洲、欧洲、北美洲、南美洲、大洋洲还是中国，甚至在僻远的北极圈内，到处都在售卖印有他头像的T恤（北极圈那儿很少能有机会穿T恤吧？），俨然一位世界公民。据说他是世界上被印到T恤上次数最多的人，流行之广可见一斑。

如果你以为切只是待在T恤上的装饰性人物，你就小瞧了他凶猛的渗透性。放眼四望，切在我们身边几乎处处可见。你会在朋友的卧室墙壁上看到他；你会在音响室的天花板上看到他；你会在办公室个人电脑的壁纸上看到他。我打开一个朋友的微信，看到他的头像也是切·格瓦拉。而这位朋友，是不苟言笑的牙医。

听说过一个段子。有青年男子，各方面条件甚好，因为一门心思扎在科学研究里，成了钻石王老五。某次经人介绍相亲，不想双方父母早年认识，都很看好对方家庭，几乎志在必得。男女生首次见面，是在一家很时髦的咖啡厅。落座后，相谈甚欢。聊了一会儿，姑娘指着做旧的斑驳墙纸上挂着的切·格瓦拉画像，随口问，你对这个人感觉如何？小伙子一头雾水，搞不清这个英俊的“歪果仁”究竟何方神圣。因对姑娘的第一印象甚好，不想在这个问题上露怯，便努力猜测道，是不是个球星？姑娘默然不语面露不悦，小伙子赶紧力挽狂澜，调动科研人员的推理能力，说，那是摇滚歌星？姑娘听罢，断然起身，一言不发地甩着长发决绝而去。呆若木鸡的男生，看着袅袅婷婷的背影在昏暗的灯光中消失，回望墙上的大胡子，冤屈地想，你啊你！你是谁我不知道，就知道你坏了我的好事！

准科学家后来在邮件上联络心仪的姑娘，苦口婆心地解释说自己是个理工男，对革命家了解不多。甚至给女孩发过去一系列科学家肖像图，比如得过诺贝尔奖的××的画像，请女孩辨认，以证明自己并非孤陋寡闻之徒，只不过是隔行如隔山。

我很同情这位科学家坯子，也觉得美丽姑娘略显武断草率了些。可我依旧觉得不认识某位诺贝尔奖得主尊容，是可以原谅的小节——诺贝尔奖每年造出若干名获奖者，它运行了100年以上，拿过奖金的阵营相当庞大——而不认识切·格瓦拉，起码说明这是一个沉迷于自我领域、不关心外界事物的人。我这

The Microcosm

美洲小宇宙

of

America

样说，估计有些人会不满，说用得着如此上纲上线吗！恕我辩解，如果你在整个夏天，在世界各地，都会看到这个大胡子男人在人们心口胸膛处，朝你微笑凝视，而你居然从未生出疑问来想探知他是谁，往最轻里说，也是个麻木无趣的人。和这样的人共度一生，有点无聊。

切·格瓦拉最后的遗容，更以极度的悲怆，将这种现代造神运动推向了顶峰。

1967 年 10 月 8 日，格瓦拉在玻利维亚被俘。当时的玻国陆军将领举行紧急会议，后与美方通话，以决定切的生死。结论是不能让格瓦拉活着受审，否则他一定会在法庭上借机鼓吹革命。必须立即处决。

10 月 9 日，格瓦拉英勇就义。他的遗体随后被帆布包裹，用直升机送往陆军总部所在地，在当地一家医院验明正身。这时，世界主要媒体记者已闻风而至，当局给了他们极短时间，为切的遗体拍照。

格瓦拉的遗容令人震撼而痛入心扉。他上身赤裸，躯体瘦削，满面胡须，赤着双脚。右手呈半握拳状，小臂紧绷。据说他被俘时右臂被击中，不过遗照上看不到明显伤口。死后还维持着强力收缩状态的肌肉，证明剧痛正在折磨着他。最关键的是他死不瞑目，头微微抬起，目光含着冷峻的忧伤，整个神情犹如现代版的受难耶稣。

这张照片立即被全球媒体刊登，美国中央情报局预期的宣告格瓦拉已死的目的，算是达到了。但他们万料不到，现代影像传媒技术，让切的形象瞬间如同烈焰般席卷世界，他的死变得超凡入圣，他成了英勇就义的殉道者。西方本想借格瓦拉之死，来宣扬美国和独裁政权的胜利，却没想到大肆传布的结果，让格瓦拉冲破禁锢扶摇直上，抵达了造神的高度。

二是切的革命世界观之确定，来自旅游。

格瓦拉自幼生活优裕，长大后进入了阿根廷最好的布宜诺斯艾利斯大学医学系。上大学的时候，他先是在阿根廷国内后来又到南美诸国旅行。1951 年，格瓦拉和药剂师好友，决定休学 1 年，环游整个南美洲。他们使用的交通工具说来可怜，是一辆老掉牙的破摩托车。他们驾驶着它，跌跌撞撞地沿着安第斯山脉穿越整个南美洲，经智利、秘鲁、哥伦比亚，到达委内瑞拉。旅行中，人民的贫穷与苦难，深深地刺痛了这个优越富庶阶层青年的心，他的革命理想渐渐清晰。一年后，他返回阿根廷时，在日记中写道："写下这些日记的人，在重新踏上阿根廷的土地时就已经死去。我，已经不再是我。”

1953年7月7日，格瓦拉又和他的药剂师朋友，开始了第二次拉美之旅。年轻的流浪汉们一路风餐露宿，贫困、病痛、被欺压的穷人，给他留下深刻印象。拉丁美洲充斥着残忍、虚伪、混乱与纷争。人们似乎被可怕的超自然力量主宰，在文明世界所强加的国际分工里，他们提供廉价的资源和劳动力，得到的是被毁坏的土地、靠军事维持的政府以及贫富悬殊的社会现实。人们好像也习惯用疯狂来反抗命运。仅在20世纪60年代，拉美总共爆发了16次军事政变，有10个宪政政府被推翻。

在秘鲁一家麻风病院，切度过了他的24岁生日。在庆生的聚会上，格瓦拉发表了题为《拉丁美洲人》的演说。他说，“我们坚信，在这次旅行之后甚至比以前更加坚信，（拉丁）美洲分化成了虚幻、不确定的多个国家，这完全是假象。我们要组成一个单一的混血种族，从墨西哥到麦哲伦海峡的广大地区有着明显的人种相似性”，他提议，为“摆脱狭隘的地方主义”、为“团结的美洲”干杯！

切这个医学生，认识到要用医道去造福人类，必须首先发动一场革命，推翻反动独裁统治。他立下了以整个拉丁美洲的人民解放事业为己任的雄心大志。

想起了先是学医然后弃医从文的鲁迅。切和鲁迅有相似的一点，就是认为医学并不是最重要的事情，如果没有健全的心智和社会制度，一个人徒有健壮身体并不会幸福。只不过鲁迅拿起了笔杆子，切·格瓦拉则是暴烈地拿起了枪杆子。

1955年，切和古巴革命者卡斯特罗在墨西哥见了面。双雄聚会，从此，卡斯特罗找到了他革命事业最重要的伙伴，而格瓦拉则找到了他为泛拉丁美洲梦想献身的第一个国家——古巴。切从此成为职业革命家。

刚开始，切是作为卡斯特罗军队的医生参战。一次战斗中，面前放着个药箱，旁边还有一个子弹箱。切毫不犹豫地扛起子弹箱冲了出去，一刹那从军医转变为一名战士。切以超人的勇气及毅力、出色的战斗技巧和对敌斗争的冷酷无情，受到卡斯特罗的激赏。他成了卡斯特罗最信赖的助手。古巴革命成功后，格瓦拉被授予“古巴公民”的身份，担任国家银行行长。1959年5月，格瓦拉同秘鲁裔妻子离婚。6月，娶了古巴女游击队员阿莱伊达，他们育有4名子女。

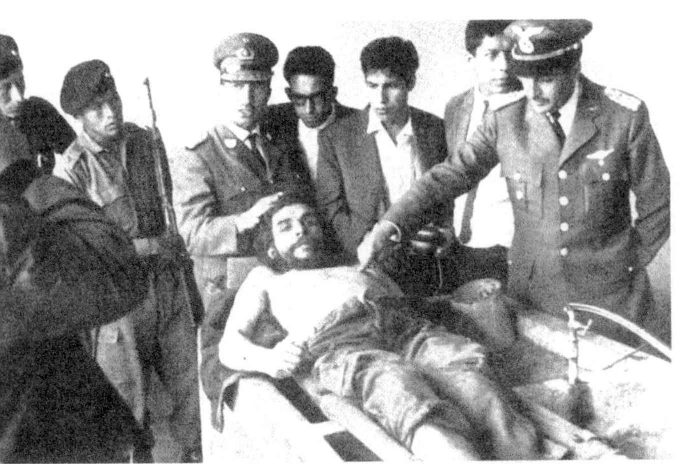

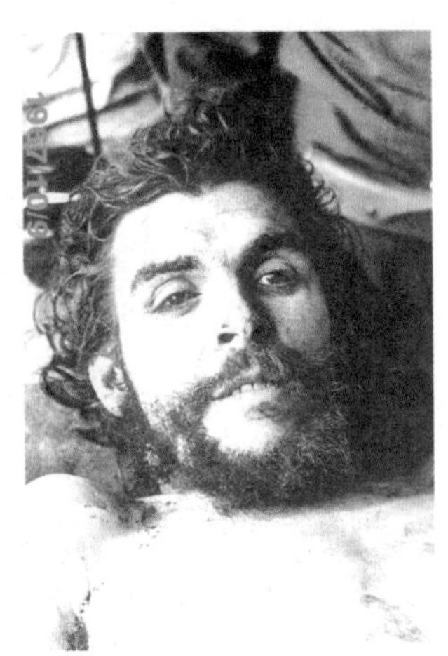

10 月 9 日，格瓦拉英勇就义。他的遗容令人震撼而痛入心扉。他的头微微抬起，目光含着冷峻的忧伤，整个神情犹如现代版的受难耶稣。

可以说，没有切在青年时代的远游，他的革命生涯就不会按下启动键，他的一生就不会如此波澜壮阔。旅行，特别是生命早期触及灵魂的旅行，常常会决定一个人一生的走向。

三是切·格瓦拉是 T 型性格的人。

先来说说什么是 T 型性格。

这个概念，是美国心理学家弗兰克·法利首先提出来的。他认为，T 型人格的人，具有冒险、爱好惊险刺激的人格特征。

T 型性格再细分为两个范畴。一是属于心理范畴，积蓄能量可以通过观看惊悚图片、惊险影视镜头和阅读探险破案小说等来满足。就是因为有这等深层渴望存在，只要配有阴鸷的色彩和骇人的响动，有足够的恐吓感，无论鬼片多么不合逻辑情节混乱，就不乏有人一边骂一边看，以是否心惊肉跳为基本标准，达标者长盛不衰。二是主要在身体范畴寻求刺激，积极参加冒险运动，挑战极限。比如极地探险、登山、蹦极、到人迹罕至的地方露营、吃虫子喝小便等等，都属于这个大范畴。我们常说有些人吃饱了撑的，想不通他们为什么放着安全和稳定的环境不好好待着，自寻苦痛与险象环生的困境刺激，其实是人格决定了他们的命运轨迹。

T 型性格，又依据倾向性的不同，分为积极与消极两大派别，简称为 T+ 型和 T- 型。

现代影像传媒技术，让切的形象如同烈焰般瞬间席卷世界，他的死变得超凡入圣。西方本想借格瓦拉之死，来宣扬美国和独裁政权的胜利，却没想到大肆传布的结果，让格瓦拉冲破禁锢扶摇直上，抵达了造神的高度。

如果冒险行为是朝健康、积极、富有创造性和建设性的方向发展，就是T+ 型人格。如果是破坏性和消极的刺激行为，就要归入 T- 型人格，比如酗酒、吸毒、激情犯罪等反社会行为。

T+ 型人格，又可分为体力型和智力型。有一些人特别爱好新奇运动，挑战高山、深海、匪夷所思的身体极限等等，便属于体力 T+ 型人格。曾在电视中看到一女孩穿轮滑鞋，把身体下俯到离地仅 20 多厘米，从并排几十辆汽车的底盘下高速穿过。万一身体支持不了，超过了底盘高度，女孩就会……简直不敢想象下去。好在女孩终于平安涉险过关，父女俩喜极而泣。这种通过运动不断刷新生理极限的行为，女孩加上她的父亲（父亲一直鼓励这样做），我觉得基本上都属于体力型的 T+ 人格。而从事科技创新的科学家或思想家，被称为智力 T+ 型，李白、萨特、爱因斯坦等等，当属这个范畴的人。

T- 型人格特征的人，则往往采取犯罪、暴力、吸毒、酗酒、超速行车等消极方式来寻求刺激，以消耗自己多余的精力，宣泄荷尔蒙浓度。比如前些年新闻报道过的“二环十三郎”，晚上骑摩托车在北京二环路上，用 13 分钟兜一圈……其中最甚者，将此等恶性刺激变为成瘾性行为，不断滋事，会走上危险的道路。

把这个概念用在切身上看一看，他是哪一种？格瓦拉对世界的不义充满了愤怒，他出身优渥相貌堂堂，如果选择成为一名上流社会的体面医生，会毫无悬念地拥有娇妻豪宅、荣华富贵，乐享一生。但他断然抛弃了高知二代的安逸生活，背井离乡，提枪走向硝烟弥漫的险恶山水，到异国出生入死闹革命。功成名就之后，又抛家舍业，义无反顾地将自己重新投入血火之中，直至英勇牺牲。他的一生，是从云端不断坠向地狱的过程，他却一往无前身体力行，将现代人的冒险精神推到了极致。他是不折不扣的 T+ 型人格，体力和智力的双料 T+ 型。

试问，你做得到吗？我猜你大概做不到。反问，我做得到吗？我肯定做不到。

人们对于自己做不到的崇高之事，钦佩仰慕进而血脉贲张。他的浪漫，他的不羁，他的勇往直前舍生取义，甚至他的狂热和不切实际，都成了竭尽全力的轿夫，合伙儿将他抬上神坛。

四是他喜爱读书，浪漫而悲情。

切受过良好的教育，由于他自幼饱受哮喘折磨，哮喘一旦发作，他只能困在家里，读书就是他打发日子的最好方式。日积月累，他的阅读量之大、涉猎之广，令人惊讶。他阅读弗洛伊德的心理学著作、社会小说、哲学，甚至包括《资本论》。在他当时留下的读书笔记里可以看到，这个年轻的帅小伙儿，关注爱情、永生、性道德、死亡、上帝、魔鬼、幻想、理智和神经质等包罗万象的话题。

切・格瓦拉也是冷血的人。

格瓦拉将他的作战经验总结为：“仇恨是斗争的一个要素，对敌人刻骨的仇恨能够让一个人超越他的生理极限，成为一个有效率的、暴力的、有选择性的、冷血的杀戮机器。”他在给父亲的信中写道：“我得承认，爸爸，我发现我真的喜欢杀戮。”

切・格瓦拉提出了“游击中心论”，名噪一时。

这个理论的要点是——由纯粹满怀理想主义的知识分子，组织乡村游击队。这样每个游击小组就成了小马达，小马达加起来就会成为革命的大马达。

The Microcosm

美 洲 小 宇 宙

of

America

1955 年，切和卡斯特罗在墨西哥见了面。卡斯特罗找到了他革命事业最重要的伙伴，而格瓦拉则找到了他为泛拉丁美洲梦想献身的第一个国家——古巴。

切・格瓦拉先是去了刚果，结果彻底失利。1966 年 11 月，他又再次出发。这一回，他化装为乌拉圭商人，亲率一小支游击队，进入南美的玻利维亚，而后辗转中部的大谷区和大河区。

游击队先是到达一个农场，扩大队伍和基地。后来格瓦拉和玻利维亚共产党书记蒙赫，为争夺游击队的核心指挥权发生了矛盾。1967 年元旦出师不利，两人爆发激烈争吵，蒙赫拂袖而去。

一个偏僻的农场，突然来了许多陌生人出出进进的，引起当地农民的注意。和格瓦拉的革命哲学不同，当地农民并不想要什么输入的“革命”，农民们开始窥探秘密，随后向当地警方报告这里有异常。闻讯而来的便衣警察搜查了农场，幸好他们不相信农场有什么武装人员的说法，搜查不了了之。

当时的政治形势，已和古巴革命成功时大不同。美国吸取了教训，再不敢掉以轻心。为了让拉丁美洲不脱出它的掌控，美国和这些国家的右翼政府加强合作，同心协力肃清各国的游击活动。切・格瓦拉所率领的游击队安营扎寨之地，在玻利维亚属于最穷苦落后的地方，瘟疫肆虐，生存条件非常恶劣。游击队枪械弹药补给困难，人也愈打愈少。而美国方面调动高科技手段，使用遥感探测技术，连游击队在密林中做顿饭，都能侦测到。游击队内部也是险象环生，伤亡加上叛徒，争执不已矛盾重重。

我如同一个准备投身游击队的热血青年，花了几天时间，伏案细读了切・格瓦拉所写的《游击战》一书，还有他最后写下的游击日记。特别是后一本书，边读，心中边揪成一团。日记一页页翻过，临近他牺牲的日期，屏住呼吸，窒息感压抑无比。切・格瓦拉被俘于 1967 年 10 月 8 日，第二天牺牲。日记的最后一篇，记于 10 月 7 日。切・格瓦拉写道：“月亮很小，行军很累……”当时他的哮喘迁延不愈愈演愈烈，身体状况很差。他留在日记里的最后几个字是“高度：二千公尺”。他的日记里，几乎每天都留下当时当地的海拔记载，他应该有个能指示海拔高度的手表。

如此高海拔的高山地带带来的呼吸困难，对一个患有哮喘并反复发作的病人来说，会很痛苦。切・格瓦拉忍受着这一切，一步步走向他宿命的死亡。

玻利维亚政府的巡逻队，在美国的帮助下，追踪到游击队营地附近。逃跑的玻利维亚游击队员被当局抓住，提供了口供，敌人便确知格瓦拉就在农场。

侦察机开始在农场上空盘旋，数百名政府军包围了农场，游击队被打散。

关于切·格瓦拉被俘后的确切情形，在他遇难 40 周年之后，也就是 2007 年，美国中央情报局的一名前特工，披露了相关内幕。

据英国《独立报》报道，此人名叫罗德里格斯，是在美国迈阿密流亡的古巴人，为美国中情局当年抓捕格瓦拉行动小组的领导人。切·格瓦拉被俘期间，罗德里格斯的任务是负责确保格瓦拉活着，并将他押送到巴拿马受审。“我从他访问莫斯科和访问中国的毛泽东时就记住了这个人。那时他身穿军服，态度傲慢。现在我面前的这个人看起来像个乞丐。他的军服基本上成了破布。他脚上穿的不是靴子，而是两片……皮革。你知道，我为他作为一个‘人’的生存状况感到悲哀。”

切格瓦拉的一生，是从云端不断坠向地狱的过程，他一往无前、身体力行，将现代人的冒险精神推到了极致。

被捕后，切·格瓦拉被关押在农场附近村庄的学校里。罗德里格斯表示，当年美国曾希望把切·格瓦拉活着送到巴拿马做进一步审讯，但是遭到玻利维亚最高军事当局的否决。当他接到电话时，他们给他的密码是 500 - 600。当时他们之间有一套简单的密码。“500”指的是切·格瓦拉，“600”意味着死，“700”意味着活。因为电话里有很多噪声，他又问了一遍，他们证实，命令是 500 - 600。

多年后，罗德里格斯还记得自己向切·格瓦拉宣布他将被处死时的情形。罗德里格斯走进他的房间，站在他面前对他说很抱歉，自己已经尽力了，但这是玻利维亚最高指挥官下的命令。他的脸变得像一张白纸。罗德里格斯从来没见过哪个人像他当时那么沮丧。但他说：“我本不应该被活捉。”当时是玻利维亚时间下午 1 点 10 分左右，枪声响了。

刽子手开枪射中格瓦拉的双腿，保留他的面孔完整以便证明身份，并假装是作战的创伤致死以隐瞒他是被处死的。

对于死亡，学医出身的切·格瓦拉并不忌讳。这个主题反复出现在他的日记、诗歌和信件里，他甚至早就预见到自己的死亡。

他才 25 岁时，就留下这样的文字——

在一个漫天繁星的寒冷夜晚，他被浓重的黑暗包围，一个神秘的人和他在一起。他们进行了交谈，神秘人对他的死做出了预言：

"走向死亡的那一刻你一定是紧握拳头、紧咬牙关，心里挤满了仇恨和抗争，因为你不是这个处于崩溃边缘的社会的象征（某种毫无生气的榜样），而是其中有血有肉的一员。"

这简直是巫术般的预感。

切·格瓦拉死后，享有至高的荣誉。曾有人问过获得诺贝尔文学奖的作家马尔克斯，如果您要写格瓦拉少校呢?

马尔克斯回答说，他需要准备 1000 年、写上 100 万页。

当萨特得知格瓦拉的死讯后，他说切不仅是个知识分子，而且是"我们时代最完美的人"。

《时代》杂志将格瓦拉选入 20 世纪百大影响力人物。

卡斯特罗说：切是"一个行为上没有一丝污点、举止上毫无瑕疵的楷模"。

容我先把话题岔开一下。古巴革命胜利后，担任军队总参谋长的是一个名叫卡米洛·西恩富戈斯的游击队员。他曾与菲德尔·卡斯特罗和切·格瓦拉一道被誉为"古巴革命三大司令"。1959 年 10 月 28 日，卡米洛在飞行途中遇难。

切·格瓦拉满怀激情地痛悼他的战友卡米洛："谁消灭了他的肉体？因为像他这样的人，其生命是会继续活在人间的，只要人民不愿他死去，他的生命是不会结束的。是敌人杀害了他。敌人之所以杀害他，是因为想要他死亡……而他自己的性格也是他致死的原因。卡米洛素来不把危险放在眼里，他把危险当作消遣，戏弄它，嘲笑它，逗引它，操纵它。在这位游击战士的思想中，没有什么阴影可以阻止他的行动或改变他的既定路线。"

这精彩的箴言似的话，像是切·格瓦拉对自己的盖棺论定。

切格瓦拉与卡米洛的形象，至今仍被保留在古巴哈瓦那革命广场前的大厦上。

The Microcosm

美洲小宇宙

of

America

14

切的书单

切·格瓦拉的相貌英俊，这源自母亲。我虽不是外貌协会的，但仔细观察他们母子的合影，可以看出切·格瓦拉完美地继承了母亲的俊美，又画龙点睛地掺入了男性的阳刚，毫无娘娘气。这些优点，在我看到的切的子女相片上，似没有惟妙惟肖地遗传下来。

格瓦拉的父系家族，可谓声誉卓著。祖先来自爱尔兰，后经西班牙辗转而来，在阿根廷生活了 12 代。

切的母系也是贵族家庭，祖先担任过西班牙最后一任驻秘鲁总督。家族谱系中出过不少冒险家，有殖民地城市的创始人、成功的淘金者、寻宝人等等。

格瓦拉 1928 年诞生在这个门当户对强强联合的家庭里，是家中长子。切的老爹在回忆录中写到，1930 年 5 月，切刚满 2 岁，一天早晨，寒风呼啸，妻子带着切去游泳。中午时分，他去俱乐部找他们，发现孩子穿着一身湿漉漉的游泳衣，冻得直打哆嗦。他的妻子塞莉亚却还在一个劲地游泳……

切是母亲的第一个孩子。初当妈妈的女子，大多没有经验，但粗疏到了这种地步，只顾自己肆意玩耍，完全不顾及幼子的安危，也是醉了。切此次受凉后发病，得了哮喘病，终身未愈。切对于哮喘的态度，也是异于常人，采取桀骜不驯的藐视感。常识告诉我们，哮喘严重的人，不能参加剧烈运动，病患们都战战兢兢遵守这条戒律。切却一反常态，反其道而行之，硬是去玩最猛烈、最挑战肺活量的美式足球。他挑头组建了一支球队，在运动场上肆意奔跑，兜

格瓦拉的父系家族声誉卓著。祖先来自爱尔兰，后经西班牙辗转而来，在阿根廷生活了12代。

里装着药品，随时准备自我急救。不料有次比赛中病情发作，急救药却找不到了，险些要了切的性命。哮喘是呼吸道急症，万不可小觑。让一代歌后邓丽君在泰国清迈丧命的，正是此症。

或许因为自幼体弱多病，频频和死亡的鼻子尖擦肩而过，我觉得切对死亡有一种藐视加追求的混合欲望。一次次将自己置于死亡的手中，然后跳脱而出，从中得到战胜者的快感。

对于造成他终生疾患的母亲，切的回报不是埋怨，而是极深的感情。在得知母亲去世的消息后，他写下了非常动人的文章《石头》。文中写道：

“我需要在现实中感受到母亲在身边，让我能够把头放在她干瘦的膝头，听她呼唤‘我的老儿子’，我希望在发梢感受到她干瘪而丰满的温柔，她用笨拙的手抚摸我，断断续续地，像一个提线木偶，她的眼睛和声音似乎都溢出温柔……”

看这些深情的文字，会以为切的母亲无比温柔慈祥宽厚，但现实中的切妈妈，完全是另外风采。

切妈妈塞莉亚天性泼辣，狂热地被危险吸引，热衷挑战传统，充满叛逆精神。作为当地名媛，在那个时代，屡屡创造贵族女性的“第一”。她开车、穿长裤、抽烟，带着几个月的身孕下河游泳，差一点被急流卷走。她还热衷政治，当儿子走上政治舞台后，她成为切的事业最忠诚的追随者和传播者。

切的母亲塞莉亚天性泼辣，充满叛逆精神。她开车、穿长裤、抽烟，带着几个月的身孕下河游泳，差一点被急流卷走。她还热衷政治，当儿子走上政治舞台后，她成为切的事业最忠诚的追随者和传播者。

格瓦拉几乎全面继承了母亲的性格，追逐危险、天生反叛、无所畏惧、我行我素、顽强不屈……或许，切同母亲的感情，已然超越了一般母子的血缘亲昵，结成了心灵传承的战友之情。他们母子成了在人格上高度相似的共同体。

说完了切的母亲，再说说切生命中另一个最重要的女人——他最后一任妻子阿莱伊达。他们相识在战火硝烟之中，阿莱伊达是个年轻的游击队姑娘。她当时是个老师，接受革命任务，为古巴起义军第八纵队带去经费。当时这支部队的总指挥就是阿根廷人切·格瓦拉少校。

阿莱伊达回忆说，1958 年 11 月的某一天，我在游击队里见到切。我对他说的第一件事，就是告诉他我的任务，我有东西要交给你。当时阿莱伊达的角色是地下交通员，革命军急需的军饷，被用橡皮膏绑在她的腰间。

“橡皮膏正五花大绑在我身上呢！”姑娘对格瓦拉大叫，请求他尽快派人来把自己身上绑钱的橡皮膏撕开。可以想象，军饷不是一个小数字，一大堆用过的旧纸币，用橡皮膏绑贴在身上，那滋味可不好受。阿莱伊达好不容易见到了游击队的最高领导，大呼小叫要求赶紧解放自己，实在情理之中。

几年后，当阿莱伊达和切已经结为夫妻后，格瓦拉说，当他看到“一个金发碧眼、胖乎乎的小学老师”时，他要在一个恪守纪律的革命者和一个有着个人情感和需求的男人之间做抉择。

我想这段话的内在意思是，切·格瓦拉对勇敢而性感的阿莱伊达一见钟情。

阿莱伊达在游击队的军营里待了几天后就去找切，说自己打算留在游击队里。切这时候已经从男性的冲动中冷静下来，并没有一开始就决定让阿莱伊达留下。切感到还不了解这姑娘的来历。虽然她冒着危险带来了游击队的给养，但也有可能是伪装的右翼分子，骗取信任打入革命队伍。切是真心喜欢阿莱伊达，再加上并没有任何证据说明她是个奸细，切考虑了一下说，你可以留下当个护士。过了几天，切对阿莱伊达说，陪我去打几枪吧。一路上由切开车，阿莱伊达靠在他身边。她那时并不知道切的年龄，把他当成一个年岁很大的人（切当时的实际年龄是 30 岁，风华正茂），希望依靠他就能帮助自己摆脱年轻士兵爱慕之求。

切很喜欢阿莱伊达的直爽坦率，敢于指出切的疏忽和错误。那么，切究竟是在什么时候爱上阿莱伊达的？切后来说，是在攻打圣克拉拉的战斗中。当阿莱伊达身后出现敌人的坦克时，他发现自己爱上了她。

我觉得切的这个说法很符合他的性格，真实可信。我记得有一张切亲手为阿莱伊达摄下的照片，背景就是一辆差不多有两人高的装甲车，从照片上能清楚地看到装甲车的标号是810。阿莱伊达并不算非常俊俏的美女，但她英姿飒爽，一身戎装，戴着军帽，右手持枪，枪管向下指着军靴旁的土地。她的手指紧扣着扳机，保持着随时能用臂力将枪持起击发的战斗姿势。这时的阿莱伊达，已经开始担任切的秘书。

大概在 1959 年 1 月 12 日，切给阿莱伊达读了一封写给自己秘鲁籍妻子伊尔达的信，在信中正式通知婚姻破裂，分手理由是他要和在战争中认识的古巴女孩结婚。

阿莱伊达好奇地问这个女孩是谁，切说，就是你。阿莱伊达什么都没说，按照当秘书的规矩，把信寄了出去。

在这之后，切才借着和阿莱伊达一起坐在车后排的机会，第一次抓住了她的手。然后在某一个夜晚，切赤着脚，一言不发地来到阿莱伊达的房间，一切顺理成章。切把这个日子称为“攻克碉堡”的日子。

1 月 18 日，切的父母到古巴来看他，阿莱伊达和切同去机场迎接。切的父亲见面就问，这个女子是谁？切说，这就是我要娶的女人。

那时的阿莱伊达只有 20 岁，生动得如同夏花，而且是奋不顾身的坚定革命者。

按照这个近乎闪婚的时间表，很像是切在见到阿莱伊达之后见异思迁。其实不然，切在认识阿莱伊达之前，就在写给父母的信中，说明要和伊尔达分手。

后来，卡斯特罗见到阿莱伊达，问她，你是不是切的姑娘？

阿莱伊达不喜欢这种称呼，硬生生地回答卡斯特罗说，我不是切的姑娘，我是他的秘书。

经历血雨腥风，古巴革命终于接近胜利了。切作为政府高官，卡斯特罗对阿莱伊达的安排不能不有所考虑。他征询切的意见，给阿莱伊达个什么职务呢？切回答说，什么也不给，因为她将要成为我的妻子了。

在阿莱伊达的回忆中，切自己会驾驶飞机，他喜欢那种速度的快感。他们感情很好，出差的时候，睡上下铺，切会从上铺把手臂垂下来，让妻子握住，两人一同进入梦乡。胜利后，切作为国家领导，经常代表古巴出访各国。阿莱伊达很想跟着一起出访，卡斯特罗也一再劝说切可以带上夫人，这也是国际惯例。但是，切总说这是一种特权，毫不犹豫地拒绝，即使是卡斯特罗的命令，也坚决不服从。

切虽然深爱妻子，但无论走多远，几乎从来不给妻子买礼物。出访外国，他能保证的只是发个明信片。他在明信片中写道：

我亲爱的：

……

我不给你寄戒指了，因为我想了想，把钱花在这上面是不对的，现在我们这么需要钱。我会从目的地给你寄别的东西。现在，我给你寄过去两个激情的吻，足以融化你冰冷的心。把其中一个吻分成小小的份儿，分给孩子们。把其他更小一点的块儿，分给我的岳父母以及其他家庭成员。

清廉与浪漫交织，感人至深。

1964 年 12 月，格瓦拉代表古巴出席联合国第 19 次大会，之后相继访问了阿尔及利亚、刚果（布）等 7 个非洲国家和中华人民共和国。在古巴担任要职时，格瓦拉坚决抵制官僚主义，生活十分节俭，并且拒绝给自己增加薪水。他从没上过夜总会，没有看过电影，也没去过海滩。一次在苏联一位官员家里做客，当那位官员拿出极昂贵的瓷器餐具来招待格瓦拉时，格瓦拉对主人说："真是讽刺，我这个土包子怎么配使用这么高级的餐具？"

1965 年，是切在和平生活中的最后一次旅行。他从埃及给阿莱伊达寄来了一张明信片，上面写着：

我不知道我们有朝一日是否可以手拉手，身边围绕着孩子，踏着过去的脚印欣赏这一切。如果不能，我将为您梦想。

尊敬地吻您的手

——您的丈夫

卡斯特罗见到阿莱伊达时，问她，你是不是切的姑娘？阿莱伊达不喜欢这种称呼，硬生生地回答卡斯特罗说，我是他的秘书。

之后，切离开古巴，到第三世界进行反对帝国主义的游击战争。先是在刚果，后来又去了玻利维亚。那时，他和阿莱伊达已经有了 4 个孩子。在前往玻利维亚之前，格瓦拉回了一趟哈瓦那，和家人告别。时间是 1966 年的 10 月底。大女儿比较有辨别力，这次会面就把大女儿留在家里了。所以，最后和孩子们告别的这一刻，切只看到了 3 个孩子。切·格瓦拉做了“整形”，前部头发完全脱掉，成了秃顶，再戴上黑色宽边眼镜，看起来足有 60 岁。儿女们并没有认出这就是久别的亲生父亲，妈妈嘱咐孩子们，要叫这个人“拉蒙舅舅”。“拉蒙舅舅”和孩子们一块玩耍，其中小女儿没头没脑地狂跑，不小心撞了头。切赶忙过去照看，十分尽心。过了一会儿，小女儿跑过来偷偷和妈妈说，我告诉你一个秘密，我发觉这个男人爱上我了。

阿莱伊达和格瓦拉霎时脸色苍白，内心百感交集。小孩子是不会说谎的，她的直觉告诉她，这个大胡子的舅舅，对她是不同一般地喜爱。

分别的时候终于到了，孩子们没有认出来爸爸，默默地和“拉蒙舅舅”告别。在古巴的最后一晚，他和卡斯特罗共进晚餐。天亮后，卡斯特罗在机场目送切·格瓦拉离开。从此，格瓦拉再也没有回到古巴。

给我留下深刻印象的，还有切对书籍的爱好。无论战火硝烟多么嚣张，他孜孜不倦地读书，并保持了一生。容我抄录阿莱伊达从刚果前线收到的切的书单，当时他正在那里打游击。

书单如下：

1. 品达罗斯的《竞技胜利者颂》
2. 埃斯库罗斯的《悲剧集》
3. 索福克勒斯的《戏剧和悲剧》
4. 欧里庇得斯的《戏剧和悲剧》
5. 阿里斯托芬的《戏剧全集》
6. 希罗多德的《历史的九本书》
7. 色诺芬的《希腊史》
8. 德摩斯梯尼的《政治演说》
9. 柏拉图的《对话录》
10. 柏拉图的《理想国》

1964 年 12 月，格瓦拉代表古巴出席联合国第 19 次大会，之后相继访问了 7 个非洲国家和中华人民共和国。在中国期间，格瓦拉除了会见刘少奇、贺龙、邓小平等领导人，还访问了西安、武汉、成都、上海等地。他对中国农村的农机表示出兴趣，并与在场的中国儿童亲切握手。

11. 亚里士多德的《政治》
12. 普卢塔克的《传记集》
13.《堂吉诃德・德・拉・曼却》
14. 拉辛的《戏剧全集》
15. 但丁的《神曲》
16. 阿里奥斯托的《疯狂的奥兰多》
17. 歌德的《浮士德》
18. 莎士比亚的《作品全集》
19.《解析几何学练习》

在最后一本书旁边有一个说明——“放在祠堂里的那本”。

这是一个庞杂的书单，经典加古典，散发浓烈的哲学和文学气息。真想不通切・格瓦拉哪儿有时间和环境读这么多书呢？就算在刚果密林打游击，相对安全且无所事事，读书也是极度的奢侈。朝不保夕兵荒马乱当中，切还能保有如饥似渴的心境，读种种形而上的书，令人除了叹息，再发不出其他声音。

切非常热爱劳动。当银行行长时，每逢周末，他要么和阿莱伊达到甘蔗田里参加义务劳动，要么就是直奔工厂的装配线做义工，再不然，干脆跑到热火朝天的建筑工地搬砖。我看到一个资料称，1964 年某个季度，切・格瓦拉个人参加义务劳动的时间达 240 小时，荣获了“社会主义劳动突击队员”称号。计算一下，一个季度就算 90 天，合每天的义务劳动时间达 2.67 小时，约 2 小时 40 分。切・格瓦拉工作很忙，不可能每天都均衡地抽出这么长时间义务劳动。那就只有把每个休息日的业余时间，都投入到劳动中。

我们参观完切・格瓦拉担任银行行长时的故居时，面容冷峻的女解说员，突然迎过来，脸上绽放出了菊花般的笑容。那一瞬，我确信她年轻时是个美人。

她低头指着旅伴中的一位女子的凉鞋说，你的鞋很漂亮。

那是一双拖鞋式样的白色仿藤编坡跟皮凉鞋，很精美。

同伴客气地回应，谢谢！

解说员说，我有一个女儿。

我很奇怪，此刻提起女儿是何干系？

女解说员没让我们纳闷太久，她直言不讳地说，我女儿的脚应该和你的脚差不多，她穿你的鞋应该很合适。

一时不知说什么好，可能真的差不多大的脚吧，但这是什么意思?

女解说员很快打破疑惑，说，我很想让你把这双鞋给我，我再把它送给我女儿，我女儿一定会很高兴。

女儿高兴? 这当然了……但是……这鞋是我的……旅伴脸色变了，愣在那里无以对答，一时没法适应这突然的邀约。

我下意识地瞟了一眼窗外，热带阳光烙铁般炙烤着大地。展馆离停车场大约几百米距离，石子路。若是旅伴脱下鞋后赤脚走回车，基本上双足会成为铁板烧。再说，下午还有行程，该同志不能光着脚赶路吧。

女解说员看出旅伴的为难，说，我可以把鞋换给你，你穿着我的鞋走路。你的鞋就给我。

大家的目光又聚焦到她的脚上。黝黑赤裸的脚踝下，套着一双陈旧布鞋，落满尘土，辨不出本来的颜色。

我当医生有洁癖，鞋子新旧还在其次，主要是这样可否卫生? 不过，我不是当事人，不能越俎代庖。替旅伴发愁，如何应对呢?

旅伴慈悲且聪慧。她镇定了一下，对女解说员说，您一定有个美丽的女儿。

女解说员笑逐颜开，说，是的是的，我女儿很漂亮，如果她穿上你的这双凉鞋，一定会更漂亮。

女旅伴真诚地说，我很愿意把这双凉鞋送给你女儿。

解说员非常兴奋，那太好啦。说着，弯下腰来把自己的赤脚从松垮鞋壳里往外褪。

女旅伴摆摆手说，您的鞋还是自己留着吧。请稍等一下，我穿着这鞋回到旅行车那儿，今天随车装载了行李，我背包里还有备用鞋。我换上备用鞋后，就把这双鞋带回来送给您。

说完，女伴顶着烈日，向几百米开外的旅行车跑过去。好在司机就在车旁阴凉处歇息，叫开车门应不是问题。

女解说员迅速恢复了冷峻的面孔，并有几分不安。她紧抿着薄薄的嘴唇，尽量不向旅行车方向注视，但每隔几秒就会忍不住飞快瞟一眼。

一时气氛略显尴尬。我想，女解说员担忧女伴虚晃一枪，借机离开此地再也不回来。我们走也不是，待着也不是，无话可说，空气仿佛凝固。

整个展览馆除了我们一行人之外，几乎再无其他浏览者。一位东方面孔的女游客走进来，交谈后得知是日本人，切·格瓦拉的崇拜者。于是感叹，格瓦拉以他独特的方式长留人间，延续着在39岁就戛然而止的生命。

谢天谢地！女旅伴换好备用鞋，手拎白色坡跟仿藤编皮凉鞋，满头大汗地赶了回来。所有的人，都长吁出一口气。女解说员如愿以偿，我们如释重负。只有那独自一人踯躅馆内的日本游客，看不懂拎着鞋子匆匆赶来的中国女子，在搞什么名堂。

我想，切·格瓦拉如果在世，或许不一定喜欢这种事情发生吧。

The Microcosm

美洲小宇宙

of

America

15

欢庆大道的 15.5 度偏角

有些地方，一生当中去一次足矣，甚至去了之后心生懊悔，本该不去的。有些地方，值得一次又一次抵达。墨西哥便是后者。在墨西哥城特奥蒂瓦坎遗址，走在太阳金字塔通向月亮金字塔的黑色石砗大道上，我上一次来时在此地系上心头的那个疑问，变得越发沉甸甸——这条路，到底是干什么用的？

月亮金字塔是特奥蒂瓦坎遗址两座主要的金字塔中较小的那座，太阳金字塔是较大的那座。太阳金字塔在世界上现存的金字塔中排名第三，塔的底部面积为 225 米乘以 222 米（基本上是个正方形），高约 64 米，据说原来有 75 米高，后来坍塌了一部分。如果你对这一组数字没有清晰概念，那么让我打个不太恰当的比喻——它的高度约合 20 层楼，底座面积有近 50000 平方米。按照国际足联的规定，标准足球场的面积是 7140 平方米，那么太阳金字塔的底座，大约相当于 7 个足球场大。

写出以上数字，深感为难。在任何墨西哥金字塔的相关介绍中，都可查到这些材料，抄录便有堆砌之嫌。但若不写，没有来过的人、无暇翻阅资料的人，就难以得到起码的印象。我的上部书稿曾被出版机构审阅，一看到罗列数字，就怀疑涉嫌抄袭，令我更改了多篇文稿，从此便怕了。相关数字如不如实抄录，自己攒一个出来，倒真是吓人。

太阳金字塔是古印第安人祭祀太阳神的地方，从正面攀登上去，要走过 248 级台阶。计算一下，64 米的高度除以 248 级台阶，每一级高度约为 26 厘太阳金字塔是特奥蒂瓦坎遗址两座主要的金字塔中较大的那座，是古印第安人祭祀太阳神的地方。太阳金字塔在世界上现存的金字塔中排名第三。

米（阶梯并不是很均匀）。角度偏直，感觉较陡。爬上顶端，是个平台。据说当年建有宫殿式的房屋，但现已坍塌湮灭，原有的形状也无以揣摩。站在平台上，尽管日光毒辣，仍有阵风袭过，鸟瞰整个古遗址，感慨万千。消失的文明促人浮想联翩，猜测此间曾发生过怎样的铁血柔肠。人在昔日辉煌的废墟之上，最易感受到时光的无情碾压。

金字塔本身足以令人敬畏，连贯两个金字塔的宽阔大道，更让人生出探究冲动。此地先民，在 2000 年前，既没有金属工具，也没有机械化装备，单是凭双手和极其简陋的家什，就把几百万吨土方和石头不知从哪里运了来，艰苦卓绝地堆垒起来，砌成了如此宏伟的金字塔。然后又用一条宽阔的大道相连，有何深意?

金字塔这个名词，用来形容古埃及法老的大地杰作，真是再恰当不过了。无论你见过还是没见过金字塔，“金”这个字，都能精确地向你扫描出金字塔的模样。不过若用“金”字来比拟墨西哥的高塔，便生出几分不确。墨西哥的金字塔是无头的，也就是说，金字的上半部分被切成平顶，宛若金字没有了最上面的人字形盖头，便和真正的“金”字，生出芥蒂。

连接太阳和月亮金字塔的大道，被称为“亡灵大道”“死亡大道”“黄泉大道”等等，总之都和死有关。我听说它的长度约 5000 米，宽约 40 米，南北贯通。这组数字一般人可能没有清晰概念（我就属于这种人）。特别查了一下，北京的第一长街——长安街，按照最早的起止点，是从东单到西单，长度为 3780 米。宽度现在为 5 上 5 下的双向 10 车道。除了天安门广场处特别加宽外，如不算非机动车道，长安街机动车道宽 35 米。也就是说，连接太阳和月亮金字塔的这条大道，比号称十里长街的长安街机动车道，还要更长更宽。在劳动工具那么落后，也无须行走汽车的 2000 年前，为什么要修建这样一条惊世骇俗实际上有些大而无当的道路呢?

另据考古学家精确计算，此大道的走向，并不是正南正北，而是有一个 15.5 度的偏角。为什么会有这个偏角呢? 你可千万不要猜想是否此地的先民们疏忽了测量，这是完全不可能的，要知道玛雅人的天文历法之精准是为一绝。具体的原因，科学家们至今也没能找出来。我对此有个不成熟的揣测，容后文再说。

科学家们用碳 -14 的方法，考证出此地从公元前 800 年开始有人类聚居，那时大致相当于中国的东周春秋时期。在公元 5 ~ 6 世纪，这里的常住人口大约有 20 万，建设规模也达到了巅峰，那个时段，相当于中国的汉与魏晋南北

The Microcosm

美洲小宇宙

of

America

朝时期。公元 7 世纪后，此地文化逐渐消亡，咱们那会儿已经是唐朝。现在人们能看到的遗存废墟，大约是在绵延了 1000 年的时间内修建的。

目前唯一比较通行的说法是——大大小小的金字塔对应着一些不在视野中的远山。

在墨西哥南部的尤卡坦半岛，我们再次和难以计数的金字塔迎头相撞。2008 年我环游地球时，游览过危地马拉热带雨林中的金字塔群，数目之多，劈头盖脑将我震撼。回来狂查资料，得知早在公元纪年前后，居住在中南美洲的玛雅人，就达到了第一个伟大的兴盛期，建立起了第一批“城邦”，修造了大量的金字塔、祭坛、浮雕石碑等等。到了公元 4 世纪至 9 世纪，玛雅人进入

The Microcosm 美洲小宇宙 of America

月亮金字塔比太阳金字塔小一些。连接太阳和月亮金字塔的大道，被称为“亡灵大道”，长约5000米，宽约40米，比号称十里长街的最初的长安街更长更宽。

第二个繁荣期。有文字记载的大小城邦有100多个。我去过的蒂卡尔遗址，在大约50平方公里的区域内，修建了大大小小百余个金字塔。那里的金字塔当时允许攀爬。我气喘吁吁登到顶端，极目四望，密林当中掩藏着众多金字塔，场面不仅仅是波澜壮阔，而且是……骇然。

在大约10个世纪的时间里，玛雅人在墨西哥南部的尤卡坦半岛，现在的危地马拉、洪都拉斯和萨尔瓦多的广大区域内，繁衍发展，创造出了极为灿烂辉煌的古代文化。

那个疑问挥之不去——金字塔到底是干什么用的?

首先想到的是求助于玛雅人的文字。玛雅人有文字，就会有相关记录；有记录，就会有解释。文字如同一条红丝线，缠在历史的手腕上，溯源而寻，就能抵达历史的大脑沟回。那年我在美国访问，一位当地学者曾对我说，看！印第安人没有文字，他们的历史没有人能说得清。对于北美印第安人到底有没有文字，我没有研究，但我坚信能在中南美建造起如此气势磅礴设计精当的宏大金字塔的人，没有文字是不可能的。

玛雅人在墨西哥南部的尤卡坦半岛、现在的危地马拉、洪都拉斯和萨尔瓦多的广大区域内，繁衍发展，创造出了极为灿烂辉煌的古代文化。

玛雅文字大约出现在公元纪年前后。现在有确切文字记载的玛雅石碑，成文的年代是公元 292 年，出土的地方就是危地马拉蒂卡尔。据说玛雅文字，最初只在很小区域内使用，直到公元 5 世纪，才普及到整个玛雅地区。玛雅人的文字为象形文字，约有 800 个。现在科学家们好像已经破译出了大约 200 个文字。这些文字多是用来表示时间的，比如各天的称呼、月份的名称，还有数字、方位、颜色以及神祇名称等等，基本记载在石碑、木板、陶器和书籍上。玛雅人的象形字，很像古埃及文字和日本文字。我查到的资料上如此描述，没有和中国古代文字相比较。我估计古时的日本文字，应该和中国文字很近似吧。总之，那些研究学者，就此止步，乃大遗憾。

文字是多么富于生命力的创造，聪明的玛雅人为什么不飞速推广？原来通过学习识得玛雅文字在当时是一种特权，只有少数高级祭司才可掌握。这一小撮人肩当重任，负责记载玛雅宗教神话、祈祷文、历史、天文、历象等工作。西班牙殖民者入侵玛雅地区后，焚书坑儒，把珍贵的玛雅文字手抄本，作为异教文化付之一炬，并大肆杀害掌握文字的玛雅祭司们。现今保存下来的玛雅文字手抄本，全世界只有几份，这使得玛雅文字至今还如天书，不能完全释读。

文字这条线索断了，不但金字塔的功能陷入迷雾中，更无法查出玛雅文明为什么衰落。对于这些让人颇费脑筋的难题，历史学家们苦思冥想，给出了种种解释。最离奇的一种，是怀疑玛雅文化原本来自外星，外星人扬长而去之后，玛雅文化就只能渐渐消亡。

有的学说，比较靠谱。

2003年，由瑞士苏黎世联邦技术研究院牵头的某国际研究小组发现，在公元750～950年间（相当于中国的唐朝和五代十国时期），玛雅人居住的区域，遭受了旷日持久的旱季。大规模的苦旱共发生过3次，每次的持续时间为3～9年。现代科学甚至精确测出灾难降临的具体时间，大约是在公元810年、860年和910年。

这每隔50年出现一次的大旱灾，是否是那个年代的超级厄尔尼诺现象？

那时的玛雅人以种植业为生，基本上是靠天吃饭的农户。玉米是他们最早培育出的明星产品，捎带脚地也种植蚕豆、西红柿、南瓜、甜薯、可可、辣椒、烟草等，果木的繁种也是拿手好戏。除此以外，还广种棉花和龙舌兰。前者供织布穿衣，后者供酿酒欢娱。由于玛雅人的居住区域内没有金属矿藏，他们不会冶铁，也没有铁质工具。这么繁重的田间劳动，主要靠木棒和石斧。尖头木棒用来挖坑点种，石斧用于砍树开地。在这种落后的生产业态下，遭遇连年大旱，该是多么可怕的厄运！

玛雅人对水的珍视，至高无上绵延不衰。墨西哥人类学博物馆门口，就有用整块石头雕成的“雨神”。它高 8.5 米，重 168 吨，可谓庞然大物。院内还有图腾大铜柱，柱上有一个巨大蘑菇顶，顶上蓄水，向四周喷洒，象征“雨泉”。可见水对于中南美洲这块土地弥足珍贵。

某次和气象专家聊天，说到旱灾和洪水谁更可怕的话题。我说，当然是洪水。在很多民族的神话里，都有滔天洪水让人类面临灭顶之灾的传说，要不是神出手拯救苍生，保不齐大家现在都已是小鱼小虾。而旱灾呢，不过是收成减少，来势较缓，人有接受的余地。实在熬不过去了，可以逃难。你看，凡被授予农业战线英雄称号的人，基本上都是和洪水搏斗以身殉职，几乎找不到因抗旱而死的人。就算死在抗旱现场，也是原有的基础病，来了个急性发作。

专家摇头说，不，旱灾更可怕。严重的时候，导致农作物大面积绝收。你说逃难，往哪里逃？水淹一线，旱灾却是赤地千里。就从旱神和水神的形象来说，也可见人们的倾向性。水神是龙王，威武中看，就是脾气暴躁了点。旱魃的形象，却非常丑陋。最早是个披着头发的女人，然后干脆变成小鬼和僵尸模样。民间认为旱灾和死人有关，是死后 100 天内的幽灵窜出来作祟。驱逐旱魃的方法是要掘墓焚尸，烧毁了新鲜尸首，天才会下雨……

听此一番教诲，我方认识到旱灾猛于虎。那时长期的严重自然灾害，给予玛雅文明致命一击，许多城镇不得不废弃，人迹渺然。在看不到终结的苦旱当中，当年的玛雅人会多么恐慌，多么无助！玛雅人无法解释这一切，能够想到的原因，就是自身惹怒了神灵。他们能够做的最有效也是最无效的工作，便是祈雨。竭尽自己所能，向上苍祭献，恳请神明的原谅与再次眷顾，降下甘霖，化作福祉，以拯救玛雅人岌岌可危的命运。

玛雅人崇尚鲜血和生命。在中南美的土地上行走，你会感觉到他们对于死亡与我们有不同的理念。比如在墨西哥，纪念亡灵的节日会十分盛大和隆重。也许有人会说，这样的节日咱们也有啊，比如清明，比如盂兰盆节……但我觉得这两类节日氛围大不相同。中国式的祭奠，大抵脱不了悲戚，祈望的是亡灵的安息和尽早轮回。在中南美地区，死亡更像是一个热烈的庆典，民众会激动振奋兴致盎然。

这是否是古老的玛雅遗风？

玛雅人的文字为象形文字，多是用来表示时间的，比如各天的称呼、月份的名称，还有数字、方位、颜色以及神祇名称等等，基本记载在石碑、木板、陶器和书籍上。

在金字塔废墟上，发现过不少尸骨。我记得科学家们对这些残骸进行过DNA测试，显示尸骨的源头可追溯到公元50年到公元500年之间。或许是当时的人们，会用杀人的方法来供奉金字塔。那种时刻，当然不会悲戚，很可能兴致勃勃甚至兴高采烈。

很多证据表明，玛雅人会在特定节日，把一些人当作祭品奉献给神灵。这是凡间与神灵对接的时刻，人给神送礼物来啦，神会笑纳啊，当然应该欢天喜地。由此推断，在旱魃肆虐万众祈雨的关头，玛雅人必然也会祭献生灵。

什么样的人才能充当如同圣诞时绑扎缎带的盒装礼物?

我以前的想法是，人祭当然要选美女帅哥。这印象恐怕来自《西游记》。故事中说到饲喂妖怪的童男童女，一定要挑长相清俊的，猪八戒变的胖丫头就被悟空判作不合格。查找资料，发现文明史上有两种截然不同的人祭风格。

先说古希腊的祭祀标准——谁长得最丑就把谁献给神。

谈到古希腊，涌上人们脑海的是深奥的哲学和谱系繁多的神祇，是丰美仙女和凶悍天神。哲学家面对满天星斗侃侃而谈。政治头脑们斜披白色朝服，手执权杖，唾沫星子飞溅着争论城邦与民主。艺术家们则埋头雕琢乳脂般的大理石，天使的翅膀在他们手下显露羽毛……

然而真实的历史是——古希腊人并不总是优雅唯美，他们笃信有鬼魂游荡的世界，存在于地下。现实中的人们要不断地向鬼魂进行祭祀，方能保得人间太平。

活祭，是凡人贿赂怪力乱神的最高诚意。

期望苟活的古希腊人，会选出该城邦最丑的居民——畸形的人、底层的人、无家可归的人……像喂养宠物一般，给他们吃最好的食物，让他们整天无所事事变得肥胖。待到相宜时机，便驱赶祭祀对象绕城游街，让愤怒的人们用各种野生植物鞭打祭品。活祭的生灵会被石头砸死、被火烧死或者被直接推下山崖。

古希腊人为什么如此残忍地对待体貌不周全的人?他们崇尚纯洁，迷恋到极致。觉得背离常态的人，会成为威胁，进而导致危险。他们笃信道德上的瑕疵，会在身体上映像般地反映出来，形成生理上的不完美。说起来，咱们中国民间文化中也有这样的因子，比如流传甚广的俗语——瘸毒瞎狠。丑陋而畸形的人，常常被怀疑是某种恶行的天理报应。

The Microcosm of America

美洲小宇宙

奇琴伊察曾是玛雅人繁盛的都邑，这里城池广阔，设施齐全。高耸的神殿、宏伟的祭坛、鳞次栉比的市场、阔大的足球场、奢侈的浴池、恢弘的神院、神秘的天文台……一应俱全，让人目不暇接。羽蛇神金字塔，简直就是完美无瑕！

牺牲个体能带来拯救群体结果的心理，广泛存在于众多民族的集体无意识之中。它或许来自我们还属动物世界时的生存本能。在非洲，我亲见角马群在狮子的追逐下慌不择路地狂奔。当落在后面的最弱小的角马被狮子扑倒后，其余的角马立马松一口气，立刻放缓奔跑的脚步，甚至在不远处围观，深知危险的警报业已解除。物竞天择，一个弱者的死亡，换来了整个族群的短暂平安。

玛雅人的献祭风格则迥然不同，他们遴选最优秀的人，供奉给神。

在尤卡坦半岛的奇琴伊察，我从墨西哥城开始积聚起来的惊奇，达到顶峰。这里曾是玛雅人繁盛的都邑，城池广阔，设施齐全。不计其数的庙宇和宫殿，让人目不暇接。高耸的神殿、宏伟的祭坛、鳞次栉比的市场、阔大的足球场、奢侈的浴池、恢宏的神院、神秘的天文台……一应俱全。

在废墟中漫步，你不得不惊叹当年建造它们的玛雅人，该是何等气定神闲！他们不遗余力地打造建筑物柔美的线条，精益求精地推敲装饰物的匀称比例。羽蛇神金字塔，简直就是完美无瑕。

这座金字塔，依照古玛雅历建造，分为 9 段阶梯，每段阶梯又被台阶一分为二，总共 18 级，代表玛雅历中的 18 个月。金字塔的四面，每面有一条 91 级的台阶，共 364 级，加上塔顶，计 365 级。你一看就明白了，这代表一年中的 365 天。关于这个金字塔的优美神妙之处，所有介绍奇琴伊察的书中都有详细介绍，恕我不再重复。

我们从城市中央向边缘走，脚下是一条宽阔的砂石大道，路面略高于四周。玛雅人对宽阔的路面，有一种痴迷。

导游问我，你说被祭祀的人，挑什么样的呢？

我已略知一二，答，是玛雅人中最珍贵的人。

导游说，这是大的原则。他追问道，具体说谁是玛雅人中最珍贵的人？

这个……我支支吾吾。想来最珍贵的人，该是大祭司和部落酋长吧？但一般情况下，他们是不会把自己当作祭品以身殉职的。那么，如果说神祇基本上都是男性，出于贿赂讨喜的动机，人间供奉的应该是未婚的妙龄女子。在中国的相应传说中，都是以处女或是童男童女献祭。于是，我说，是小孩和年轻女人吧？在原始社会繁殖力低下的状态下，孩子代表未来，女子代表生育，这应该都是珍稀资源。

The Microcosm

美洲小宇宙

of

America

导游说，你说得不对。玛雅人是用男性少年来祭祀。他们才是部落中最珍贵的人。

一时热汗滚滚。不仅是答错了，还因酷暑，我似有虚脱之感。是的，一个古代部落中最优秀最有希望的人，应该是他们朝气蓬勃的少年郎！可是，如果一个民族中的男性青年都这样不明不白地死去，只剩老弱妇孺，那这个民族复兴的希望，会不会渐渐渺茫？

导游接着说，你之前说过，很奇怪玛雅人为什么热衷修这么宽的道路。我告诉你，献祭的时候要载歌载舞，有点像现在的大游行。没有宽敞的道路哪里容得下？那很容易发生踩踏啊！

举一反三。我恍然明白连接太阳和月亮金字塔的死亡大道之用处。人们簇拥着将被血祭之人和主持盛典的祭司们，走向金字塔的最后旅程，是盛大的告别和庄严的送行，是人神共谋的狂欢。

至于太阳金字塔和月亮金字塔之间死亡大道的 15.5 度的偏角，我相信它们像路标一样，有一个明确的指向。指向哪里呢？还记得我在前面说过，科学家们相信，大大小小的金字塔对应着一些不在视野中的远山。这个远山，究竟是什么山？

我以为：太阳和月亮金字塔，是模仿着中国西藏冈底斯山脉的主峰冈仁波齐形状所建造，冈仁波齐是天然形成的酷似金字塔的伟大山峦。死亡大道的偏角也指向冈仁波齐方向。在先民们的古老崇拜中，冈仁波齐是世界的中心，是人间和神祇沟通的天径。

The Microcosm

美洲小宇宙

of

America

16 玛雅人的血祭石

玛雅人笃信血祭，相信滚烫鲜血会给人类带来力量和神圣的权力。这还不算，玛雅人还用热血滋养神祇，以补充劳苦功高的神不断消耗的体力。这主意和中国的传说略有不同，中国的神和人，没有这般血肉相依的联系。通常都是神给人以能量，而不是人对于神进行见义勇为的反哺。墨西哥奇琴伊察的美洲豹神庙和武士神庙等，都是当年玛雅人举行活人祭祀的神圣场所。在遗址废墟中且行且张望，当地导游指着一块貌不惊人的长条形石头说，喏，就是它。欧美人来这儿，是一定要看这块石头的。

石头呈黑褐色，像个残破的长板凳。四周被警戒线保护着，游人不得靠近，细节看不清楚。

我问，它有什么奥妙?

导游说，这就是杀人的石头。

我越发疑惑，问，石头怎能杀人?

圆睁双眼，仔细端详。年代久远加之风雨鞭打，石头边缘已不甚整齐，也谈不上锋利，多豁口。石面宽度似乎也稍窄，容不下成年人的躯体卧于其上。

导游连说带比画，尽职尽责地介绍杀人石的用法。

喏，准备成为祭品的人，就躺在这块石头上。然后，祭司把他的头颅从石头的边缘向下扳动，祭品就感受不到痛苦了。他的身体已经失去知觉，但人还清醒地活着。

The Microcosm of America

美 洲 小 宇 宙

玛雅人笃信血祭，相信鲜血会给人类带来力量和权力。他们用热血滋养神祇，以补充劳苦功高的神不断消耗的体力。奇琴伊察的武士神庙就是当年玛雅人举行活人祭祀的神圣场所之一。

我于瞬间终于冰冷明白，此为以血活祭时人所仰卧的祭台，心中战战兢兢地将它称作血祭石。

有关玛雅人活祭的具体经过，一位名叫科格鲁杜的西班牙传教士，曾留下了这样的记载：在金字塔顶的神庙里，“主祭司手拿一把又宽又大的燧石砍刀，另外四名祭司抓住牺牲者的肚子，然后迅速地划开肚皮，用手掏出心脏，然后，把他的尸体踢下台阶，尸体一直滚到金字塔的底部”。

鲜血迸溅的残忍记载，让人不忍卒读。稍微定神后，我却深刻怀疑它的真实性。觉得那异邦的外来者，或许并未有资格亲临玛雅人神圣的祭祀现场，所言不过是道听途说并加以一厢情愿的想象和夸张。

第一，剖开人的肚腹取心，不能用又宽又大的砍刀，这不是莽汉激情杀人，而是沿袭千年缜密的庄严仪式。再者，所有用于手术的刀片都是精巧而短妙的，世界上最著名的外科医学杂志就叫《柳叶刀》，可见一斑。燧石就是我们常说的“火石”，古人常用它作为犁地砍柴的劳动工具，但用于杀人，稍嫌钝涩。杀人之利，不在于刀的大小，而在刃的尖锋与血槽。

第二，还有一常识，破开肚子拿不到心脏。肚子是腹腔，而心脏在胸腔，中间有强韧的膈肌挡拦。就像一套两居室，你不可能从次卧直接搬出放于主卧的大圆桌。二者本不贯通，其间有墙。

第三，有一细节不可忽视。在这个剧痛而恐怖的时间段，血祭之人是清醒还是昏迷？西班牙人语焉不详。如果该人的描述是准确的，那么在如此酷烈的痛苦之下，祭品是歇斯底里号叫还是陷入休克？是无比强烈地挣扎还是心如死灰地硬扛？硬扛几乎不可能，人的本能会近乎疯狂地反抗。如果祭品殊死抵抗，祭祀过程根本无法完成。

第四，请牢记这是玛雅人至高无上的圣典，不可能整得和恐怖片似的。西班牙人的这种描写，类乎 ISIS 的斩首录像。从原始宗教的目的和氛围来说，并不相宜。或许还有一种预防措施，就是给充当祭品的活人事先服用麻醉剂，让他不省人事顺从摆布。此可能性不是完全没有，但现有考古发现，并无充分证据支持这一点。且一摊泥似的昏厥之人，也和血祭所需要的生机勃勃地为神补血之目的不符。

在玛雅人的骨骸中经常发现一样东西——黑曜石刀。此为什么东西？

黑曜石的本质是一种火山晶体，是大自然鬼斧神工形成的结晶二氧化硅，呈黯黑色，贵为墨西哥国石。用一个通俗点的比喻，它就是大自然手工制成的黑脆玻璃。火山爆发时，熔岩四下流淌，温度迅速下降，含有二氧化硅的岩浆，会最先凝结成块，就成了黑曜石。在火山脚下靠近海边的地方，冷暖相激，比较多见这种闪光的狰狞石块。

黑曜石自古被当作力量象征，寓意深刻。墨西哥当地朋友，送一块刻有我姓名的黑曜石做礼物，沉重而尖利。它不规则的外形，如破碎贝壳之边缘。幸而被工匠打磨得较为圆滑润柔，不然切破手指乃轻而易举之事。黑曜石具备了玻璃特性，将它硬性砸开后，断碴非常尖锐。黑曜石从远古石器时代开始，就被先人们充当刀锋箭矢，所向披靡。古代玛雅人用它来做切杀血祭品的器具，顺理成章。

旅行团内有两位非常优秀的科班出身大夫，加上我也当过医生，在玛雅人的血祭台前面，3 人当即凑成现场办公的临时破案小组，力图还原当年玛雅人让祭品在没有痛苦感觉又能保持神志清醒的状态下，完成庄严的血祭的过程。

当地导游也参与提示与最后首肯，我们不成熟的研究结果报告如下。

黑曜石是一种火山晶体，是大自然鬼斧神工形成的结晶二氧化硅，呈黯黑色，贵为墨西哥国石。黑曜石自古被当做力量象征，寓意深刻。

玛雅人的血祭石，虽经时间风雨磨砺，现在看起来已经不再咄咄逼人，但它的边缘可能曾经异常锋利。鼎盛时期，它毫无疑问是一个高效率的杀人利器。或者说，即使它原本就像现在这般模棱两可窝窝囊囊的样子，但每次使用前，都会被工匠重新敲击打磨，保持犀利。再或者，它只是一个支架，犹如现代男人们用的老式剃须刀。每次应用时，工匠或祭司，会提前将一块新砸开的黑曜石片，以特定方式，镶嵌在血祭石的卧头侧边缘，如同给剃须刀支架换上崭新刀片。

祭典开始后，充当祭品的活人，正面仰卧于此石之上，祭司将祭品的头颅轻轻向后扳仰，使他的第二颈椎间隙，正好卡在石头燧石刀片的边缘处。这个步骤一定要万分精确，位置不可有丝毫偏差。反复确认无误后，待吉时一到，由大祭司本人或是身强力壮的助手，将献祭之人的头颅，猛地向正后下方，也就是地心方向斩钉截铁地按下……动作一定要又快又准，毫不拖泥带水。片刻，黑曜石刃如同匕首，横切入献祭之人的椎间隙，力斩而下，彻底离断祭品的脊柱。此举务必如刀剁斧劈，将祭品脊髓神经主干齐刷刷毁断，完美制造出一个人为的极高位截瘫。

它的后果是——血祭之人自颈部以下，从这一秒开始，既无任何知觉，也不可能完成任何自主运动。不过，由于掌控心跳等最主要生命体征的延髓，尚在被黑曜石刀砍断的水平位置之上，此人在短期内，生命尚可延续。由于感受不到痛苦，他的面部表情很可能是安详的。如果现实生活中某人遭此重创，比如车祸、战争，后续维持他的生命过程，几乎不可想象。他大小便失禁，失去吞咽功能，不能说话不能咳嗽……形同僵尸。不过这一切后果，在当时执掌生死的大祭司那里，完全不必考虑，他只需祭品坚持到活体剖胸取心的过程完成即可。

凝望血祭石，遥想当年祭品双腿伸直，两臂向下耷拉，头颅极度后仰并下垂，呈现出毫无抵抗的顺从之态……石案如此窄小，却也足够了。祭司不需要太宽大的血祭石，那样反不利于操作。所有的手术床都是窄小的，并不预备让谁在此高枕无忧。

这样的讨论和设想，冷酷并令人极端不适。不过，面对奇琴伊察的血祭坛，通过想象渐渐逼近历史真相，或许是另一种深沉的敬畏。

男医生自言自语，为什么一定是第二颈椎间隙呢?

女医生答道，颈部毫无疑问是人体最脆弱的神经中枢通道，高位颈椎骨折，除了知觉和行动力通通丧失之外，也可能会导致呼吸心跳骤停。由于第一颈椎被颅骨下端包绕，正常时外人看不到摸不着，就无从下手。若是第三、四颈椎间隙，位置就太靠下了，被杀之人或许会有残存感觉……最佳状态当然是大脑的高级神经活动尚在，但身体和意识进入无知无痛的自动驾驶状态，所以非第二颈椎不可。

闻之寒彻骨髓。之后的破胸取心过程，恕我不再详解，耐受力已到尽头。

现在，新的问题出来了，祭品如何挑选?

恕我先荡开一笔，咱们看看奇琴伊察宫殿群中的足球场。已经勘察出来的足球场一共有七八座，其中主球场，长 166 米，宽 68 米，占地面积共 11288 平方米。容我介绍一下常识，世界杯球场的标准尺寸是长 105 米，宽 68 米。也就是说，奇琴伊察玛雅人的古代足球场，宽度和现代足球场相同，长度是现代足球场的一倍半，面积也是现代足球场的一倍半。站在这个辽阔足球场中央，你会惊叹玛雅人怎么那么热爱运动呢！他们怎么那么强健呢！能在这么大的场子里，奔跑呼啸辗转腾挪。

主球场修建于公元 864 年，四周耸立着两面高达 8 米的墙，上面刻有交织缠绕的巨蛇纹样，还有球员进行比赛的场景。只是它的球门和现代足球完全不同，是个悬在半空中的环，大小和篮筐差不多。比赛规则是要让球从环中穿进去，难度甚高。

我听看过现代模拟此比赛表演的朋友说，经过历史学家考证，玛雅人当年并不是用脚踢球，而是用后背和臀部拱球，这毫无疑问更是成倍地增加了进球难度。朋友说，在她所观看的模拟比赛中，双方未进一个球。

导游说，当年球赛并不是体育活动，而是宗教仪式。两队比赛，获胜队伍的队长，要作为给神的祭品，成为血祭之品。

我说，那就赶紧输球吧，还可活命。

导游说，玛雅人把能得到献祭的资格，视为一种至高荣誉。被选中到神那里去，是非常骄傲的事情，没有人会逃避这种光荣。

我的天！倘若最优秀的人，都争先恐后地奔向血祭石，被剁成高位截瘫，然后蜂拥着到神那儿报到，这文化便难逃渐渐衰亡的结局。

导游补充道，那输了球的队长，最后也要被献祭。

为证明言之有据，导游特地引领我们去看球场周围的石壁画，果真画的是队长断头图。

胜也是死，败也是死。身为玛雅民族的优秀分子，难逃必死之宿命。

玛雅人尊崇太阳，固执地认为太阳会从盛年走向衰亡。他们觉着自己必须做点什么，来拯救太阳，以便保持它光芒万丈。玛雅人朴素真诚，勇于做出自我牺牲。对人来说，什么是最宝贵的？流动的是血液，不动的是心脏。那么，就把这些都贡献出来，饲喂渐渐衰微的太阳。在这一理论指导下，活祭的玛雅人越来越多，据说，16 世纪，西班牙人在祭祀点一次就发现了 13600 个头骨！为了庆祝大金字塔落成，在 4 天的祭祀活动中，竟杀了 36 万人。

我对后面这组数字存疑。36 万人在 4 天之内死亡，多么浩大的工程！平均每天杀 9 万人，需要多少刽子手，或者美其名曰“大祭司”？尸身需要多少掩埋之地？黑曜石刀和血祭石一共需要准备多少块？

无解。

The Microcosm

美洲小宇宙

of

America

主球场修建于公元864年，四周耸立着高墙，上面刻有球员进行比赛的场景。它的球门是个悬在半空中的环，大小和篮筐差不多。两队比赛，获胜队伍的队长要成为血祭之品。

导游说，您不是很想知道究竟什么人会被献祭吗？刚才我们看了球场，现在我领你去看献祭之井。奇琴伊察一共有3个这样的井，咱们去其中的一个。

由于我一路上不断地问这问那，显得十分无知，导游把我列为重点照顾对象，解说的时候，总是特别提示我。

"奇琴伊察"本是一句玛雅语，"奇琴"的意思是井口，"伊察"是伊察人的意思。导游告说。

我连连点头，现在一想，这两个词合在一起是什么意思？人在井边？井边的人？当时忘了问她，抱憾。向城市边缘走去，午后奇热，我舔了一下爆皮的嘴唇说，是喝水的井吗？

导游说，是。

我说，喝水的井，若是用活人献了祭，还怎么喝呢？

导游没有直接回答我的问题，荡开来说，你说是先有奇琴伊察城，还是先有的井？

这个问题难不倒我。井是人挖的，当然是先有了人的聚集，才能开挖深井，以解决水源问题。我说，当然是先有的城。

导游露出得意之色，我便知错了。导游说，是先有了能提供充分水源的井，才使这里积聚起人气，慢慢成为人口中心。

想想也是，如同“先有潭柘寺，后有幽州城”一样。最初的聚集者，一定要寻找依山傍水易守难攻之处，那时的人面临的灾祸甚多，先要顾及身家性命。

说话间，我们已经走过了几百米的宽阔土路，到达一处岩壁圈围起的深潭。事先所有的想象都是谬误，这个名为“井”的井，根本就不是井，而是一个天然洞穴。基本上可算是面积不很大的小湖。它的外形不规则，依我目测，大致 100 米宽、120 米长，湖水的表面积约有 1 万平方米。看起来储水量挺丰富，不然何以能支持当年奇琴伊察城庞大的用水需求。岸边并不平整，由高低错落的岩石组成，其中有几块岩石突出于洞口之上，几乎相当于悬浮半空中。打个不很恰当的比喻，像高台跳水的跳板。

探出的岩石凌空险峻，没有人敢站在上面向下眺望俯瞰，一失脚坠入洞中，救都来不及。其下大约数十米处，是幽深不见底的碧绿井水，可能是因为天热气压低，水面毫无涟漪，如同绿色猪油凝结。

导游说，当年被献祭的人，就站在这高台之上。时辰一到，就会坠入水中。

我问，是他们自己跳入，还是被人推下去的？

导游说，是自己主动跳下去的。我刚才说过了，玛雅人视献祭为无上荣光。

导游知道我回国后可能要写点相关文字，特别告知我说，当地很多没良心的导游，爱给游客们讲故事，总是说会把美丽年轻的处女定期推入井中，好像雨神很好色。这不单是对历史的歪曲，更是对雨神的不敬。前些年，科学家们对祭祀井进行了打捞，捞出来了 200 多具尸体，都是清一色的年轻男子骨骸，还有珠宝首饰。

我点点头，表示如果写点什么，一定按照他的版本如实描述，导游开心一笑。

我虽知玛雅人的风格，惯把最优秀的人拿来奉献给神，还是不由自主地想，当年那些稚嫩的少年，就这样站在高台之上，慷慨从容赴死吗？有没有人期念明天早晨的金色阳光？有没有人思恋亲爱的父母家人？如果已有了恋人，此一去便是永诀，是否曾暗自垂泪？他们真的不会产生一丝一毫的迟疑和畏惧吗？

默然许久。

我问导游，玛雅人为什么认定神祇生活在幽暗水中？

导游说，这水很深，大约有 100 米。玛雅人相信雨神恰克就住在这口“圣井”底下的宫殿里。

玛雅人神祇甚多，长相各异。留在我印象中最深刻的一尊神，是在博物馆中看到的石像。他真人大小，青年男子模样，戴着帽子，身体侧卧，头转向一侧，双手托个盘子，靠在腹部上，两条腿蜷曲着，好似奔跑后的小憩。解说员讲，盘子是用来盛放刚刚挖出来的滴血活人之心，将由他带给天上诸神。他侧转的面孔和专注的眼神，充满了对鲜血的渴望。

我听后特别细看了一下那托盘内底有无沁入的血痕，不知是年代久远还是砂石剥脱，托盘底是粗粝的属于石的洁净。

我问导游，雨神长什么样？

导游说，雨神有尖长鼻子，有弯曲的长獠牙，一前一后探出来，头上戴箍。

可能是对血祭的少年郎太痛惜，此神的形象让我毛骨悚然，估计这井下的府邸也是幽深的惨绿宅子。

依我目测，圣井是喀斯特地貌的石灰岩结构，为类似天坑的露天溶洞，蓄水丰富。导游说这个井遇到大旱也不会干涸，估计应有地下暗河与之相连。总之大自然的无心之作，成就了圣地奇琴伊察的辉煌。

我说，跳入圣井中的少年，可有人活着又爬上岸来？

导游说，这我还没听说过，想来不可能。就算他好水性，祭司一定会在他身上绑缚重物，让他没法不下沉。他根本不可能活着游回岸边。

我久久盯着岸边飞檐般的岩石突出部，恍惚看到上面站满了露珠般朗润的少年，挺拔俊俏阳光披身，结实的臂膀闪着咖啡色的亮泽，双腿修长密发漆黑，唯有眼神中充满了迷惘……

我悲哀地记起一个说法，据推测，原始人当中，有一半是被自己人杀死的。

我后来查资料，说若是在献祭之井中沉浮数小时仍存活的血祭人，则会被救起，从此受到族人礼遇。不知这说法和导游的说法，谁更准确些。

回国后，有一次我在新疆遇到走遍世界的探险家张昕宇和梁红夫妇，谈起他们曾在奇琴伊察洞潜圣井。

我问张昕宇，你在圣井底部看到了什么？

张昕宇回答，尸骨。

我说，很多吗？

张昕宇说，是的。我之前做过很多相关功课，知道可能会有尸骨，却总是将信将疑。没想到深潜入洞穴底部，真的看到了密密麻麻的尸骨。

我说，大约有多少具？

张昕宇说，一具垒着一具，也没法细数，大约总有 3000 具吧。

我吓了一跳，心想有那么多优秀的玛雅人就此湮灭，历史如此悲怆。稍停又生疑惑，说，我看那圣井并不算太大，如果水下堆有 3000 具骨骸，岂不是水都要满溢出来？

解说员讲，盘子是用来盛放刚刚挖出来的滴血活人之心，将由他带给天上诸神。他侧转的面孔和专注的眼神，充满了对鲜血的渴望。

张昕宇稍顿了一下说，我下潜的那口圣井，并不是您所看到的那一口，而是一座尚不对游人开放的秘密洞穴。我们获得了墨西哥政府的批准，并取得了玛雅人的同意，才得以下水。后来我将潜水所得到的所有相关资料，都交给了墨西哥的管理部门。

张昕宇高大威猛，堂堂正正，颇有玛雅汉子雄风。我说，玛雅人一定很喜欢你。

张昕宇说，是啊。在我下潜前，玛雅长老还为我们特别施以咒语，以求祖先的庇佑。

我说，听说洞穴潜水非常危险，再加上井下尸骨遍地，多么可怕！

张昕宇说，在洞穴里，除了自己的头灯，完全没有光。漆黑一片，所见都是尸骨。如果迷路了，无法返回岸上，等待潜水员的就是死路一条。

我说，除了尸骨，你还看到了什么？

张昕宇说，还有很多黄金和珠宝。

我说，这个地方真是要保密。它是玛雅人的神圣所在，财富所在。

张昕宇说到下潜经历的时候，妻子梁红一直温柔而略带担心地看着他，眉头微聚，神色不宁。虽然那段探险已然过去，且张昕宇平安无恙归来，但我完全可以想见丈夫深潜黑暗洞穴的时刻，梁红担了多大的心，经历了多么煎熬的时光。

敬重他们的生命探险，钦佩他们的勇敢坚忍，羡慕他们是同心同德的神仙伴侣！

那天从圣井往回走，导游说，我看你对玛雅人的过往这么感兴趣，我去找一个附近村子里的玛雅人，你有什么问题，尽管问这个人。

导游跑出去，一会儿和一位中年汉子偕回。

导游悄悄对我说，告诉你哦，这个人是真正的玛雅后裔，没有混血。

我说，你怎么知道？

他说，看脖子啊。

我看了看那个玛雅人的脖子，安稳周正，未见异常。问，他脖子怎么啦？

导游说，难道你没发现？他其实是没有脖子的。

经导游提醒，我才注意到这位玛雅后裔的脖子并不是没有，只是非常短，

名为“圣井”的井其实是个天然洞穴。井水碧绿，深不见底。可能因为天热气压低，水面毫无涟漪，如同绿色猪油凝结。玛雅人相信雨神恰克就住在这口“圣井”底下的宫殿里。

头颅几乎安放两肩之上。我突然有个想法——这样的人，其实不容易被选作祭祀之人。在血祭石上，很不容易扪清他们的第二颈椎间隙。大祭司的手法稍不熟练，便很容易横出差池。不知这是不是玛雅后裔为了获取更多生存下来的机会，演化出来的生理变化。血祭淘选脖子长的人，而脖子短的人，不容易被选中，更容易存留，这个基因便流传下来，生生不已。

脖子是人体最易受到伤害，也是伤害后果最为严重的娇弱之地。热恋中的男子哦，告诉你一个小秘密。如果某女当着你的面歪着头，偏起脖子，露出她的颈项，你很可能会不由自主地生出爱怜之心。这是我们从远古流传下来的人类潜意识在自动做出识别判断，认为此人把软弱部分暴露在你面前，说明她对你已不设防。一般情况下，你可认为她对你充满信任和好感，你可乘胜追击。不过也要多说一句，某些心思绵密的女子深谙此术，巧妙利用这个身体语言，引你放松警觉，以求得逞。

如果对方老是不由自主地摸自己的脖子，暴露出的是他或她的不安全感，下意识地意图保护自己最易受攻击的部分。

玛雅人种有相当明显的蒙古人种特征。黄皮肤、黑色直发，身材较短、较宽、偏胖。颧骨比较高，眼睛狭长如刀切……腼腆微笑的中年男子，当属此类型。

玛雅后裔迭戈告诉我，小时候他不知道奇琴伊察是文物古迹，经常在这些石头废墟中牵着狗爬上爬下，并不觉得有什么稀奇。

我问他，您叫什么名字?

他说，迭戈。

我说，请问这名字在玛雅语中是什么意思?

迭戈约 40 岁，眉毛重，面庞红赤，十分憨厚。他为难地说，这不是玛雅语名字，是西班牙语名字。

我说，您是真正的玛雅人吗?

他说，是的。我从来没有去过其他地方，我的爸爸、爸爸的爸爸的爸爸……都生活在这里。

我说，您会说玛雅语吗?

他说，家里的老人偶尔会说几句，但我们这一辈已经不会说了。

我说，那您会玛雅的文字吗?

他说，我不会。家里也没有人会。

我的最后一个问题是，您知道这里，就是奇琴伊察，是世界上非常著名的玛雅文物古迹吗?

迭戈摸了摸后脑勺。他几乎没有脖子，手指差不多搔的是背部。他说，现在知道了，因为来的人很多，全世界各处的人都会来。以前不知道，我小的时候，在这些石头废墟中牵着狗爬上爬下，并不觉得有什么稀奇。

与迭戈告辞，祝福这块浸透古老文化的土地，遥祝玛雅人的后裔，从此快乐幸福!

The Microcosm

美洲小宇宙

of

America

17

永生的玫瑰

在厄瓜多尔某天游览将近结束时，担当导游的女孩悄声对我说，今天晚上，我将到您的房间，送您一个礼物。

我很高兴，人听到有礼物拿会欢欣鼓舞。忙问，什么礼物?

她说，是厄瓜多尔的特产，名叫永生花。

一听到“永生”这个词，不由得联想到“永垂不朽”，觉得很是肃穆。我说，是假花吧。我坚信没有什么花朵是可以永生的。

不。是真花。厄瓜多尔有世界上最美丽的玫瑰，我非常喜欢玫瑰。姑娘很肯定地说。她是名牌大学毕业的研究生，说话有板有眼。

恰好我也喜欢玫瑰。当年为了看玫瑰，还特地凑着保加利亚玫瑰节的时间，不远万里专程去了趟巴尔干半岛。我好奇，永生花专指玫瑰吗? 或者说，只有玫瑰才能永生?

有时一个微不足道的相同的小爱好，会极为迅速地拉近陌生人之间的距离。人们想当然地认为既然有着相同的爱好，那么我们很可能还会有更多的相似之处，便会愉悦地引以为同类。特别是在恋爱中，人们一见倾心而钟爱的对方，不过是高度自恋的翻版。

我在心中称这美丽姑娘为玫瑰小姐。

玫瑰小姐说，不单是玫瑰，像康乃馨、蝴蝶兰或是绣球花等等，都可以制成永生花。但是，唯有玫瑰的永生是最艳丽的。

我还是对永生花茫然无知。没有什么鲜花可以经得住时间的小火慢炖。花的永生，只能是人们一厢情愿的形容词。花的娇美，让人希望它永不凋谢，理论上虽是痴心，但人们总在不懈努力中，希图它能在盛开时凝固。

不过，我总怀疑，花朵应该永生吗？花的可贵之处，不正在于它的白驹过隙？人们爱说赏花却不说赏草，就因为草的经久不衰。

吃罢饭，我在旅店房间中焦急地等待玫瑰小姐的造访，等待着传说中的永生花。

终于。玫瑰小姐拎着一个大纸袋子，从中掏出一个蓝色丝绒盒子。她小心翼翼掀开精美的盒盖，一朵栩栩如生的红玫瑰嘭地蹦在面前。你完全可以认为它是一朵刚刚摘下的玫瑰，鲜艳而神采奕奕。只是我低头闻了一下，没有香气。

玫瑰小姐说，永生花也叫保鲜花、生态花，也称“永不凋谢的鲜花”。

虽已眼见为实，还是狐疑满腹。我问，它真的……曾经是……一朵盛开的玫瑰吗？

玫瑰小姐说，它的前世，的确是一朵真实的玫瑰。只是和一般的玫瑰花不同，等待它的命运，不是自然而然的凋谢，然后结出红色的玫瑰果，而是经过一系列的磨炼历程……

磨炼？我轻轻重复，难以置信。这朵花鲜艳欲滴，并不像遭受过任何折磨的样子。

玫瑰小姐轻触玫瑰丝绒般的花瓣说，只有那些最大最完整最美丽的玫瑰花，才有资格踏上永生的历程。第一步，是要用特殊的方法把玫瑰花脱水。脱完水之后，再进行脱色。我们现在看到的永生花，尽管和真花非常相近，但那颜色不是真花自然而然带过来的，而是脱过色并进行过烘干过程，然后再用特殊材料将花中的水分子替换出来，进一步染色才呈现出的色彩，是一种高明的模拟。这套工序很复杂，步骤很多。所以，准确说起来，它是经过严苛化学和物理加工之后而形成的干花，虽是真的，但却已脱胎换骨。

我看着这朵永生花，先是想起了“花无十日红”，这花造了反。然后又想起了古埃及的木乃伊，觉得它是花中的不朽女王。

它的逼真，能够保存多久呢？我问。

玫瑰小姐说，它几乎永不凋谢。

玫瑰小姐小心翼翼掀开精美的盒盖，一朵栩栩如生的红玫瑰嘭地蹦在面前。你完全可以认为它是一朵刚刚摘下的玫瑰，鲜艳而神采奕奕。

我说，既然是一系列的物理化学过程，理论上就会有变化的可能。一朵花总不会是金刚不坏之体。

玫瑰小姐说，起码 3 年之内，它的鲜活美丽与真花毫无区别。当然了，您不能在太阳底下晒，也不能长久地置于高温高湿的环境。这一点其实很像真花，在非常恶劣的情形下，真的玫瑰也无法盛开很久。

这倒是。我察觉自己对永生花太苛刻了点。

厄瓜多尔的玫瑰在世界上数一数二。那天刚进酒店，大堂里插在花瓶中的玫瑰，就给人个下马威。它身高 1.5 米以上，枝杈足有一个壮健男子的大拇指粗，如铁的枝头开着海碗大的香槟色玫瑰，香气像爆炸的声浪，平行着熏过来，能呛人一个跟头。

说起厄瓜多尔玫瑰品质超群的由来，竟然和被殖民的历史息息相关。

西班牙对厄瓜多尔的占领就像一把利刃，将历史横劈开来，于是历史只简单划分为两个时期——西班牙占领前和占领后。占领前的历史，可一直追溯到石器时代，那时有大约不超过 20 个家族部落的印第安人，在此地生活，并逐渐繁衍开来。从现在发掘出来的石器和陶器来看，印第安人当时已经进化到了很高的发展水平。印第安人信奉太阳和月亮，认为金子是太阳的汗水，银子是月亮的眼泪。人死了以后，要在脸上盖一张金面罩，表示身后仍然得到太阳神的保护。他们采金炼金都是为了做这种饰品，以表达对神的敬意，并没有把它当作财富。

西班牙人来到以后，金银才被赋予了财富的意义，他们动手疯狂地掠夺。他们排斥这种不同于自己文化的异族风格，也讨嫌当地精美的首饰枝枝丫丫不好携带，他们爱的是金银，不是艺术。西班牙人丧心病狂地将带有印第安人吉祥寓意的饰物，通通投入火焰之中，化成浆汁，冷凝为锭，带回本土变卖发财致富。

我在巴拿马看到过西班牙人修筑的巨大堡垒，内有数十个坚固硕大的藏宝洞，就是为了储藏从中南美各国掠夺来的金银财宝。待积攒够了一大批，就用军舰运回母国，以供自己挥霍享用。

后来，殖民者发现厄瓜多尔的土壤非比寻常。因地势多火山，熔岩四处流淌，火山灰漫无边际地飘散。它们在土地上累积成厚厚一层，变成了营养丰富的绝佳培养土。泥土中的矿物质多，所有的植物都会欢欣鼓舞，这是营养大餐加生长兴奋剂。

除了土壤之外，由于厄瓜多尔地处赤道，充足的阳光更是得天独厚的优越条件。还有它的水，洁净无比。

好了，不用说得更多了。对一株植物来讲，即使是像玫瑰花这样高贵的生灵，有了富饶的土壤、丰沛热辣的阳光、甘甜纯净的水源等，还需要什么呢？它的兴盛，万事俱备，只需要优美传说的滋润和广大需求的刺激。

关于玫瑰的传说，手到擒来。

希腊神话中的爱神叫阿佛洛狄忒，名字有“泡沫”之意。这是不是暗喻着爱的不可预测性和稍纵即逝？该女神担子挺重，工作颇忙，在神祇的王国里管的事真多。她不但受理爱与美的相关事宜，并延伸到婚姻领域，还有传说认为她是航海保护神。

据说阿佛洛狄忒的美貌，超过天上和人间的所有女子。就是说，她不仅是倾国倾城，还倾地倾天。宙斯仰慕与追求她（只要希腊神话中出现漂亮女生，这老头就如影相随），被阿佛洛狄忒断然拒绝。宙斯报复心极强，让她嫁给既丑陋又跛脚的工匠神赫菲斯托斯。阿佛洛狄忒不爱工匠神，也不忠诚于他，自行组建了一支庞大的情人队伍，计有战神阿瑞斯、酒神狄俄尼索斯、海神波塞冬再加上神的使者赫耳墨斯等等，通吃了整个神界的帅哥。不过，阿佛洛狄忒也不是那么势利眼，情人也不都名列仙班，世上的凡人阿多尼斯也在其列。

阿佛洛狄忒与赫拉、雅典娜争夺金苹果，最后终于引起了特洛伊的 10 年血战。关于这个惊心动魄的曲折战役，我就不详说了。你若觉得这神仙圈子有点太复杂难记，我就说说该女神的儿子，你一定不陌生。

这孩子是她和战神阿瑞斯所生，背上生有双翅，到处飞翔。他有张金弓，箭囊里还有金箭和银箭。你要是被他用金箭射中，就会产生爱情，银箭射中，便拒绝爱情。看到这儿你一定会说，哎呀呀，我当是谁呢？这不就是小天使吗！

恭喜你说对啦！不过咱这回不说小天使，还是说他妈妈。女神阿佛洛狄忒为了救助在凡间的情人阿多尼斯，不顾一切地在玫瑰花丛中狂跑。由于跑得太迅疾，拦路的玫瑰刺破了她的手，刺破了她的腿，顿时血珠滚滚溅落。在这之前，玫瑰花都是雪白的，女神之血将它们染作鲜红。自此，玫瑰花成为爱情的象征，并被赋予坚贞的象征。

说完了外国的传说，咱们再来聊聊玫瑰的国产说法。

《说文解字》中的解释是："玫，石之美者；瑰，珠圆好者。"用现代语言说，"玫"是最美的玉石，"瑰"是最圆最美的珠宝。就是说，玫和瑰，本属不同品类，互不搭界。玫瑰在《康熙字典》中的解释是"彩色石头"。

你可能会惊奇，原来这"玫瑰"的本意，居然是坚硬而没有生命的物体。据说红色玫瑰油刚刚传入中国时，咱们的老祖宗不知它的由来，以为它来自石头，就命名为"玫瑰油"了。后来，当美丽的玫瑰花从国外引进后，人们惊叹它的美艳，一时又找不到现成的上好名字，干脆将玉石和珠宝中的最佳叠加起来，来了个强强联合，给它起名"玫瑰"。这个新造出来的花名，因了玫瑰的绝色而广为流传。由于它香味芬芳，袅袅不绝，玫瑰还有一个略带忧郁不太为人知的小名，叫"徘徊花"。

有了故事，还得有强大需求。究竟是什么契机刺激了厄瓜多尔玫瑰的大量繁衍与精益求精？

这要归结于西班牙王室和欧洲其他王室对玫瑰的持续痴迷。

欧洲人酷爱玫瑰。连亲属间打一场恶仗，都被称为“玫瑰战争”。英国金雀花王朝王室的分支，为了争夺英格兰王位，内战不已。两个家族祖传的家徽都是玫瑰。兰加斯特家族使用的族徽是红玫瑰，约克家族是白玫瑰，于是史称“红白玫瑰之战”。

直到今天，英女王的王冠上，也镶有玫瑰的花形。

肥沃的火山土壤，热带雾林与雪山共存共荣的独特地理环境，每天日照超过 12 小时的太阳光恩典，合谋孕育了举世无双的厄瓜多尔皇家玫瑰。

法国皇后约瑟芬也是玫瑰的超级粉丝。英法战争期间，为了能定期得到英国新的玫瑰品种，约瑟芬给一位伦敦的园艺家派发了特别护照，让他可以带着英国培育出的玫瑰新品种，穿过战火硝烟的前线，从英国畅通无阻地进入法国。英法双方舰队会心照不宣地停止海战，让运送玫瑰的船安全通过。1798 年，为了排遣拿破仑外出远征后的孤寂，约瑟芬在巴黎南部的梅尔梅森城堡，开辟了一个玫瑰园，种下了当时世界上所有知名的玫瑰品种。1814 年约瑟芬去世时，花园里已拥有约 250 种、3 万多株珍贵玫瑰，它们至今盛开。

欧洲人爱种玫瑰，但由于没有厄瓜多尔天造地设的好条件，长不出厄瓜多尔这般出类拔萃的绝色品种。欧洲皇室对玫瑰的高端需求，强烈刺激了厄瓜多尔对玫瑰的重视和欣赏水平。为了满足欧洲皇室的需求，花农们下了大功夫，想方设法让玫瑰变得更大更红更加色彩斑斓。

海拔 3000 多米的安第斯山，肥沃的火山土壤，热带雾林与雪山共存共荣的独特地理环境，每天日照超过 12 小时的太阳光恩典，合谋孕育了举世无双的厄瓜多尔皇家玫瑰。

玫瑰小姐告诉我，她是从中国大陆来的。在国内读书时，爱上了一个英俊优秀的小伙子，他来自厄瓜多尔。书读完了，小伙子向她求婚。

等等……我打断了她的话，问，那时，你可知厄瓜多尔有世界上最美丽的玫瑰？

我已知道。玫瑰小姐回答。

那么，你的白马王子，是否手擎一朵红玫瑰向你告白？我问。一个老太婆，对年轻人的婚恋细节这般感兴趣，有点无厘头，职业习惯让我刨根问底。

他……并没有手执玫瑰。他说，虽然我们家那里有世界上最美丽的玫瑰，可我知道，玫瑰是玫瑰，我是我。玫瑰代表不了我的心，我的心无须玫瑰助力，它独自在全心全意等着你……玫瑰小姐说的时候两眼放光，眼眸向左上方瞄动，我明白这是陷入了深长的回忆。

我说，你曾经的未婚夫、现在的丈夫所说的话，要点赞啊。世界上有钻石、玫瑰、勿忘我、水晶等人为创造出来的数不清之信物，以寄托爱情的忠诚和永远。但是，归根到底，它们只是无知无觉的矿物植物，外界的物质无法代表人的内心。

所以，钻石靠不住，玫瑰靠不住，海誓山盟也不灵，只有一个人内心的承诺和坚守，才是爱情最重要的质保书。

玫瑰小姐说，您的这些意思，正是他那天晚上对我说的主题，只是可能没有这般流畅。我们真是太有共同语言了。

玫瑰小姐接着说，我得到的指示是送给你们团每位客人一朵永生玫瑰。我最先来到您这里，您可以挑一挑。说着，她开始翻检纸袋中另外的锦盒。

我说，难道玫瑰和玫瑰还不一样吗?

她说，原则上说，每一朵玫瑰都是不一样的。我今天带来的玫瑰有两大类。您刚才拿到的红玫瑰是一种，还有一种七彩玫瑰。

说着，她打开了一个锦盒，说，喏，就是它。

这玫瑰妖娆无比，花头直径超 12 厘米，花瓣数量超过 40 片，密集重叠，好像一团被压缩的彩虹。花瓣呈现出在大自然中绝不会出现的繁复颜色，扭曲成螺旋状的上升形态，赤橙黄绿青蓝紫泛滥到硕大花瓣的边缘，像一拳打翻了印象派画家的调色盘。

我一时惊诧，这不像凡俗间的花朵，只能来自天堂和地狱交界的妖魅之处。

我说，这是真的玫瑰吗?

玫瑰小姐说，它们之前的确是真正的玫瑰，现在被染了色，在大自然中你找不到它们的身影，但你不能不说它是更高等级的玫瑰。这种玫瑰在欧美的高端市场，一朵要卖到几十美元(我后来在店里看到，标价 45 美元)。在中国市场，也是越来越红火，情人节时，几百块人民币一朵有时还供不应求。据说没有哪个热恋中的女孩，看到男友送上这样惊艳的玫瑰会不动心。

我仔细端详着这大自然中不可能出现的超级玫瑰，想到它得为千千万万的未知爱情背书，如黄山挑夫，负担沉重，步履维艰。

为了示爱，苦攒钱财购买 99 朵、999 朵甚至 9999 朵玫瑰的做法，我一向视之为惊悚险恶之举。我特别想给被这等小事感动得热泪长流，一激动就答应了婚事的女孩们提个醒：万不要被玫瑰的颜色和香气冲昏了头。玫瑰是玫瑰，你是你，那个送花人除了证明他掏出了一笔购花款之外，并不证明任何其他事。况且，凡是有这种超常又俗气之举的人，不是人云亦云的主儿，就是华而不实的绣枕。当然这可能误伤个别听信流言的憨小伙儿，我很抱歉。不过最宽宏大量地说，也是他不够聪明。

人们为什么喜欢花？为什么看到百花盛开就笑逐颜开？为什么女子对花更是情有独钟？为什么玫瑰会让原本对爱情游移不定的人一激动就下了相偕的决心？

从这个角度来说，玫瑰花是熬制爱情迷魂汤的厨娘。玫瑰之所以屡有胜算，来自人们对花朵的喜爱。这本时间旧账，可以翻到远古时代。

花朵是妈妈，果实是它的儿女。只有开了花才可能会有果实，这是原始人都懂得的常识。就算是无花果，也是有花的。我在新疆时，看到过无花果的花。它和惯常意义上的花有所不同，不是裸露在外，而是藏在未授粉的果实里。无花果树长叶后，在叶子下面，会出现一个小小的无花果果实（实际上是它膨大成肉球状的花托以及雌蕊、雄蕊等花器官）。正确地说，它还没有完成授粉，能不能长成果实还不一定，只是初步具备了果实的外形。你把它摘下来（罪过，这个无花果就夭折了），仔细观察，小果的顶端有一个小孔，通向外界。将小果纵向破开后，会见到里面长着很多小花，有雌有雄，模样不同。它们在一个总花托里开花，彼此授粉，然后结实。给无花果授粉的是一种极小的蜂，只有 2 ~ 3 毫米大小，无花果顶端的那个小孔，就是它进出的安全通道，小蜂辛勤忙碌地钻进钻出，为无花果授粉。类似无花果这种特殊的植物，叫作“隐头花序”。

再隐也是花啊。远古时期我们的祖先，男人出外狩猎，女子在穴居地周围种些能结草籽可以食用的植物，以备不时之需。那时生产水平极度低下，种子能不能发芽，发了芽能不能长大，长大了能不能开花，开了花能不能如约结出果子，全是未知之数。穴居的女子多么期盼花朵盛开啊，它是植物的成年礼。见到花，植物的最后收成就有了几分希望，氏族生命的延续就多了几分把握。

虽然现在已经不用眼巴巴地期盼花朵，不用把花朵和收成、活命紧紧相连，但女人们的潜意识和集体无意识，却牢牢铭记这个兴奋点。所以，花对于女人，具有极大的感染力和蛊惑力。看到花，会引起感官上的愉悦，会抬升自己的安全感，会引起幸福感的爆发，会让女子进入快乐欢愉的情绪里，心旌动荡……盖源于此，没什么神秘。

陷入爱情中的女子啊，你却需对玫瑰这根导火索引发的情绪，心知肚明。你需提防有可能在你理智缺席的情形下，玫瑰的香气撺掇你走出一步昏招。玫瑰有可能被人变成一杆寒光闪闪的粉红枪。

玫瑰无语，玫瑰无罪。人世间的悲欢离合，一切与玫瑰无干，玫瑰兀自盛放。我对玫瑰小姐说，玫瑰虽看起来娇弱，却好像生长得很皮实，耐寒耐旱的。

玫瑰小姐说，您说的那是一般玫瑰的生长规律。不过您现在看到的这些超级玫瑰，还真是温室里的花朵。

我奇怪，此话怎讲?

玫瑰小姐说，我去过玫瑰庄园，顶级的玫瑰，都生长在恒湿恒温的大棚中。

我说，是怕冷吗?厄瓜多尔地处热带，还要保温?

玫瑰小姐说，主要是为了防灰尘。厄瓜多尔多火山，天空有时会有飘浮的火山灰，有时会下酸雨。这些都是顶级玫瑰的天敌。所以，厄瓜多尔玫瑰虽说天性豪放，但也要养在玻璃房。

彩色永生玫瑰妖娆无比，花瓣呈现出在大自然中绝不会出现的繁复颜色，扭曲成螺旋状的上升形态，赤橙黄绿青蓝紫泛滥到硕大花瓣的边缘，像一拳打翻了印象派画家的调色盘。

我从玫瑰小姐那里，选了一盒红玫瑰，又买了一朵五彩玫瑰。女孩告辞，袅袅婷婷地到别的房间去发放永生花。

我把两盒厄瓜多尔永生玫瑰放在行李箱中，一琢磨，怕把它们压坏。放在随身带的挎包里，又怕不留神碰伤了。老芦说，这样吧，我把它们安放在双肩背包里，时时刻刻背着。除非我摔个仰面朝天，否则它们万无一失。

红玫瑰和五彩玫瑰就这样趴在老芦的背上，随着我们走过南美洲中美洲千万里的路程，平安回到北京。后来，我去看望一位痛失爱女的朋友，除了带去一些问候品，还附上了那盒五彩永生玫瑰。

老芦斟酌道，慰问家有亡者的朋友，你带这么鲜艳的花，恐不相宜。

我说，她和她逝去的女儿，都不是寻常女子。我想她们能明了我的心意，一个生命，在最美丽的年华固定在那一瞬，留在人间的是它最灿烂的时光。况且，这花的名字叫“永生”。

The Microcosm

美洲小宇宙

of

America

18

这果子是上帝派来拯救大象的天使

每次出远门前都要想，回来带点什么特产给国内的亲朋好友呢？这次启程前，又把这问题抛给一位对南美洲和中美洲很有研究的专家朋友。

她斟酌着说，当地土特产很多，你对这礼物有什么特别的要求？

我说，有啊。第一，这东西须小，太大了携带不便。第二，这东西须轻，一路上飞机行李限重，太重了想带也带不走。第三，这东西不要太贵，太昂贵的礼物让收礼之人尴尬，闹不好成了人家的心病，便是负担。第四，这东西须结实，不然万里迢迢地带回中国，成了碎片，礼品就成了废品。第五……

朋友赶紧摆摆手，打断我的话，说，就此停住吧。你这几条已是难为人，还有第五第六条，差不多就行了。

我说，好吧，那就这几条吧。请您琢磨一下，有何特产符合上述标准，我可安全带回？

朋友不愧为学者，一板一眼道，咱们先来搞清何为特产。特产指只有在当地才能生产的某种产品，有很强的地域性。再者，还要有当地的文化内涵或历史特性。在英文中，特产这个词，主要强调的是品质上具有特别或独特的状况。

我说，好的好的，您介绍得很周全，佩服。现在咱们九九归一，您就直说吧，带什么礼物最好？

朋友说，你诸多标准，哪里一下子就能说出来。请稍等等，容我好好想一想。

几天后，她告诉我说，经再三考虑，符合你这许多条件的礼物只有一个。

我忙问，是何物？

专家说，植物象牙。

我说，象牙我知道是什么东西，植物我也知道是什么东西。但这两者结合在一起，我就搞不大明白了。莫非这世界上有一种生物，就叫植物大象？请教请教。

嗖地想起一件往事。当年我是实习医生，在部队医院的各个科室轮流转，以增长见闻磨炼医术。某日到了口腔科，我愁眉苦脸，因对补牙拔牙都十分厌倦。首先是憎恶牙钻的噪声，简直让人欲狂欲疯。我还特地找寻了一下理由，结论为人类在几百万年的进化之中，从未听过大自然发出过此类声音，故烦躁惶恐不可名状。其次是看牙病的没有谁口腔味道佳美，都是怪臭“沸反盈天”。还有一条就是觉得拔下来的牙很丑陋，像个污秽肮脏的两条腿或三条腿（视牙的位置不同，腿数各异）破板凳。某天，我突发奇想，问口腔科的老医生，人的牙为什么不能如象牙一般，做成美丽的工艺品？

口腔科的老医生晃着花白头颅说，我搞了一辈子牙齿，从没想过这个问题。

我说，好奇怪哦！我刚到牙科的第一天，就想到了这个问题。

那一刻恰好没有病人，老医生原谅了我的胡搅蛮缠，慢条斯理地说，象牙属獠牙，而人是没有獠牙的。

这个回答似乎有道理，但獠牙究竟是什么东西？人们总说鬼为“青面獠牙”，这和貌似敦厚的大象似乎不着边。

老医生说，獠牙是某些哺乳动物所特有的强壮而没有牙根的齿。它们像部队的尖兵向前探去，突出于动物的嘴唇之外。说起来，人的牙齿和象牙的结构基本相同，从里向外依次是牙髓、牙髓腔、牙本质。象牙雕刻所用的材质，就是牙本质。人类的牙本质太薄太短，加之色黄，便没有雕刻的价值。

从此我知道了，就算美女牙如编贝，于雕刻上也是废物一堆。唯有象牙细腻坚固，色泽洁白，触之温润而有光泽，早在古代，就是首饰和珠宝的上等原料。

象牙很有身份，很早就入过诗。《诗经·鲁颂·泮水》中说：“元龟象齿，大赂南金。”《左传》也提到过象牙，曰：“象有齿以焚其身，贿也。”周朝的《周礼》中记载，象牙是 8 种重要的供制作器物的材料之一，史称“八材”。那 7 种材包括珠、玉、石、金等，可见象牙不是等闲之辈。那时，寻常人等不能拥有象牙，只有诸侯才能手持象牙笏上朝。不过到了唐朝，不知为什么，可能是贸易开放，象牙比较易得了，才放宽标准，据说五品以下的官员也能持象牙笏。

随着象牙进入寻常百姓家，对象牙的攫取愈演愈烈。我有一位同学曾说过，民国时期，他爷爷原有一副象牙麻将。我惊呼，天！那得用多少大象的牙齿啊！同学说，是很罕见啊。后来，爷爷用它换了一支德国造的手枪。我说，太亏本啦，怎么着也该换一辆坦克啊！

在人们几千年对象牙的攫取之后，大象数量骤减。杜绝象牙贸易的呼声越来越高，许多国家禁止进口和贩卖象牙。前些年，某些非洲国家有不同意见，说象牙贸易有它存在的必要性，可以增加当地人的收入，刺激国家经济，也可控制象的数量不会过多。20 世纪八九十年代，全世界的象牙贸易额曾达到 5 亿美元规模。不过，有人不信这个邪。1999 年，英国牛津大学科研人员专门做了研究，证明象牙贸易的 5 亿美元中，只有 1% 的钱，也就是仅仅 500 万美元，可以装到非洲口袋里，其余的 99%，都被中间商拿走了，所谓象牙贸易可以对非洲经济发展做出贡献的说法，十分可疑。也有经济学家认为，若禁止贸易，并不能有效保护大象种群。大象数量下降的主要原因，是人类扩张导致大象栖息地减少。如果能开放象牙贸易，把大象产权私有化，交给当地人管理，他们就会设法繁育大象，以获取持续的收益。如果禁止了大象贸易，当地人不会保护大象，大象就会死于偷猎者之手。

环保主义者则坚决要求禁止象牙贸易。姚明在电视上说出的那句著名台词——“没有买卖，就没有杀害”，现已几乎人人皆知。1975 年，国际上禁止了亚洲象的象牙贸易。1990 年，非洲象的象牙贸易也被禁止。

专家朋友赶紧解释，植物象牙，和大象没有丝毫关系，它俗称象牙果，是仅生长于南美洲的几种特定棕榈树的种子。把它们晒干之后，种子的纹理、硬度和颜色，都与象牙十分相似。什么是植物象牙，现在你明白了吧?

朋友说得是很清楚，但我拙笨，仍是想不明白。怎么能有一种植物的种子会像大象的牙齿呢? 跨着物种的天南海北，真不可思议。

朋友继续介绍说，中美洲当地人会用这种植物象牙，雕刻出各种造型，酷似象牙制品。你呢，就买上一些象牙果雕带回国，分送诸位亲朋，基本上可满足你对土特产的种种要求。第一，它很小。你想啊，一粒种子能有多大? 最大的，也就乒乓球大小，符合你说的袖珍标准。第二，它不重。虽然在种子中它算是沉的，但 10 个加在一起，也不会超过 1 公斤。第三，它足够结实。只要你把周遭用报纸裹好，就算是碰上野蛮装卸，也能抗得住不碎不裂。第四，它不贵。你只要不买太复杂的制品，比如一整套国际象棋什么的珍品，单件售价应在十几美元之内。当然，我说的这个价位是在当地平民市场，不是在工艺美术品店。第五……

这回轮到我打断她的话，说，谢谢啦，我决心已下，就买此物了。

我又查了资料，说象牙果虽外表皱缩不堪，内里却细腻洁白如象牙，是佛教中的宝物之一。其美好寓意是人的外在可以粗糙，但通过持续修行，能够达到圆通圆融的真性境界。

象牙果并不是在取缔象牙贸易之后，才暴得大名。在 20 世纪二三十年代，一度非常流行。不过那时它进军的不是艺术界，而是工业制造业，主打是制作扣子，特别是高档衣服，象牙果扣子为标配。它一度异军突起，占到了全世界扣子市场 20% 的份额。不过好景不长，塑料横空出世，以廉价击败了象牙果，扣子界从此成了塑料产品一统天下，象牙果黯淡出局。那时咱们国人，穿的都是土布盘扣的长短衫，对植物象牙扣的血战史，所知不详。

象牙果的卷土重来，要拜托环保主义者的奔走呼号，真正的象牙贸易被禁止，象牙果登上大雅之堂。这一次，它不再辛劳地徘徊在成衣界，而是摇身一变，披上了工艺品的盛装。

我初次看到象牙果树，觉得它实在其貌不扬。有点像椰子树，树叶纷披。来的不是季节，并未看到象牙果在树上时的真容。当地人告知这树叫杜姆，是棕榈树的一种，生长十分缓慢。要长 15 年以上，才能结出包裹着纤维层的果实。这果实也秉承慢性子，要耐心等它 3 到 8 年，才能完全成熟。果实成熟后，不能采摘。一定要等它自然而然地落到地上，人们才可捡起来。这时候的象牙果，还是徒有其名，完全不像象牙，果实皮内的胚乳如同椰汁，软而流动，像软的杏仁。要把象牙果放在热带炙热的阳光下，足足晾晒三四个月，果实内的半流体才会定型，变成类似象牙的乳白色坚硬物质，当地人称它塔古亚。塔古亚最有趣的一点，是它居然还具有类似年轮的环状图案，和真的象牙十分相似。

伦敦有一位珠宝设计师，名叫安东尼·鲍尔。在禁止象牙国际贸易之前，他是象牙首饰设计师。禁止了象牙贸易，此君两手空空，创作就成了无源之水。当他看到植物象牙后，觉得象牙果可以替代象牙。鲍尔说，当我知道制作象牙首饰所付出的环境代价时，我坚决反对使用象牙。我想体现象牙的效果，就选择了植物象牙。作为有机植物长出的材料，这种硬度非常难得。塔古亚非常奇妙，可以用它创造出别人从没想到的物品，又不会对亚马孙河和大自然造成任何破坏。

植物象牙质地坚硬，硬度为 1.5 度。此为什么概念呢？咱们常用的印石，比如青田石、寿山石啊，硬度是 2 ～ 3。植物象牙几乎要赶上石头了。

象牙果晒干之后，种子的纹理、硬度和颜色，都与象牙十分相似。
中美洲当地人会用这种植物种子，雕刻出各种造型，酷似象牙制品。

The Microcosm 美洲小宇宙 of America

象牙果在 20 世纪一度非常流行。不过那时它进军的不是艺术界，而是工业制造业，主打是制作扣子。它一度异军突起，占到了全世界扣子市场 20% 的份额。

环保主义者感叹，这果子是上帝派来拯救大象的天使。象牙果跨界重生后，成了象牙的绝好替代品。说实话，单从外表看起来，象牙果和象牙简直没有一点可比性。形状完全不同，象牙是弯而长的骨质物，据说最长可达数米。最大的象牙果最长也不过七八厘米，毕竟只是一枚树种，不可能长得太巨无霸。

象牙果完全干燥后，要用机器剥落它赭褐色的坚硬外壳。再谨慎地细致磨脱，去除内皮，洁白如玉的象牙果就露出真面目。

除了少许大象牙果，大多数象牙果的直径为 4 ~ 5 厘米，小果的直径只有 3 ~ 4 厘米。

象牙果并不是滴溜的正圆形，而是椭圆或近乎三角状，每一颗都不同。若是比较大型的象牙果雕刻件，仔细观察，就会发现是几颗黏结在一起，可见接缝。

时间长了，象牙果的颜色会从洁白变成浅淡的黄色。不过这一点，倒和真正的象牙制品相似，时间久了，真正的象牙也会渐渐变黄。

当然，严格说起来，象牙果和象牙，还是不可同日而语。但你要想到为了获取象牙，对大象进行的血腥屠戮，那么，人类有什么理由要为自己一点点审美上的癖好，对地球陆地上的大型哺乳动物大开杀戒呢？朋友的建议甚好，觉得无论从哪方面讲，买象牙果雕带回国，都是上好选择。

象牙果树主产地在厄瓜多尔，一到那儿，我就问，在哪里能买到象牙果雕？

答案是——哪里都能买到。

这话是不错的。不过，真要实施起来，却也不那么简单。一般的旅游景点，虽有象牙果雕，但数量不多品种又少，对我这种想囤货的人来说，就显得供需失调。比如加拉帕戈斯群岛的特产商店里，有很多象牙果雕出售，但做工不甚精细，透出工匠心不在焉的粗疏。

球王对我说，不要在这里买。此地本身是既不长象牙果也不出雕刻艺人。这些都是从 1000 公里外的瓜亚基尔海运过来的，你呀，还是到那儿去买吧。

加拉帕戈斯群岛的小店里，象牙果雕主打动物牌。我约略一算，计有企鹅、鲨鱼、鲸鱼、马、狗、蜘蛛等多种造型，可能与这里是动物天堂有关。最让我倾心的是象龟摆件，憨态可掬。我决定听从球王提点，到瓜亚基尔再大开“杀戒”。

瓜亚基尔自由贸易市场很大，内部分割成不同的小房子，售卖各种土特产。我先是看中了一个比壮汉的巴掌还大的蜘蛛标本。据说这种巨型蜘蛛，只生活在亚马孙密林中，现在已十分稀少。它的每一条脚都坚硬地支立着，黑色的身躯如同钢铁，被覆黑蓝光的毛，像来自外星的妖魅。

同行的朋友对我说，这东西可能带不回国，海关会以防疫为理由把它拦截。我也吃不准，自忖道，应该不会吧。它已经死了很久了，做成了标本，在这时，它已经没有生物上的活性了。

另一位朋友说，这么可怕的东西，为什么要放在自己家里？你就不怕做噩梦吗？

这个理由说服了我。是的，它太丑陋了，虽然物以稀为贵，但还是让自己的目光，多接触一点美好洁净的事物，非礼勿视。

接下来我专心一意去找象牙果雕。

一位朋友首先开买，买了一套象牙果雕刻的咖啡用具。乳白色，很精致。

只是看来不能真的用以盛咖啡，容量极小不说，盛过之后，就被染成黄色，估计再也刷不出来了。

另一位朋友买了一副价格不菲的象牙果雕国际象棋。他是个大孝子，为老父亲买的。我说，你老爸国际象棋下得很棒吗？

他说，哪里，老爷子不过是随便玩玩。

象牙果完全干燥后，用机器剥落它赭褐色的坚硬外壳，再谨慎地细致磨脱，内皮去除后，洁白如玉的象牙果就露出真面目。

我说，今后你老爸会很自豪地对朋友们说，我儿子从万里之外，给我带回了植物象牙雕刻的棋子。别的老人可能搞不清楚这到底是什么东西，你家老爷子一定开心自豪啊。

别的朋友们找和自己生肖相同的动物造型，埋头挑选讨价还价。我一个个摊子挨排问过去，可有象牙果雕?

有的有的。小贩们忙不迭地把家底亮出来。

我要象龟的象牙果雕。我说。象龟是此国特产，加拉帕戈斯群岛是它老家。若把象牙果运到其他地方，也许能工巧匠的技艺更高超，但他们未必能雕刻出活灵活现的象龟。我一定要在这里买很多象龟象牙果雕。

象龟? 象龟的雕刻比较简单，而且很写实，不像鸟啊神兽啊那样有艺术性。一位上了岁数的女店主对我说。

我说，我就是要很写实的象龟象牙果雕。

女店主说，好吧，我这里有一些。不过，是带着皮的。

我纳闷，为什么要带着皮?

女店主怕说不清，干脆把她的货用一个托盘送到我鼻子跟前。

哎呀，这么多的象牙果小象龟，排成一队，眼巴巴地看着我，等待我把它们带到遥远的地方。我明白了“带着皮”的意思。

刚才咱们说过，象牙果的外面被覆着咖啡色皮。一层比较厚，相当于它的外壳；一层比较薄，相当于它的种子膜。用花生打个比方，外一层是米白色的花生壳，内一层是粉红色的花生衣。当地的艺人保留了象牙果的咖啡色外壳，顺势雕成了象龟的龟壳，用白色的象牙果肉，雕出了象龟的身体和脖颈头颅四爪，身后还有一个小尾巴……真个惟妙惟肖。那一瞬，我充满了温暖的感动。本以为离开了加拉帕戈斯群岛，就再也看不到这濒临灭绝的温顺而敦厚的神兽了，却不想在这里和它邂逅。

你有多少? 我着急地问。

就这么多。你要多少? 端着盘子的女店主有点吃惊。

那我就都要了。说着，我问了价钱，开始清点盘里一共有多少只小象龟。

一旁的朋友轻轻拽了我一下，提示我要好好挑拣一番，不可大包大揽。我实在喜欢持刀雕刻的不知名匠人，巧用了象牙果的外壳，雕成象龟的背。把本

加拉帕戈斯群岛的小店里，果雕主打动物牌。有企鹅、鲨鱼、鲸鱼、马、狗、蜘蛛等多种造型，最让我倾心的是象龟摆件，憨态可掬。

来缺憾的部分，变成了惟妙惟肖的佳品。

朋友又提示我，你应该多买几个品种的象牙果雕，比如青蛙、兔子什么的，不能都搞成象龟这同一个品种。

我说，你这个策略通常是对的。但其他品类的果雕，不过是单纯的小工艺品。象龟象牙果雕，我能感觉到其中的温度。我相信世界上其他地方的匠人，都不会这样充满感情地去雕象龟。因为，这里是象龟的老家啊。

朋友仍力劝，都这一种太重复。

我说，带回国去，分送不同的朋友。你在这里看着重复，但送给不同的人，每只都独特。

我把女店主托盘中的小象龟象牙果雕扫荡一空。她用厄瓜多尔当地报纸，将它们一一包好。我说，为了保险起见，请再裹上一层泡沫吧。

她有点为难地说，我……没有泡沫。

我不放心，问，这样会不会碰坏？我要回的地方很远很远。

女店主很有把握地说，不会。我保证你可以安全地把它们带到月亮上去。

小象龟果然个个完好地到了中国，现在正在我的各路友人家里安居呢。

那一瞬，我充满了温暖的感动。本以为离开了加拉帕戈斯群岛，就再也看不到这濒临灭绝的温顺而敦厚的神兽了，却不想在这里和它邂逅。

The Microcosm

美 洲 小 宇 宙

of

America

瓜亚基尔的蜥蜴公园

说到瓜亚基尔，当地华人会说，这是厄瓜多尔的上海。我问，指的是它的繁荣吗？

当地华人接着解释，不仅是繁荣，它是厄瓜多尔第一大城市，就像中国的首都是北京，但最大的城市却是上海。

城市的名字，来自一对印第安夫妇。据说是女的叫瓜亚，男的叫基尔。后人为了纪念他们，便把这个城市叫成瓜亚基尔。

这故事有趣。一是说明此地原来的居民是印第安人，源远流长。二是说明给了女子以比较尊重的地位。命名城市的时候，把女子的名字放在前头，而不是男尊女卑地叫什么“基尔瓜亚”。要知道有些习俗，女子一旦结了婚，就要把夫姓冠前，自己的姓退居二线了。

瓜亚基尔是太平洋的一个重要港口，位于内瓜亚斯河的西岸，人口有300多万。不要拿咱们国家动辄2000万的超大城市来比较，300多万对中南美洲来说，实在要算个大城市。瓜亚基尔在1942年遭受过一场大地震，全城夷为废墟。现存的建筑，基本上都是那以后修建起来的。

给我留下最深印象的是瓜亚基尔的蜥蜴公园。

临出发前，一位曾在那里担任过外交官的朋友，向我大肆渲染这个公园的静谧，人和蜥蜴可以和平共处。

你可以看到很多蜥蜴，在你的脚边慢慢爬，半仰着头看着你。朋友说。

那是以前吧？现在恐怕早就美景不再了。我嘟囔着，心想这样的例子难道还少吗？

现在也是这样。我虽已离开多年，但听去年到过那里的人说，瓜亚基尔的蜥蜴公园依然如故，成群的大蜥蜴在你身边环绕。朋友大包大揽打包票，好像那天涯海角处的蜥蜴是他们家豢养的。

风尘仆仆，我们到达瓜亚基尔的当天，立马去看蜥蜴。这个公园位于市中心的智利街和8月10日街之间。别觉得“8月10日街”的名字有点拗口，厄瓜多尔有用历史上值得纪念的日子命名街道的传统，8月10日是厄瓜多尔独立日，相当于咱们的10月1日。由此可见蜥蜴公园所在街道是市中心。你想啊，能用这么重要日子命名的大街，不可能在城市的犄角旮旯处。蜥蜴公园不大，同一个足球场差不多。还没走近，我就着急地张望。透过蜥蜴公园的外围栏杆，看到里面的长椅上坐着不少当地居民，悠闲地看报纸或是晒太阳。栏杆外的街道上，还有各种支着阳伞的小摊贩，卖冰激凌和小工艺品。真不敢想象蜥蜴会在这种车水马龙中安家落户。

The Microcosm of America

美洲小宇宙

瓜亚基尔是厄瓜多尔第一大城市，也是重要的港口，它拥有300多万人口，被称为厄瓜多尔的上海。

尚未入园便有点扫兴。想象中蜥蜴是放大了的壁虎，应是十分机敏怕人。市中心喧闹不已，密集人流汽车尾气，蜥蜴们还能安居乐业吗？除非这里的蜥蜴，已经脱了本性，跟圈养的鹅一样，敢在光天化日之下我行我素。

导游告诉我们说这里繁衍的是绿蜥蜴，顾名思义，它们的伪装色和周围的树木草丛浑然一体。进入公园，我目光雷达似的四扫，第一眼没发现一条蜥蜴。刚想说果然不出我之所料，徒有虚名啊，我就看到一条长椅边，一条蜥蜴半仰着头目不斜视地望着天空。

我没有喜出望外，觉得它是个模拟的雕塑。像这类真真假假的把戏，公园里经常上演，高速公路旁还站着假警察呢。

我判断此蜥蜴为假，有如下几个原因。一是它体形巨大，足有 1 米多长，像小号恐龙重出江湖。二是它体态过于完美，曲线流畅，尾巴上有黑色的环圈，很有风度地耷拉着。三是它全身披覆着的黄绿色鳞甲，像某种塑料制品隐隐闪光。四是它昂首挺胸，虽然眼睛滴溜圆，但是一动不动。

我盯着它，在几乎断定它是一条近乎完美的模拟蜥蜴时，它微微张开了嘴，吐了一下舌头。舌头竟然是柔和的粉红色，长而细软，很湿润。我登时惊住了，甚至猜测厄国的科技是否已经进步到了能造出电子蜥蜴，让它按照某种预设程序，时不时地吐一下舌头的地步。

这条真假难辨的蜥蜴，似乎洞察了我的心思，它做出了一系列只有活体动物才能摆出的不规则动作。慢慢地眨了眨眼睛，它的眼睛是双眼皮！把头颅轻微地侧了一下，很缓慢，如同电影中的慢镜头，但的确是很有分寸地扭动了啊！尾巴几乎看不出来地移动了几毫米……我只好抛弃一切成见，充满欣喜地确认它是一个活物。

我发呆，半天缓不过神来。女导游走过来对我说，您不能老站在这儿，要移动一下地方。

我稍有不解，说，怎么啦？我没有打扰它啊！

导游好脾气地说，您站的这个地方，有点不安全。

我不解道，蜥蜴不是不会主动向人发起攻击吗？我也没招它惹它，它为什么要让我不安全？

导游说，让您不安全的不是它，是它的同伴。您抬起头看看。

我顺从地抬起头向上张望。这一看不要紧，三魂走了两魂。此地正好处于一棵大树之下，树主干上、枝杈上甚至细枝上，无一幸免，趴着大大小小数十条绿蜥蜴。它们个个如身手不凡的杂技演员，或骑或跨（缠绕），或俯卧或攀缘，把树木当成健身运动场，姿态百出形式各异地悬停在半空。枝条被压得颤颤巍巍，眼看就要被绿蜥蜴臃肿沉重的身躯折断。

我吓得连连退步，说，这要是一不留神砸下来，它小命不保，我也得受伤。轻则骨裂，重则脑震荡……它能肇事但不会负责任，咱现在啥法子也没有，得得，惹不起躲得起。

导游说，倒不是担心绿蜥蜴掉下来。它们是冷血动物，爬到树上是为了晒太阳温暖身体，这个动作它们做过几千万年，很能拿捏树枝的承重尺度，一般不会从树上掉下来的。我提示您躲闪，不是怕您被蜥蜴砸伤，是怕您被它的排泄物击中。它们很能拉便便的，不信，您看看地下。

我这才让一直梗着的脖颈松弛下来，低头一看，地下到处都是一坨坨的蜥蜴粪便，体积庞大，直径比狗屎要粗，幸好味道倒不是很臭。

进入公园，我目光雷达似的四扫，第一眼没发现一条蜥蜴。刚想说徒有虚名啊，就看到一条蜥蜴半仰着头，目不斜视地望着天空。

导游说，绿蜥蜴是素食主义者，吃树上的花和果，还吃草和树叶，便便就像牛粪似的，体积很大。我们平日绝不敢从树下过，若是被浇上一坨蜥蜴便便，您后面的旅程就无法安然了。

我三脚两步撤到没有树荫的地方，继续观察刚才那只蜥蜴。我倒要看看，您这个固定姿势能维持多长时间。

我和它对耗了约 10 分钟，正当我打算宣布战败退走他乡时，从远处爬来了一只身形较小的绿蜥蜴。它移动的速度在蜥蜴里算短跑健将了，反正是绝不会被人当作雕塑。

它迅速爬到那条呆如木鸡的大蜥蜴身边，吃力地从背后攀上大蜥蜴的后背，预备……交配。

我这才判断出，僵卧原地的大蜥蜴是雌性，而后来居上（真的是以实际行动居上）的是雄性，它们之间或许要发生一场姐弟恋。当然我无法知道这两条蜥蜴的具体年龄，仅就形体瞎蒙，简称它们为大小蜥蜴。小蜥蜴的喉咙下方有一嘟噜荧绿色的扇形肉垂，这一结构在解剖学上被称为喉扇，雌性没有这个器官。此刻小蜥蜴的喉扇呈打开状，显现出一些平常皱缩起来看不大清楚的灰蓝色纹路。它的背脊弯成拱形，头部也像喝醉酒了似的左右摇晃。

达尔文这个进化论大师，在《人类的由来及性选择》一书中，把蜥蜴的喉扇描绘为爬行动物的第二性征。

毫无疑问，小蜥蜴现正处在性兴奋的状态中，企图发动一场生殖战役。导游对这场景司空见惯，对我说，这条小蜥蜴比较没有经验，如果是个老手，这个时候可能会用它的小爪子带来一朵花。

我惊呼，它们不是冷血的爬行动物吗？还有这样高超的撩妹技巧？

导游说，它们不像人类给花赋予那么多意义，对蜥蜴来说，植物的花，就是比较可口的食物，是让它们愉悦快乐促使求偶成功的东西。

估计是因为蜥蜴弟弟空手而来，没有花为媒，蜥蜴姐姐芳心完全无动于衷，不单脸上一丝一毫表情都没有（估计就是有表情，也做不出来。表情肌这个东西，是高度进化的产物。不得强求它们），身体也毫无反应。连对背脊上加了这许多分量，也好似完全没有知觉。

现在，两只蜥蜴都取四脚朝下的姿势，摞列在一起，呆滞无感，毫无表情

树主干上、枝杈上甚至细枝上，无一幸免，趴着大大小小数十条绿蜥蜴。枝条被压得颤颤巍巍，眼看就要被绿蜥蜴臃肿沉重的身躯折断。

和动作。蜥蜴弟弟像是趴在一块石头上晒太阳，蜥蜴姐姐好像披着一件又厚又短难以蔽体的小皮衣。

我学医出身，谙熟生理，对性并无太大猎奇之心。此刻驻留观察，是想看看古老的爬行动物在色性这等大事上，有何操作。可这姐弟俩稳定地僵持着，无趣乏味。别说我这习过医的老媪渐生烦倦，就算货真价实的色情狂，估计也难持久关注。大约 10 分钟后，面对面不改色的蜥蜴姐弟，我终于放弃了继续科考的初心，撤离了这个略带暧昧的场所，去看别的蜥蜴在公园浅池塘里如何游泳。

厄瓜多尔盛产巨大蜥蜴。改日，我们在赴火山途中，经过一条河，看到几百条蜥蜴在河边树丛中晒太阳。它们的动作极为缓慢，用不慌不忙这个词来形容，还是嫌太快了些，词不达意。我想了想，觉得比较相宜的另一个词是——呆若木鸡。也许，在它们繁荣昌盛的白垩纪，世界上的动物都是这般慢条斯理。没有什么事让它们急如星火，也没有危险让它们噤若寒蝉。

那么，现代社会的这种目不暇接的节奏，是让我们越来越安全还是越来越危险了？我不知道。我知道的只是我们已风驰电掣。

越来越快会怎么样？我在动作悠然的大蜥蜴身边，不由自主地问出这句话。多少年前，我还是实习医生时，面对危重病人，用这句话，问过颇有经验的老医生。

白发如雪的老医生看着某病人的监测数据，忧心忡忡地说，心率越来越快了。

我说，心率越来越快会怎么样？

老医生说，导致心脏衰竭。

我说，衰竭就是衰弱和筋疲力尽，应该是越来越慢才对啊。怎么能越来越快呢？

老医生没搭理我，赶紧下了一系列的医嘱，让护士紧急执行救治。待到病人情况稍微平缓后，可能想到对实习医生有传帮带的责任，抽个空对我说，你知道心脏的跳动为什么有时会加快吗？

我说，因为有需求。比如人跑步的时候，肌肉运动需要更多的氧气，氧气是由血液携带，驱动血液流动的是心脏，所以心脏就会更快更强地跳动。

老医生满意地点点头说，听说你当医学生的时候，成绩不错，果然回答得可以及格。

可是，我的疑问并没有得到解答啊。我说，一般没听说哪个运动员在跑步之后，心脏衰竭了啊。心跳越来越快，说明它还有能量，怎么会那么危险？

老医生说，如果心脏在有需要的时候能快起来，不需要的时候能慢下来，收放自如，这当然不必担心。但这个病人的心脏，心跳频率持续加快，根本无法慢下来。文武之道，一张一弛。如果只有张，没有驰，时间长了，任何事物必然会衰竭。记住，当节奏只能加快而不能慢下来的时候，短期内看到的是更加有效的结果，那是肌体的代偿功能在发挥作用。从长远看，代偿总有达到极限的那一刻，转瞬进入失代偿期，离彻底衰竭就不远了。

当时，我只是从医学上理解了这个道理。后来才明白，不仅我们的生理会发生衰竭，心理上也同样会有深刻危机。心理衰竭是指在持续高压之下，工作热情损耗殆尽，工作效率极为低下。对周围世界不再有好奇心，充满了厌倦、易怒和冷漠的情绪，失去同情心，对自身包括周围的一切都持否定态度。精神萎靡、自暴自弃，甚至悲观厌世。

人们把这一系列的症候群，冠以“心身耗竭综合征”这个概念。它最早出现于 20 世纪 70 年代早期，是由美国纽约的心理分析学家赫伯特·J. 弗罗伊登贝格尔提出的。

导游说，这条小蜥蜴比较没有经验，如果是个老手，这个时候可能会用它的小爪子带来一朵花。

The Microcosm
美 洲 小 宇 宙
of
America

也许，在它们繁荣昌盛的白垩纪，世界上的动物都是这般慢条斯理。没有什么事让它们急如星火，也没有危险让它们噤若寒蝉。

我在周围的朋友群中，常常会看到类似的情况。某个人在某个阶段，风火轮般连轴转，亢奋地几乎不眠不休地投入到工作事业中。我几乎不敢和这样的朋友聊天，他或她只要一张嘴，就是他的行当。他会空中飞人一般，在不同的经度纬度和时差穿梭，并以此沾沾自喜。他们已变成一台台人形机器，毫无情趣不说，除了一己所关心的领域，其他的范畴几乎一无所知。他们看不起欣赏风花雪月琴棋书画，觉得那是荒废时光。他们鄙夷休假、孝心、旅游和精湛的手工艺品，觉得那是无所事事。他们表面上说要是退休了就可以强身健体周游世界等等，但明显缺乏诚意，只是敷衍了事，自己都不相信这个计划。他们在某种程度可以六亲不认，只把是否对自己的事业有所裨益，当作发展友谊的唯一衡量标准……凡此种种，令人扼腕叹息。每当这种时刻，我都会想起老医生的话。我有时会向他们转述，不要让自己失代偿，不要逼近衰竭。但基本上都是无功而返，他们笑我危言耸听，觉得自己正处于精力充沛滔滔不绝的巅峰状态。他们听不进好心好意的劝慰，认为是老生常谈、不甘进取的颓废之音。我便沉默了，除了时间，没有人能阻止他们不肯止歇的跋涉。

也许，我们能够从史前动物那里学习到的东西，比我们想象的要多。
它们从白垩纪九死一生地活过来，每一尊蜥蜴都可称神。

终于，失代偿了。终于，衰竭了。它也许是癌症，也许是心脏病，也许是抑郁症，也许是……

通常这种时刻，他们会给我打电话，说悔不当初。我常常不知如何回应，总觉得自己没有尽到责任。也许，我那时更加顽强地提示，事情会有不一样的结局？但我其实明白，一个人如果自己不意识到某种危险，所有的提示都不过是不入耳的聒噪。

大蜥蜴终于动了起来，它看到有位当地老人伸出了一个香蕉。看来食物的诱惑力还是很大的。我饶有兴趣地看着老人慢慢地将香蕉皮一缕缕地剥到蒂处，比我们通常三下五除二的剥法要细腻很多，黄色的香蕉皮纷披下来，好像一个长长脸庞的人，顶着一头染过的长发。

我以为那条大蜥蜴会着急，但是，它耐心地等待着，一点没有动物见到食物的那种奋不顾身。

我问老者，您经常来看蜥蜴?

他说，是的。天天。

我说，您认识它们吗?

他说，不认识。我并没有想特别认识其中的某一条，碰到谁，就喂谁。

我说，它们可认识您?

厄瓜多尔老人说，它们也不认识我。它们是和恐龙一个时代的动物，脑子很小，并不聪明。

说罢，他把香蕉递给大蜥蜴。的确是递给，大蜥蜴半仰着头，安静地用嘴巴把香蕉接过去，十分斯文地吞咽。我本来以为大蜥蜴是不吃香蕉皮的，所以老者才要不辞劳苦地把香蕉皮剥开，而且撕得那样细碎。却不料大蜥蜴照单全收，把剥了皮的香蕉像个套头衫一样吸在嘴里，然后把蒂部的香蕉皮也一丝不剩地用粉红色的舌头卷入大嘴巴，津津有味地吧嗒着。

我说，蜥蜴本是吃香蕉皮的啊?

老者抚摸了一下半秃的脑门说，是的。它们当然吃香蕉皮。如果它们太挑食，哪里活得到现在。

我张口结舌，心想既然大蜥蜴吃香蕉皮，那您又何必将香蕉剥得这样细致光滑，不是白费功夫吗！念毕竟国情不同，我就把此话生生咽了下去。估计我的神色出卖了我，老者看了出来，缓缓说，你觉得反正都要在蜥蜴肚子里变成一团香蕉泥，我为什么要这样烦琐地剥皮? 告诉你，我喜欢慢慢地生活，蜥蜴陪着我，它也不着急。现在，你很难找到不着急的伙伴了……

半晌，我若有所思地离开了蜥蜴公园，竟忘了躲避地上的蜥蜴便便。在蜥蜴公园，人给我的启示和蜥蜴给我的启示，叠加在一起，变成了一只披头散发的香蕉形状。也许，我们能够从史前动物那里学习到的东西，比我们想象的要多。它们从白垩纪九死一生地活过来，每一尊蜥蜴都可称神。它们的智慧远比我们想象的要丰厚。

The Microcosm

美洲小宇宙

of

America

养蝴蝶博士的顿悟

在哥斯达黎加，参观蝴蝶园。

以前在国内国外，都参观过一些蝴蝶园。内里养着一些半死不活的蝴蝶，在腐朽暖热的气息里苟延残喘地扑棱着，翅膀仄斜蔫头耷拉脑，谈不上有多少美感。有心不去集体活动，但这次不走回头路，只得前往。此时天正下雨，石板路十分湿滑，我骨伤未愈，小心翼翼走在高低不平的台阶上，意趣阑珊。下坡尤其紧张，不敢大意。踉跄走着，导游青琳从下面那级台阶回过头说，前面，请上个洗手间吧。她是知识丰富很有修养的导游，干练周全，已在这个国家生活了很多年。

我站住脚，向内体验了一下身体感觉，摇摇头说，不用去，谢谢！

青琳委婉地坚持道，过了这个洗手间，下一个能方便的地方就比较远了。而且，这个洗手间你不去，会遗憾的。

我对她后面的话，没太在意，谁会为一个洗手间遗憾呢。但她前面的提醒很重要，出门在外，你无法知道下一次方便的时间和地点会在哪里。万一内急强忍难熬、慌忙寻觅，自己受罪不说，还耽误大家的时间。于是，我赶紧按照她的提示，进了路旁的洗手间。

一进去，劈头我就明白了青琳所说“遗憾”的意思。这哪里是通常意义上的“厕所”，简直就是一处私密园林。草木葱茏，花香四溢。真正的兰花从原木分隔的厕

位之上纷披而下，还有昆虫纷飞。单是那个洗手池子，就令人叹为观止。它完全由一块整石抠凿而成，既生态野趣，又坚实无比。当然啦，由于自然天成，并排的几个洗手池子，形状大小也各不一样，完全没有工业化制品的千篇一律相。洗手的水龙头，也是由石头整体旋出来的，憨态可掬。我试着拧开这个沉重的龙头，水从像泉眼一样的石嘴中汩汩流出，令人惊喜。水龙头上长出了薄薄青苔，水似乎也染了些许绿色，分外清凉。

于是想起了中国的厕所。在国外看到了好的东西，就会不由自主地想起母国。我们绝大多数厕所乏善可陈，曾有外国朋友告诉我，为了少上中国景区的厕所，她的诀窍是只要在中国观光，就尽量少喝水，以至于她后来体检查出了肾结石，从此再不敢到中国旅游。我自尊地对她说，肾结石的成因有很多种，偶尔少喝水，不一定就是它引起了您的病变。她半信半疑，我也无话可说。

中国近年开始了“厕所革命”，我从报上看到，全国旅游厕所进行建设和管理大行动，计划在未来3年内，全国新建旅游厕所33500座……这当然是大好的消息，不过我私下算了算，3万多座厕所，排列在一起当然蔚为壮观，但分布在大好山河上，也还是稀疏了点。不过，有了开头，就有了希望。厕所不必多么豪华，只要洁净方便就好。有了好的厕所，还要有好的管理。我曾去过一个景区，厕所外观很有创意，斗拱飞檐的赭红色，与周围环境很搭。走进去恶臭难闻，陈年的尿氨味道，呛人几乎一个跟头。真个舍本逐末。

出了这个唯美厕所，再向前走不远，便到了蝴蝶馆。

这些蝴蝶或在空中翱翔，或伏在叶面上花瓣里颤动，修长的腹部微微拱起，翅膀或抿或张，顶端加粗成锤状的秀美触角，抖动不已，好不惬意。

我发现了一只奇怪的蝴蝶，红色翅膀上长着类似黑笔书写的“8”字图案。这个“8”字，不但清晰可辨，而且笔画标准正规，堪比数学老师的正规板书。

蝴蝶馆约有 10 米高，数百平方米大，为我所见过的蝴蝶馆中最大规模。撩开细密铁链子组成的门帘（青琳说这种特制门帘是为了阻止蝴蝶外逃），又闷又热的腐气扑面而来，好像进了一间不甚干净的桑拿铺子。此园豢养的蝴蝶相当多，劈头盖脸地飞着，令人目不暇接。尽管氛围让人不舒适，好在蝴蝶繁密又生机勃勃，倒是陡生兴致。它们或在空中翱翔，或伏在叶面上花瓣里颤动，修长的腹部微微拱起，翅膀或抿或张，顶端加粗成锤状的秀美触角，抖动不已，好不惬意。

一般人提起蝴蝶不陌生，但并没有多少人看到过特别娇美的蝴蝶。最熟的面孔要算白粉蝶，总是和圆白菜叶子上匍匐的菜青虫连在一起，没多少好印象。

人们虽然很少看到蝴蝶，这个词却频频出现并愈演愈烈。在社会学和经济领域里，常常把微不足道的小事最后酿出的严重后果，上纲上线和蝴蝶挂上钩，于是它成了学者们的宠物。

蝴蝶变为“效应”的定语，归功于一个叫洛伦兹的气象学家。此人在 1963 年说了段话，大意是——如果在南美洲亚马孙河流域的热带雨林中有一只蝴蝶，扇动了几下翅膀，两周后可能就会在美国引起一场龙卷风。用以表示初始条件的极小偏差，可能会引起结果的极大差异。

这句话在科学上是否成立，我没有发言权。它起码证明了亚马孙流域也就是中南美洲的蝴蝶，比别处的蝴蝶厉害。要不洛伦兹先生为什么舍弃了别处的蝴蝶，单拿它说事呢。

正走着，我发现了一只奇怪的蝴蝶，红色翅膀上长着类似黑笔书写的“8”字图案。这个“8”字，不但清晰可辨，而且笔画标准正规，绝不是写意风格，堪比数学老师的正规板书。

我悄声对身边的青琳嘟囔一句，这种蝴蝶要是进口到中国广州，估计老板们会蜂拥而至。

青琳说，它的名字就叫“88 蛱蝶”。

我说，你怎么知道?

青琳说，我经常带团到这个蝴蝶园来，认识它。哥斯达黎加的小学生，从小就要到园子里来上生物课。走，我知道那边有个蝴蝶研究室，咱们去找个专家讲讲吧。

绕过茂密的花草，在山石和棚架中转了几圈，走到一个僻静场所。那是仿照树皮模样搭建起来的小屋，门虚掩着，透过门缝望进去，灯光明亮，有几个穿白色工作服的身影在忙碌。青琳有礼貌地敲了敲门，得到允许后进去和某人说了一会儿话。估计是介绍客人来自遥远的中国，希望能够多了解一些有关蝴蝶的知识云云。一个身材高大的女子，便放下手中的试管，一袭白衣，轻盈地走了出来。

我请青琳翻译：谢谢您愿意和我聊聊蝴蝶。您在这里工作了多长时间?

7 天，我来到这里 7 天了。美丽女子眨着眼睛说。在白色工作服的映衬下，她的眼眸如湛蓝的蓝闪蝶翅膀（我家有朋友送的一个巴西蝴蝶挂盘，上面镶嵌的正是这种蝴蝶，故识得）。

我略有点失望。7 天？对于了解这个色彩缤纷的园子和此起彼伏的无数种蝴蝶来说，时间似乎短了点。

或许是看出了我的惆怅，青琳轻声告诉我，这位女士是专业研究蝴蝶的博士，此次是为了一个项目特来深入考察的。在此之前她曾来过这里很多次。

我重新燃起期望。

蝴蝶博士介绍说，我先说说蝴蝶的概况。全世界的蝴蝶一共有 2 万多种，你们中国，大约有 2000 种。最大的蝴蝶，是巴布亚新几内亚东南部的亚历山大女皇鸟翼凤蝶，雌性翼展可达 28 厘米……

我心里私下估量，蝴蝶一展翅，就达 28 厘米，快 1 尺了。那还叫蝴蝶吗?分明是一只鸟。

博士继续说，据我们现在所知，最小的蝴蝶是阿富汗的渺灰蝶，展翅只有 7 毫米。

我又暗自比量，呀！展翅还不到 1 厘米，看起来和蚊子差不多吧。又想，原以为中国幅员辽阔物种丰富，但在蝴蝶这个项目上，实在算是小巫。自叹孤陋寡闻，数数迄今为止我所见过的蝴蝶，大约不会超过 20 种。

蝴蝶博士领着我们在蝶园漫步，边走边说，蝴蝶是善变的小昆虫。它一生要经过 4 个阶段，每个阶段都完全不同。最开始它们是卵。

博士说着，找到一株植物，轻轻翻开它的叶子。在青筋毕露的叶脉后面，有一些如小米般的颗粒，色在黄白之间，大致为圆或椭圆形。

青筋毕露的叶脉后面，有一些如小米般的颗粒，色在黄白之间，大致为圆或椭圆形，这就是蝴蝶的卵。在放大镜下观察，可见一端有细孔，是受精的通道。

博士说，这就是蝴蝶的卵。它的表面有一层蜡质，能防止水分蒸发。如果在放大镜下观察，可见一端有细孔，是受精的通道。

我问，这园里的蝴蝶卵是哪儿来的?

博士说，一些是园内的蝴蝶自产的。我们种的植物，都是蝴蝶喜欢安家的品种，蝴蝶乐于在此产卵。不过因为园内对蝴蝶的需求量很大，自产的蝴蝶卵不够，我们会到野外采集，还会向农户们购买。请这边看，那是我们收购来的蝴蝶卵。

一些植物枝条插在水罐中，上有密密麻麻的蝴蝶卵。枝条顶端还虚虚覆盖着潮湿的棉纱。

女博士说，孵化蝴蝶卵需要很高的湿度，在 80% ~ 90% 之间，温度要求为 25 ~ 30 摄氏度。这种环境中，人可能会感觉不大舒服，但对蝴蝶来说，却是最相宜的。这些卵看起来无声无息，仿佛什么事都没有发生。但是切不可大意，变化无时无刻不在进行中。每天都要细细观察，如果卵由淡黄色变成黑色，说明它已经趋向成熟，幼虫很快就会咬破卵壳冲出来。蝴蝶卵的安放也有讲究，不能太挤了，幼虫们有一出壳就自相残杀的习性。

想不到弱柳扶风的蝴蝶，从诞生之初，就充满杀机。

扭动着蠢胖身躯的青虫让我心生嫌恶，不愿凑前。蝴蝶博士却满脸慈爱地说，嗯，很好，能吃能排，它们很健康，会变成非常漂亮的蝴蝶。

蝴蝶博士继续前行，说，卵孵化出来之后，就成了幼虫。喏，这就是它们啦。

她说着蹲下来，掀开低处树丛的一片叶子，一条青虫，正在绿叶背面狂啃叶肉。它不停扭动着蠢胖身躯，嘴巴像推土机，丑陋而贪吃，把叶片咬出了玻璃窗样的透明斑。残余的叶子，往好里说，宛若菩提纱的废品，往难看里形容，简直就是垃圾。旁边有一株植物，大约味道不错，全株都被几只长着黑毛的肉虫啃食一空，仿佛遭了蝗灾。这幼虫们不单食量了得，排泄物也甚多，地上积了一层蚕沙般的褐色碎粒。

我心生嫌恶，不愿凑前。蝴蝶博士却满脸慈爱地说，嗯，很好，能吃能排，它们很健康，会变成非常漂亮的蝴蝶。说着，她又低头亲切端详一条令人肉麻的毛虫，自言自语道，它会变成红带袖蝶哦。

红带袖蝶身上，驮着一个窦娥般的故事。16 世纪初，葡萄牙殖民者在巴西海岸首次登陆，头一回见到这种欧洲没有的蝴蝶。它的翅膀由红、白、黑三种颜色构成，很像当时葡萄牙国内邮差制服的颜色组合，故此得名。葡萄牙在殖民地疯狂开疆拓土，运输物品那时还没有汽车，运力主要靠马。马从哪里来呢？要从葡萄牙本土海运来。马匹从欧洲启程，一路船载海运，颠沛流离，水土不服。由于缺乏照料，抵达巴西时，死亡率非常高。随团兽医一看，怕板子打到自己屁股上，为了推卸责

红带袖蝶的翅膀由红、白、黑三种颜色构成，很像当时葡萄牙国内邮差制服的颜色组合，故此得名。

任，在 1523 年写了一份报告，嫁祸于这种蝴蝶。兽医诬陷红带袖蝶含有剧毒，喜欢追逐马群。马一旦被这种蝶类叮咬，哪怕是误食了它们停留过的草料，都会毒发身亡。报告耸人听闻，竭尽夸张之能事，闹得葡萄牙国王曼努埃尔一世，曾专门致信葡萄牙开拓团司令，让他派人立即焚烧红带袖蝶聚居的森林，以“遏制蝶害”。红带袖蝶翅膀上的这口黑锅，一直背了 200 多年。巴西独立后，巴西的博物学家们对红带袖蝶进行了详尽研究。他们证实此蝶无毒无害，绚丽的色彩只是为了吓唬天敌。红带袖蝶这才洗清冤屈，逃脱围剿，从此过上了蝶类的正常生活。

博士边走边介绍说，蝴蝶幼虫长大后，会变成蛹。它们躲在植物叶子背面隐蔽的地方，进入生命的下一阶段。她用修长的手指，小心翼翼地掀开植物叶子。原本鼓鼓囊囊的虚胖毛虫们，已经褪掉了婴儿肥，变得瘦削坚实。它们攀附在树叶上，分泌出丝状物，像是缝衣线，把叶子连缀起来，自己躲在其中，头朝下倒吊着，成为一动不动的蛹。蛹的颜色或浅或深，并不整齐划一。缀叶的流派也各成体系，有缀一叶的，有缀数叶的，还有不讲章法乱七八糟地吐丝，随意连成疏网，缀几叶就算几叶的……毛虫们手艺有巧有拙，不过最后都能缀叶为巢，隐居其中，开始在最后的进化旅程中跋涉。

蛹的颜色或浅或深，缀叶的流派也各成体系，有缀一叶的，有缀数叶的，还有不讲章法乱七八糟地吐丝，随意连成疏网，缀几叶就算几叶的……

蝴蝶博士说，蝴蝶下一步将脱去蛹壳，这一现象称为羽化。这段时间，蝴蝶不吃不动，看起来不需要特别照顾，却是蝴蝶一生中最危险的时刻。蛹一旦成熟，蝴蝶会破壳钻出。不过那时它的翅膀湿漉漉地打不开，它既不能飞翔，也寸步难移。如果天敌这时偷袭，无助的蝴蝶没有丝毫的躲避和反抗能力，只能坐以待毙。它这段静止的时间，需要２～４小时，蝴蝶的翅膀才能在空气中变得硬而干燥。这个过程如东方的修行，不得中断。如果它遭遇打扰，就会变成畸形蝶，无法飞翔，根本活不下去。

蝴蝶的故事让我听得一惊一乍。蝴蝶的天敌都是谁？我问。

很多。蚂蚁、甲虫、鸟、蝇、蜥蜴、蛙、蟾蜍、螳螂、蜘蛛、黄蜂、寄生蜂等等，都是蝴蝶的天敌，能开出一长串名单。博士回答。

也许这世上所有的美丽蜕变，都险象环生。

随着博士的脚步和解说，短短几分钟内，我们徜徉过了蝴蝶的一生。它可谓是大彻大悟脱胎换骨改变自我的典范。从细如黍米的卵粒到圆滚丑陋的肉虫，从大智若愚的僵蛹到美艳无双的空中花朵……一只小生灵尚可如此不遗余力地嬗变，人啊，你又有什么理由拒绝通过努力越变越美好呢？

头顶和四周，有无数只彩蝶飞舞，好似一道道缤纷霞光瞬忽闪过。博士含笑问我，你可知蝴蝶的飞舞为何如此优美？

我以前从未注意过这个问题，一想，还真是！世上的鸟儿千千万，再加上蜻蜓瓢虫等游弋的航空系列，哪一个也没有蝴蝶这等俏丽身姿啊！在中国的古代文化中，蝴蝶总是飘逸的正面形象，比如梁山伯与祝英台，死后绕坟就化为蝶类。你不能想象他们化成喜鹊或是鹰隼，纵是鸳鸯也不成，稍显迂腐了些。潇洒不羁不拘一格的庄子，天天神游于天地间，到了自己的梦中，还是化成蝶，而不是他很心仪的鲲鹏或北冥鱼什么的。这情况见怪不怪了，却从未想过为什么。我一时回答不出，张口结舌。

青琳出手，试着救我。说，估计因为蝴蝶身体特别轻盈，飞起来非常轻松。

蝴蝶博士优雅但是坚决地摇摇头。

我猜测道，莫非蝴蝶有神术，能御风而行？

蝴蝶博士继续摇头，说，我告知你们答案。蝴蝶前后两对翅膀，振动的频率是不同的。彼此的不同步，就构成了飞行中的奇异舞姿。

原来是这样！

说了这半天蝴蝶，再说说园中的植物，奇花异草万象欣荣。我说，这是为了模拟蝴蝶在大自然中的生活环境吗？

博士说，成虫时的蝴蝶靠吸食花蜜为生，要保持它们有足够新鲜的食粮，就要养多种植物。不同蝴蝶口味不同，蓝凤蝶嗜吸百合花蜜；豹蛱蝶则吸菊科花蜜；大闪蝶呢，不吃花蜜爱喝果汁，比如杧果汁、猕猴桃汁和荔枝果汁……

女博士念念有词，唠叨不停。我想，蝴蝶还挺挑食，快赶上幼儿园的小朋友了。

女博士指着花丛中的一只蝴蝶说，这是猫头鹰蝶，它靠模仿猫头鹰脸来吓走敌人。

你还别说，这蝶翅上有巨大的眼状斑纹，实在是太像猫头鹰眼珠了。也不晓得猫头鹰知不知道自己在世上有这样跨界的远房亲戚。

酷似一道闪电从身边掠过，追踪看去，是一种闪着淡蓝色荧光的蝴蝶。博士说，它的蓝色不是色素，而是成千上万的半透明鳞片，将阳光过滤出蓝光，能把天敌吓跑。

猫头鹰蝶靠模仿猫头鹰脸来吓走敌人。你还别说，这蝶翅上有巨大的眼状斑纹，实在是太像猫头鹰眼珠了。也不晓得猫头鹰知不知道自己在世上有这样跨界的远房亲戚。

线纹紫斑蝶翅膀上闪着淡蓝色荧光。这蝶一旦被捉，会翻出一对腺体散发恶臭，鸟类被熏得受不了，就不会吃它了。

这只是线纹紫斑蝶，记住千万不要捉它哦。女博士这个爱蝶人，也稍有退避之意。她说，这蝶一旦被捉，会翻出一对腺体散发恶臭，鸟类被熏得受不了，就不会吃它了。

我忙不迭地点头，心想蝴蝶还曾拜臭鼬为师。

女博士再指点，这是著名的枯叶蝶。这是透翅蝶，翅脉间的组织是透明的。它们都能轻易躲过捕食者的眼睛。

枯叶蝶我以前见过，是所有蝶园的必杀技。至于透翅蝶，简直就是一块稍显揉皱的玻璃糖纸。别说是捕食者，就算是人，若不是走到近旁凝神细查，也会被它蒙混过关。

此刻一群花蝴蝶吸引了我们的视线。有五六只，忙不迭地围着一只蝴蝶盘旋绕飞，中间那蝶却十分矜持，爱搭不理。

我指着它说，它是蝶王？

我以前并不知蝶中有王存在，但在这花样百出的蝶园中，不知还会有多少新奇事。

蝴蝶博士不置可否，只是示意我继续观察。中心蝶突然高飞，周围的蝴蝶也一并腾空环侍周遭，好一个花团锦簇。我正欲惊叹这难得美景，却不想中心蝶突然挟翅而下，类乎战斗机一个俯冲，急速降落，紧跟着居然是无声无息的骤停……

目光追寻它的踪迹，见它栖在一片隐蔽绿叶上，平展四翅而将尾部高高翘起，状如泥塑，看来打定主意在此蛰伏百年，永不起飞……

再举头望空中原本兴致盎然的群蝶，一时间失却目标，胡乱绕飞了几圈，便垂头丧气四下散了。

蝴蝶博士说，刚才是蝴蝶的求婚仪式。中心那只是雌蝶，它先前已经交过尾了，所以对后续的求婚者并不动心。被纠缠不过，就用了个小技巧，甩掉了向它示爱的雄蝶。它现在这种低伏姿势，就是拒婚的表示。

透翅蝶，翅脉间的组织是透明的，简直就是一块稍显揉皱的玻璃糖纸。别说是捕食者，就算是人，若不是走到近旁凝神细查，也会被它蒙混过关。

走过几乎整个蝶园，时间不早了。我说，谢谢博士的精彩解说，让我看到了这么多蝴蝶。

不想女博士却长叹了一口气，说，蝴蝶的数量，在最近这些年里，下降得很厉害。100多年前，英国人休伊森手绘的蝶类图谱，涉及的蝴蝶有13科1345种，共计2113只。现在，很难找到这么多蝴蝶了。我学习蝴蝶史时，老师曾经告诉我，在东方，古代人的厕所，是高架于地面之上的。贵族们为了不看到自己的排泄物，就命仆人们在厕所的下方，铺满厚厚的蝴蝶翅膀。这样排泄物坠下时，看到的只是满天飞起的蝶翅。

我还真不知曾有如此变态的如厕习惯。东方是个大地理概念，除了我们，还有日本和印度等等，不知到底是谁干的。

蝴蝶博士说，这个传说的真伪，我无法辨析。不过，起码证明那时蝴蝶的数量非常多。如果难以捕捉，就算是贵族，也享用不起这种蝴蝶厕。蝴蝶乃是大自然的警钟。

我问，此话怎讲?

女博士说，蝴蝶是要经过多种形态变化，才能完成一生的灵物。它对环境非常敏感，如果数量不断下降，代表着生存环境正在持续恶化。

蝴蝶博士紧皱双眉继续说，我们居住的这颗星球，正经历着物种大灭绝的时代。由于生物栖息地的流失和退化、外来物种入侵、气候变化、资源过度开采、污染和野生动物疾病等因素，物种的消失速度，由原来的每天 1 个物种，加快到现在每小时 1 个物种。就在咱们说话这段时间，就有 1 个物种已经灭绝了。蝴蝶虽然没有声带，不会鸣叫，但它无时无刻不在向我们发出警示。

告别的时刻终于到了，我对有着蓝闪蝶一样眼眸的蝴蝶博士说，非常感谢您！我有最后一个问题请教，您长期进行蝴蝶研究，最深的感受是什么?

蝴蝶博士沉吟了一下，缓缓说，在我学习蝴蝶知识的过程中，任何一次考试或是论文，都未曾问过您所说的这个问题，我也真没有思考过。您问我，说真心话，我最深的感受是充满了遗憾。蝴蝶的生命太短了，它灿烂夺目的成蝶阶段，短以日计。联想到我们每个人的生命，也是短暂的，应该万分珍惜。要让日子过得像蝴蝶一样美丽，但一定要比蝴蝶长久。

The Microcosm

美洲小宇宙

of

America

21 谁将是世界上第一个“碳中和”国家

我对幸福这件事感兴趣，又要说到几十年前了。幸福现在被叫得很响，当年却寥寥。那时我上心这件事，主要是因为总感觉自己不幸福。为了自救——现在的时髦词叫“自我救赎”，我开始关切这事。心路的起承转合，我已经多次写过，此处不再赘述。有感而发的《提醒幸福》小文，被诸多书刊选载，还被收入了人民教育出版社的初中二年级语文课本。2009 年的《百家讲坛》上，我以“破解幸福密码”为题，做了讲座。

因这若干的瓜葛，我便开始留心有关幸福的资讯，怕被人问起时显得太外行。

2015 年，中美洲小国哥斯达黎加，在盖洛普评选的国民幸福指数排行榜中排第二。2016 年，英国“新经济基金会”，更是把哥斯达黎加评为全世界最幸福的国家。

先说说这个盖洛普公司是干什么的。

说这个公司之前要提乔治·盖洛普这个人。他是个美国数学家，抽样调查方法的创始人，也是民意调查的组织者。1935 年，他创立了美国舆论研究所，业务是民意测验和商业调查与咨询。迄今已经 80 多年了，在全球建立了 40 多个分公司，调查网覆盖全世界 60% 的人口和 3/4 的经济活动，有很多学术和商业成果，处于全球领先地位。

说了盖洛普这么大名声、这么多战果，但我真实的想法是——关于幸福排名这件事，不必太在意。没有哪个机构，有足够的权威能够圈定这个问题，他

中美洲小国哥斯达黎加，在盖洛普评选的国民幸福指数排行榜中排第二。2016 年，英国“新经济基金会”，更是把哥斯达黎加评为全世界最幸福的国家。

们所给出的幸福答案也各不相同。

不过，总是高居幸福指数榜前列的国家，总会有它们的某些特点。

我读过一本书，名叫《去最幸福的四国找幸福》。作者是美国探险家、艾美奖的获得者丹·比特纳。此人很爱冒险，做的研究主题却是长寿和幸福的关系，并以此闻名于世。这最幸福的四个国家和地区，比特纳博士认为是丹麦、新加坡、墨西哥和美国圣路易斯－奥比斯波（和盖洛普的结果不一致）。

比特纳博士虽未将哥斯达黎加列入幸福榜前四，但书中有一段写他在哥斯

The Microcosm of America

美洲小宇宙

TEATRO NACIONAL

达黎加拜访一位 104 岁的老人的故事。

潘琪塔住在哥斯达黎加的边远小城霍占查，老妇人住在一间借来的破房子里，锡皮屋顶。她身无分文，腿脚不灵便，眼神也不好使。看到比特纳来看她，老人家充满了炫耀地对别人说："看，上帝很眷顾我咧！有外国朋友来看我了。"

比特纳对此大发感慨，觉得这老太太非常有魅力。在这等窘困中，还充满了幸福感。

我觉得比特纳博士稍稍有点少见多怪，这样的老人在中国偏远的农村，并不罕见。他们生活在相当艰窘的境遇中，但他们的确有发自内心的满足感。你能说这样的老太太很幸福吗？按照我们通常的习惯思维，怕未必。但你能说这个老太太不幸福吗？量你也不能这样武断。幸福是件带有强烈主观色彩感受的事。《庄子 · 秋水》中的名句"子非鱼，安知鱼之乐"说的就是这个道理。所以，就算正直聪明的盖洛普本人还活着，看到哥斯达黎加的潘琪塔老妇人，估计也难以回答她是否幸福的问题。

哥斯达黎加的经济，说起来应算不穷也不富。根据国际货币基金组织的统

青琳说阿雷纳湖是中美洲最大的人工湖。我等游客只能竭力控制面部肌肉，不动声色，心中不由得暗想……好小的湖啊……

计，2010 年哥斯达黎加的人均 GDP 为 7350 美元，排在全世界第 68 位。那年中国的人均 GDP 是 4361 美元，哥斯达黎加是我们的 1.22 倍。在哥斯达黎加的游览，我的体验是：它的旅游资源说不上多么丰富，国土狭窄，景物有限。只要你肯跑路，那么我敢保你一天之内，既可以看到大西洋的日出又能看到太平洋上的日落。

记得我们在火山脚下的阿雷纳湖荡舟时，青琳介绍说，这个湖原本很小，

走进教堂，我拿出当年做医生叩病人胸腔的基本功，到处轻叩。果然无论墙壁还是柱础，一律都是空洞的嘭嘭声，证明确为铁皮不虚。

1979 年在此建起一座大坝，抬高了水位，湖面总面积扩大了 3 倍，有 85 平方公里，成为中美洲最大的人工湖。修建的水电站，发电量可达哥斯达黎加总用电量的 70% 之多。听青琳娓娓道来，我等游客所做的事，就是竭力控制面部肌肉不动声色，心中不由得暗想……好小的湖啊……

哥斯达黎加基本上也没有太多声名显赫的名胜古迹，参观了一个铁皮教堂，不过百余年历史。走进教堂，我拿出当年做医生叩病人胸腔的基本功，到处轻叩。果然无论墙壁还是柱础，一律都是空洞的嘭嘭声，证明确为铁皮不虚。据说此地多地震，以往用砖石盖的教堂，一次次在祸难中变为废墟。重建时有人提出新教堂不再用石头砖瓦木板等传统建材，一律改用铁皮。欧洲某国承接了这项工程，派工程师来此测量了各项数据，回去后开始定制各种不同规格的铁板材。这道工序完成后，无数零件船载车运，一路艰辛，拉到哥斯达黎加当地进行组装。结果是一块不多一块不少，严丝合缝地立起来了。铁皮教堂高大巍峨，从此钢筋铁骨矗立一方，再也不曾损于天灾地祸，已有百余年。这教堂来历奇特，让人感叹工程师的一丝不苟和欧洲制造业的精密，但终因并无更多奇诡之处，看过也就放下。

然而，还是倾心于这个国家，喜欢它保护得极好的环境，喜欢它的人民温暖平和。哥斯达黎加极其重视保护野生动物和原生态，被视为“人与野生动物和谐共处”的典范。青琳说，在哥斯达黎加，没有人敢擅自伐树。违反了禁令，不仅仅是罚款，还要罚你种树，而且要包活，如果你种的树没有活，你就要继续种，直到活下来的树够了罚种的额度。

我问，伐一棵树，要种多少棵树来补偿？

从来没有被我问倒过的青琳，对哥国的知识几乎无所不知的青琳，这一次

在哥斯达黎加，没有人敢擅自伐树。违反了禁令，不仅仅是罚款，还要罚你种树，而且要包活，如果你种的树没有活，你就要继续种，直到活下来的树够了罚种的额度。

踌躇起来。她沉吟了半晌说，具体要罚种多少棵，我答不上来。总之是数目很多，为非常严厉的处罚。没有任何一个人敢于触碰这条法律，我至今真没碰到一个因受罚而去种树的人，如果你特别想知道这个具体数字，我可以去查……

我说，不用那样麻烦了，我记住很多很多就是。

青琳说，是的，哥斯达黎加没有任何值得炫耀的资本，只有我们的环境。

我一惊，是不是因为我们有很多值得夸耀的资本，所以便不爱惜自己的环境？想想也不成立啊，人家北欧诸国，有很多值得夸耀的资本，照样爱惜环境。唯一的解释，就是我们好傻啊！

车窗外闪过农田。青琳说，哥斯达黎加人现在很爱吃米饭，稻谷是主要的农业作物。

我听罢生出疑惑，问，你说现在爱吃，莫非从前的哥斯达黎加人是不爱吃米饭的？

青琳说，不是不爱吃，是没的吃。因为本地人原本不会种稻谷。

我问，那以前他们吃什么？

青琳说，吃木薯。火山灰的土壤很适宜木薯生长，产量很高，是这里的主粮。

我吃过木薯，一点也不好吃，基本上像糠菜之类的粗糙之物。把这看法告知青琳，青琳笑答，是的，我也这样觉得。当地人还吃一种大蕉，类似香蕉的模样，口感却很不同。

哦，这我知道。大蕉体魄壮健，说是香蕉的哥哥实在委屈了它，简直要算香蕉的大伯父。我们的餐桌上也会不时出现它的身影，号称是当地的风味餐。烹制方法是将大蕉剥皮切片，用糖浆裹起来炸脆即食。卖相尚可，但入口齁甜，质地干硬无味。

青琳说，哥国人把米饭当成最好的食物，据说这要归功于当年修筑巴拿马运河的中国工人，他们大啖米饭，哥国人学了艺。只是哥国种的是旱稻，一年只有一季收成。

我说，旱稻好吃吗？

青琳说，旱稻没有黏性，是粒粒分明的那种籼米。中国人喜吃糯而有油性的米，但哥斯达黎加人不习惯，说那种米黏糊糊的，吃不饱。

我们有一搭没一搭地聊着天。青琳说，哥国国民生产总值 60% 来自旅游等涉外第三产业，现在旅游业本身的规模，已经超过了农业，成为最重要的经济支柱和国家象征。哥斯达黎加还有一个重要决定，它决心成为全世界第一个“碳中和”国家。

我在迷蒙中一惊，因为略知“碳中和”的含义，深觉这是个造福地球利国利民的计划。世界上没有哪个国家敢夸这个海口，哥斯达黎加敢为天下先，了不得！

什么是“碳中和”呢？

请学者们宽宏大量，容我弄一下斧。

简单说，就是通过计算你排出的二氧化碳得出一个数字，等于是你活在地球上消耗各种物质的总账单。你通过植树等方式把这些排放量吸收掉，达到环保的目的，你就算“碳中和”了。再用个更俗的说法，就是你因活着的各种消耗，给地球造成了一个负数，你得给地球做贡献，就得到了一个正数。两相抵消，达到了碳平衡，就叫“碳中和”。

地球变暖，碳的排放量大量增加是罪魁祸首。要保护地球，就要减少碳的

哥国国民生产总值 60% 来自旅游等涉外第三产业，旅游业本身的规模，已经超过了农业，成为最重要的经济支柱和国家象征。哥斯达黎加还有一个重要决定，它决心成为全世界第一个“碳中和”国家。

排放量。光是减少还不成，你还要把你制造的碳排量平衡掉。这个理念最初是由绿色环保人士提出，渐渐深入人心，获得了越来越多民众的支持。

2006 年《新牛津英语词典》公布了当年的年度字汇为“carbon-neutral”，意为“碳中和”。2007 年，这个词被正式编列入《新牛津英语词典》中。

只要活着，就没有一个人能逃脱碳排放量。究竟你每天排放了多少碳，是有账可查的。年底你翻翻碳账本，就能知道这一年你到底欠了地球多少碳账。

欠账当还，到了植树节的时候，你就得去栽种一定量的绿树。树是吸收二氧化碳的，两两相抵，看看你是正数还是负数?

举个具体例子，一辆小汽车，若是在城市中每年行程达 2 万公里，车主这一项的碳账单就是 2 吨。

你说你不开车，那你也有账单要接。你总要用电脑吧? 电脑使用一年，间接排放 10.5 公斤二氧化碳。

你若连电脑也不用，冬天总要取暖吧? 不幸地通知您，如果用煤油作为燃料，暖气的碳账单是 2400 公斤。如果用天然气，碳账单为 1900 公斤。就算这两项集中供暖的措施你都不用，自个用电取暖，碳账单也有 600 公斤。

你要洗衣，洗衣机一年的碳账单是 7.75 公斤（这一项，比我预想的要小）。你保鲜食品要用冰箱，它一年的碳账单为 6.3 公斤。你营养均衡，要吃远方的水果，比如你可能饭后吃 1 个热带的凤梨。飞机每运输 1 吨这类水果，飞行里程 10000 千米，排放的二氧化碳量为 3.2 吨。落实到你这个 1 公斤重的凤梨身上，就是 3.2 公斤碳账（相当于半个电冰箱的碳排放啊！）。

你若是咬牙跺脚地说，既不用机器洗衣，也不用冰箱保鲜，不坐小汽车，冬天屋里也不取暖生扛着冻，你还是逃不脱碳账的负数值。你活着，每时每刻都要呼吸，每天大约要释放 1140 克的二氧化碳。一年算下来，就是 400 多公斤的碳排放量。好在关于人本身的碳账，由于我们也进行农业活动，种树种草种粮食，基本上就算是两相抵消。不过具体到某个人，还是有细账可算。如果天天坐豪车住豪宅吃山珍海味奢靡无度地消费，碳账便会债台高筑。

碳账也有克星，就是生机勃勃的植物。它白天吸收二氧化碳，夜晚释放二氧化碳，两相抵消后略有结余。一棵中等大小的植物，每年能吸收 6 公斤的二氧化碳。

以上都是我从资料中抄录下来的，或许不太精确，但大概意思无误。现如今，美国是世界上发达国家中最大的二氧化碳排放者，而咱们中国，则是发展中国家中最大的二氧化碳排放者。哥斯达黎加敢于率先提出要成为第一个碳中和国家，实在值得尊敬和效法。

再说说它的幸福指数。

这个概念最早是在 20 世纪 70 年代由不丹国王提出来的，其目的在于纠正 GDP 这个通用标准所导致的偏差。它将人民的身心健康等直接影响幸福感的指标，纳入计算公式。从此，许多不同的研究机构，均发布了自己评选的幸福指数排行榜。

我到不丹去旅行。下飞机，过海关，男女官员皆穿一种特殊土布服装，图案是平凡的小格子，颜色或橙黄或淡绿淡蓝，甚朴素。刚开始我以为那天是当地的一个节日。印象中，我们似乎只有过节和载歌载舞的时候，才穿民族服装。后来方知道，公务员所着乃不丹国服。国服由国王亲自制定样式，并身体力行。

在随处可见的宣传画上，不丹的五世国王并排站立，全部着此服装。全国的公务人员，上班时间也必须全部着国服。男性样式类似藏袍，长度及膝，称为“裹”。女性是三件套，长度及足踝，称“旗拉”。

你可能要说，幸福不幸福的，和服装样式有关系吗？

且听我慢慢道来。

不丹政府在1999年成立了“不丹研究院”，它位于首都廷布，是独立的专门研究幸福指数的机构。它制定了不丹的幸福指标，包括以下诸方面：

第一，生活水平；

第二，居民健康；

第三，教育；

第四，文化活力；

第五，时间运用与平衡；

第六，心情的愉悦；

第七，小区活力；

第八，生态活力与恢复力；

第九，良好的政府治理。

这些题目力求覆盖人类生活最广泛的范畴和环境因素，以反映影响个人和社会幸福感的各个方面。

我见过国内一些研究机构制订的幸福感测定问卷。题目大多是：压力大不大啊？是否有失眠？对自己薪水的满意程度？是大城市人幸福还是小城镇人幸福啊？

我问试卷设计者，这是你们自己编出来的还是参考了其他标准制订的？回答多半是——我们自己想的。

标准这件事，恐怕并不这样简单。不丹的幸福指数统计中，有一个问题是我在所有的中国幸福卷子中都没有看到过的，它让我深深感动并充满愧疚。这个问题是——你可知道你曾祖父母的姓名？

万分惭愧，我不知道。我知道我祖父祖母的名讳，但对曾祖父曾祖母的姓名全然不知。我极为抱歉并且永远遗憾。我的曾祖父母都是普通的农人，没有名垂史册的功勋。我的父母和他们那一辈的亲属，皆已过世。如果将来我找不到家谱，面向茫茫虚空，我再也无法得知有关他们的线索了。

久久思忖——在不丹的幸福指数里，为什么列上了这样一条呢?

我想是为了不忘本，珍惜我们的传统文化，尊敬我们的祖先。知道我们从哪里来，思考我们将到哪里去。一个民族之所以能够有尊严地日渐强大，一定要有自己的根。这个根，不是一句空话，它是由我们无数祖先的双手缔造的，我们的曾祖父母也忝列其中流淌过汗水甚至鲜血。这个问题把对传统的爱惜和传承，具体到了一个充满温情的银环上，让我们在怀念和追思中警醒。在此希望所有不知道自己曾祖父母姓名的子孙，赶快去挽救，问清这件事并铭记在心。关于身着传统服装的问题，我认为也在这个大范畴内。

40 多年前，当不丹提出国民幸福总值这个概念的时候，完全没有引起西方经济学界的重视。后来，一些西方非主流经济学家，殊途同归地进入了经济和幸福的研究。一系列定量研究发现，当人们的收入达到一定水平之后，幸福和 GDP 的关系就基本不相关了。

英国学者怀特把世界上的 178 个国家和地区按照生活满意度高低排列出来，不丹排名第 8，而美国、英国、德国、法国、日本等 GDP 高的国家，均在不丹之后。怀特说，“幸福”这个概念，近来正成为经济学家和心理学家研究的重要领域，政治家们也开始把“幸福”作为国家发展的重要指数。国外绝大多数民众也在民调中表示，政府应该把增加幸福放在增加财富之上。

哥斯达黎加算不算是世界上最幸福的国家，我不敢说。但哥国力争成为世界上第一个碳中和国家，我觉得它确有不同寻常之处。

某天我们到一个国家公园参观。进了鸟园，看到园内隔不远就有玻璃瓶子装着彩色液体，放置在显眼处。

我说，干什么用的呢? 喂鸟吗? 瓶子上都有盖，鸟也啄不开啊。

青琳卖个关子说，我相信过一会儿，您就会知道它是干什么用的了。

果然，青琳的话音还没落地，我们就用上了彩色瓶子中的液体。园内鸟到处飞，边飞边排泄，同行中的一个美丽女子长发中招，黄绿色一摊，约有一个小馄饨的量，盖在了大波浪的黑发顶上。

The Microcosm
of
America

我赶紧找来卫生纸，按照青琳的指示，把瓶中的液体倾倒在纸巾上，为那女子清除鸟的便便。那东西很好用，果真一物降一物，很快就把美女长发上的秽物清理干净了。

青琳见我忙活完了，拉着我去看一只并不起眼的鸟说，那是泥色鸫。

泥色鸫个子不大，翅膀比较长，估计很善于飞翔。它突然叫了一声，音色悦耳。不过就算歌喉婉转，也给颜值加不了多少分。你想啊，泥色——基本上和麻雀的差不多，让人想起土地和对家乡的眷恋。总之，它一副鸟中平民的扮相。

我问，这个鸟有何来历?

青琳说，这是哥斯达黎加的国鸟。

我很吃惊。哥斯达黎加的鸟类资源非常丰富，单是这鸟园中，就有无数如宝石般鲜艳的翅楚纷飞。比如仙女般的天堂鸟、威武聪明的金刚鹦鹉、色彩不可思议地绚烂的大嘴鸟等等，怎么单单就选了如此朴素平凡的泥色鸫?

青琳说，这正是哥斯达黎加的性格。

我不由得又瞩目泥色鸫。正巧有一束光线从透明屋顶倾泻下来，打在泥色鸫身上，使它如紫铜般耀眼。

在可以预见的未来之内，地球仍是我们唯一的家园，我们也必须找出一种可持续的生活方式。哥斯达黎加的“碳中和”，给我们做出了好榜样。哥斯达黎加良好的自然环境和人所充盈的幸福感，让我久久感动。

哥斯达黎加的鸟类资源非常丰富，单是这鸟园中，就有仙女般的天堂鸟、威武聪明的金刚鹦鹉、色彩不可思议地绚烂的大嘴鸟等等，可他们的国鸟，却是朴素平凡的泥色鸫。

The Microcosm

美洲小宇宙

of

America

22

从此大自然的力量将永追随你

在厄瓜多尔一家餐厅吃饭。此地生活节奏缓慢,你万不要指望屁股刚一落座,就会有手脚麻利的服务生端来热气腾腾的预定餐食。况且我们点了当地特色食物,是用古老方式烹制的餐品,这个过程一定慢条斯理旷日持久。你想啊,远古人除了被野兽追赶时玩命脱逃,打猎的时候激情奔跑,其余的时间都是悠闲地晒太阳互相挠挠脊背。

现代中国人的胃,已经被挑唆坏了。一瞄见餐桌就开始汹涌分泌消化液,让人不饿也饥肠辘辘。

人在某种程度上,是被环境之手拿捏的橡皮泥,适应性极强。外界斗转星移改变之时,人们会顺势而为。找工作做投资玩股票如此,吃饭也是如此。我们一行人审时度势,不由自主地放慢呼吸,以减缓胃肠道的不安蠕动。

环顾四周,尽量以古代人的心境,调整自己的行为举止。餐厅仿照印第安人风格建造,衰草苫顶,有植物暗香自天花板渗落而下。桌椅板凳一律是带着伤疤和裂痕的原木雕成,好在打磨尚光滑,不然也许能把手指剐个刺。四周别挂着姹紫嫣红的羽毛装饰品,表明这是属于部落酋长的领地。餐具都是粗瓷土陶所制,点染着浓烈兴奋的局部重彩,诱人食欲喷薄欲出。

我私下里揣摩,这餐具风格当是现代人的臆想仿造。最原始的吃法,该是赤手空拳茹毛饮血。果真如此操作,餐厅便生出几分惊悚。再者,初民的食物未必充足,不应肆意挑逗食欲,人胃口开得太大,易导致囊中羞涩供应不足。

正胡思乱想着，来了一位衣着颇有风度的当地男子，自我介绍说是本土画家，要当场作一幅画给我们看。反正一时也吃不上饭，大家就很有兴趣地围拢来，观他作画。

画家约40岁年纪，相貌稍带印第安人特点，但不典型，眉宇疏朗。可能经过了多次混血，肤色有欧洲人的白皙浅淡，鼻梁高耸，眼窝深陷，面部曲线丰富，不大似印第安人面貌的一马平川。

他旁若无人地将画布支好，摆放好一应用具，看也不看我们一眼，开始挥笔作画。先是用大团清新明亮的颜色，涂在画布的中央偏上部分，明黄加粉红，让我几乎疑心他要画一朵牡丹。然而很快我就知自己错了，在该出现绿叶的部位，画家大面积地点染纯白色，那白色如奶油般融化着，向四下里流淌出羽毛般的垂翼……如果他继续在这个部位画下去，大家或许就能猜出这幅画的主题，但是画家掉转画笔，饱蘸蓝色，在黄粉色块的周边，放笔驰骋，呈斜刷状涂抹蓝色，是那种略带宝石光芒的灰蓝……大家一时猜不透这画的主旨是什么，好在有一种浓烈而丰满的氛围，从对比强烈的色彩中澎湃而出。

我对拉美画风所知甚少，不知这胸有成竹的画家，手起笔落将展现怎样的美景。自己对拉美风俗的片段了解，仅限于马尔克斯等文学巨匠的描绘。他们笔下异军突起刮起的文学旋风，让全世界开始认识这块神秘之地。

旅行中，脑海中挥之不去的胜景，当属中南美之美。说起来，世上的风光万万千，本是没有高下贵贱之分的。你不能说巨洋一定比旷漠美，也不能说北温带一定比南寒带美。不过中南美之美，有它得天独厚之处。它一肩连接了两块品貌悬殊的大陆，本身又处于热带范畴之内。此地天赋异禀，再加上太阳辉煌有力的曝晒，便演化出万千气象。

著名的地理学家大卫·哈维，在分析社会问题的时候，有一个独特的视角，叫作“历史－地理唯物主义”理论。他认为空间、位置、环境在观察社会时具有重要意义。孟德斯鸠也在《论法的精神》中说，“气候王国才是一切王国的第一位”。

如果把地域比作女子，天生丽质当然是形成传奇的重要条件，此外还要加上命运多舛。大陆板块剧烈运动，在此方寸之地疯狂冲撞挤压，滋养出无穷火山。不安分的岩浆奔走呼号，捎带把地下水煮成沸腾温泉。地上地下合力共建，大自然自得其乐地打造出了迤逦独特的风光，地理佳作此起彼伏。单一个举世罕见的热带雾林，就让生物多样性得到极大张扬，让人叹为观止。

中南美的美，其次在于文化。说到文化，自然同人密切相关。说到人，就要谈到人种。简单点说，有什么样的历史人伦，就会诞育什么样的文化。如果对此地的文化找个关键词概括，便是“融合”。

中美洲历史错综复杂。本来当地的印第安人活得自得其乐，不想哥伦布大航海时代开启的发现之旅，让欧洲白人征服者大规模地快速移民。那个时代漂洋过海背井离乡异地迁居的人，多是单枪匹马的生猛汉子。到达此地后，与当地印第安女子结合，他们的后代，便成了兼秉两种文化的新一代混血人。

殖民时期，无所不在的犹太商人，也蜂拥进入美洲经商。他们也与当地人结合，将自己的文化注入此地。曾经横行于世的奴隶制，更是带来了大量的非洲黑奴，落地生根。因为同属太平洋，陆续也有太平洋沿岸国家的人，比如中国人与菲律宾人跨海越洋，来这儿安家落户。20世纪，日本也不甘人后，移民大量进入中南美洲。比如巴西的圣保罗，日本人就占了相当大的比例。日裔曾在秘鲁当了约10年的总统，可见日本移民之势力广泛。于是中南美洲，就成为欧、亚、非人种和当地原住民血缘杂交繁盛地区。

可以想见交往之初，文化基因在重组中发生猛烈的冲撞。说得夸张点，好似几个星球的轨道交叉在一处，爆炸燃烧毁坏……典型例子如西班牙统治者，残暴地焚毁了印第安人的典籍，斩灭了印第安的文字，把阿兹特克文明彻底掩埋……深重的文化创伤，刀光剑影血肉横飞地在这块土地上惨烈发生过。

在这人种和文化杂交最紊乱澎湃之地，便有了新生命的诞生。恕我毫无恶意地引用一个生物学上的词——杂种优势。

“杂种”这个词，原属生物学范畴，本身并无道德意义，属于中性。至于杂种优势，彻头彻尾是个褒义词。它指的是不同品系、不同品种甚至不同种属间，进行杂交所得到的后代。这种子嗣比父系和母系的两个亲本，表现出更优良的品状。比如更强大的生长速率和代谢功能，导致器官发达，体形增大，产量提高，呈现出抗病、抗虫、抗逆力、成活力、生殖力、生存力等一系列品质的提高。这种优于两个亲本的杂种后代，是生物界的宝贝。

当然，杂交的结果也并不会都是好的。杂种优势还有一个不争气的孪生兄弟，叫杂种劣势。

中南美的殖民历史，终于艰难翻过。火星四溅的冲突，经过几百年时间的打磨，尖利棱角渐渐消失。相互碰撞中彼此雕琢，甚至交融。中美洲文化，在保持原始狂野性的同时，又繁衍出了不可思议的优雅与梦幻感，晶莹剔透独具一格，顶端开出奇诡之花。它旺盛的活力、异乎寻常的创造性和强大的内在张力，令人们惊诧莫名。也就是说，巨石被打磨成了鹅卵状，纹理宛在，却已不再狰狞，古老而粗糙的质地中，出现柔和彩虹。

文化杂交劣势，也一定曾经出现过。不过，做人是一件有希望的好事情，那些卑劣阴暗的文化残渣，终于被绝大多数人摒弃。

中国人酷爱血脉“正统”，鄙视“杂种”。杂种是万人不耻的罪名，意思是女子不跟法定丈夫生下孩子，人神共愤。

姑且不讨论这个说法在法理伦理上的意义，单在生物学上，起码这个孩子是无罪的。他的先天素质若能表现出杂种优势，不是坏事。

人类人种上的大融合，正越来越广泛地在地球各处上演着，带来新的基因组合，带来不可预料的发展。可以想见，未来之天下，杂种优势将大行其道。

我这厢正遐想着，那边混血画家叠加着厚厚涂层，画作进展神速。他描绘出一片谷地，谷地中央向上隆起，继续向上……眼见得变成一座山峰。这山峰却不是普通的尖翘峰峦，山顶处出现一平坦凹陷……

观摩到此刻，围观的人们豁然开朗，这幅画的主角原来是一座火山啊！火山满怀炽烈情怀（从它的山口蜿蜒而下，可见血红岩浆），但插入云端的冠顶，披覆皑皑积雪。紧接着，画家笔触点染，白雪与火山岩浆在山半腰处交织缠斗，远处空灵留白处，缕缕玫瑰色的云雾若隐若现升起，越显出浓烈中的静谧。

围观者都屏住气，不敢大声呼吸，怕喘气猛了，把梦幻般的景色吹开一个洞，说不定会让假寐的火山重新抖擞。画家继续埋头作画，提笔在画幅下半部点缀荧绿色丛林。只有见过热带雾林的人，才会使用这种近似不真实的绿色。然后又着力勾勒出两棵大树，一株开着茄紫色的花，一株开着红黄色的花，树下是剑拔弩张的仙人掌。

在我们鸦雀无声的叹服中，画家完成了他的作品。画布充满了天空苍凉的蓝、植物神秘莫测的绿、晶莹闪光的水面、绚烂卷舒的云雾……

画到这里，画家突然退后一步，仔细端详着，拿起画笔。在澄澈河边，用堪比白雪的颜色，画了一只小动物。我刚开始以为是只白兔，不对啊，兔子不可能这么大。那么就是一只羊？也不对啊，羊没有这般强壮……画家在我们的猜测中，完成了他心目中的精美造型——羊驼。画面以纯净艳丽的色彩，带着羊驼的呼吸，吹痛了我们的心扉。

这时，画家第一次，也是唯一一次抬起头来，露出雪白的牙齿，向我们莞尔一笑。

我等回报的不仅仅是笑容，还有发自内心的掌声。

画家对翻译说了几句话，翻译转而对我们说，这幅画还要晾吹一下，彻底干燥才能完成。他说，要把刚刚完成的这幅画，送给你们。

按照咱国内的习惯，这幅画应该卖给大家。画家技艺不俗，画面饱满艳丽，带有浓烈的中美洲色彩，又是当场完成的，对旅行者具有特殊的纪念意义。团里几个朋友摩拳擦掌预备出手，连连说，我们买我们买。

翻译对画家转达了大伙儿的意思。我本以为画家客气一番，就会接受这番美意。不想该画家昂着略微有些鬈发的头说，他一定要把此画送给中国客人们。

面对此形势，大家就各自打起了小九九。画只有一张，不可能分割，也就是说，只能送给一个人。那么，送给谁呢？按照咱国内的习惯，应该送给团长，但看这外国画家的意思，似乎并不准备问询谁是领导。他深陷眼窝中的大眼珠子，专注地一个一个打量面前这标人马。劳动成果究竟花落谁家，此君要自己拿主意。

我这人运气比较衰，凡天下掉馅饼的机遇一般与我无干，自卑地早早放弃了此等美事，专心看画家表情，以揣测他的动向。

此先生一丝不苟，目光像探雷器似的在众位团友脸上一寸寸挪过。光看面相似还不足做出判断，加上首尾端详，连各位的身材也一并巡视在内。我想这是否为职业习惯？抑或平常日子来这海角天涯处的旅人也不多，此君要借此揣摩一下东方人的面部和身量特征？

鸦雀无声。几位资深美女，绽放美好笑容；几位年轻男士，格外挺直了腰板。倒不一定非想得到馈赠，或许是习惯性地表示友好和礼貌。画家目光扫到我身上，我轻轻摆摆手，表示自愿退出接受馈赠的候选名单。自打人类离开母系社会的温暖，像我等丧失生殖价值的老媪，无论在何种文化中，都处于被放逐的非主流位置。此地风俗，当也不例外。画家顽皮一笑，眨眨眼表示理解一位东方老太婆的怪癖，目光跳过我，径直打量下一位备选者。

等待如此漫长。也许真实的情况并没有那样漫长，但在接受目光甄选的众人的感受中，时间绝不短暂。终于，他向翻译嘟囔了一段话，翻译对大家说，好了，他已经选定了要赠予的人。现在，他要先去将画烘干，回来后再将画作送出。

说罢，画家端着画，离开我们的视野，不知到何处对画作精心进行后期处理了。此君潇洒地卖了一个关子，让一干饿得眼睛发蓝的中国人，且听下回分解。

我等群体性失落，本以为谜底揭晓，现在却成了一桩悬案。于是彼此打趣，纷纷猜测谁会入此中美洲画家的法眼，成为幸运者。有人大而化之地先猜他会选男人还是女人，有人按照惯例猜他会选哪个年龄段的人。正调侃着，豚鼠餐上来了。可能是为了让食客们有更直观的感受，向饕餮之徒启蒙豚鼠是什么东东，店家非常贴心地准备了一个玩具。一只约有 A4 纸大小的毛绒豚鼠，竖着耳朵活灵活现地蹦上了桌子。侍者将它端端正正摆在中心位置，胡噜了一下它被压扁的耳朵，示意我们可以和它合影照相。

我大张着嘴巴半天合不拢。如果世界上有什么适得其反的好客举措，那么此项——在啖此动物骨肉之前，把这动物的卡通萌宠，拿来供食客们观赏，实在能拿前三了。我甚至很下作地怀疑此乃店家计谋，想从根本上败坏众人胃口，以便节省店里的粮草用度。

毛绒豚鼠按 1:1 等大比例制作，约有 25 厘米长，20 厘米高。身材圆滚滚，脑袋特大，占了身体的三分之一。眼睛又圆又明亮，如夏夜朗星。但凡动物，头大就易引人好感，比如熊猫，概因容易让人联想起稚嫩婴儿。至于眼睛清澄，更是惹人怜爱的必要条件，以示天真无邪。豚鼠耳朵很小，贴着头部柔软竖起，嘴巴半张着，龇着两颗短短的门牙，十分俏皮。再加上它毛色雪白，又糯又软像个胖元宵。眼盯着这般可爱的动物模型，谁还敢舞动刀叉，吃盘子里肋骨一根根毕现的豚鼠肉呢！

有人对豚鼠这个名称陌生，打听着。我已认出了它的真身，不忍把它更广为人知的小名，告诉众人，便紧紧钳着嘴巴。

画家说，我画的是我们中南美洲最壮丽的景观。我写的这段话是——从此，大自然的力量将永远追随着你。说完，他专注地看着老者，好像这是他所下的一个神秘符咒。

可我不说，有人会说。翻译介绍，豚鼠原产于南美洲的安第斯山脉，就是此处，为它的老家。印第安人很早就把豚鼠驯化成了家养的小动物，以补充肉类不足。他们还会用它治病，占卜未来。

我心中暗忖，豚鼠啊豚鼠，你可占卜出自己就要被人吃掉的命运？

导游继续说，现在看到的这只豚鼠是白色的，其实它的毛色多样。有黑色、灰色、褐色、浅咖色等等，甚至还有长着各色斑纹的豚鼠。它还有一些名字，比如几内亚猪、天竺鼠等等，不过它和猪可一点关系也没有，也并非来自几内亚和天竺。它们生活在草地、林缘和沼泽。一般是 5 到 10 只聚成小群，吃素，当地人叫它“归”，类似它们发出的声音。现在请你们猜一猜，它们最爱吃的植物是什么？

大家面面相觑，还真不知这小小生灵的饮食癖好。

问题遇冷，导游只好自问自答，它们最喜欢吃的是青椒。

原来，豚鼠就是那个被养在笼子里的会蹬小车轮跑个不停的荷兰猪啊！

想不通，一个鼠辈，为何喜吃此物？不知青椒的亲戚——辣椒它可喜欢吃？

如果可爱的当地导游此时停嘴，可能还有三分之一的人能够进食。但她热心地补充了一句，英国王室还曾把它们当作宠物，它有几个小名，叫作天竺鼠、荷兰鼠……

啪啪！几乎所有的人都停下刀叉。原来，豚鼠就是那个被养在笼子里的会蹬小车轮跑个不停的荷兰猪啊！岂止英国王室，普通小孩子也会精心饲养，倾心宠爱。只不过豚鼠在它的故乡，个头更大一些，像只小型兔子。

尽管我非常尊重当地原住民的生活习惯，对安排特色餐食心怀感激，也并非素食主义者，但这顿饭，我没有吃一口豚鼠。概因那只毛茸茸的白色豚鼠，正用它黑亮的眸子很严肃地注视着我，好像在发问，你，真的会吃我吗？

我，不敢。

胡乱吃了几片面包，惊魂未定时，英俊的混血画家把吹干装好的画作拿了过来。众人被豚鼠餐吓回去的好奇心，满血复活。奇思妙想不拘一格的本土画家，究竟会把他的画作送给谁？离席的这段时间，他是否脑筋一转，改变了主意？他还会一往情深地属意他最初的选择吗？拭目以待哦。

这一次，他没有让大家等待太长的时间，甚至连一分钟的间隔都没有，径直走到一个老男人面前，双手呈上他的画作，诚恳地说，我把这张画送给您。我在这张画上，画了火山和雾岚，画了鲜花和树木，画了河流和动物……这就是我亲爱的家乡。希望你回到中国之后，看到这张画时，能想起美丽的中南美洲……

老男人被这突如其来的好运吓得乱了章法。完全没想到画家会选他做受礼者，一时有点发愣，受宠若惊后语无伦次。他站起身来，抻了抻衣服，结结巴巴地说，这可如何使得……哎呀，实在是……您……不能……

混血画家满面笑容地温和地看着老者，说，请收下吧。您带它回到中国，常常看看它，会记得中南美之美。

老者不知道说什么好，气氛尴尬。倒是一旁的当地导游看不下去了，用中文对老者说，您就收下吧，表示感谢就是。

老者这才清醒并镇定下来，感动地说，这真是一件宝贵礼物！我一定好好珍藏。非常感谢您！

混血画家频频颔首，双手把画作交到老者手里，老者搓搓手，准备郑重接过。正当我们饶有兴趣地注视着这一幕，打算等画作彻底交到咱自己人手里，立马围过去好好观赏之时，画家突然把手抽回，画作旋即回到他身边。大家不知是何用意，揣测保不齐画家又变了主意，打算改送他人了？

画家对当地导游说了几句话。导游翻译过来说：我要在这张画的背后写上我的祝福。

老者大喜过望，不但能得到一幅画作，而且能得到画家的亲笔祝福，买一送一啊。不对，这一个“一”不是买的，本身就是送的，好事成双！

画家提起笔来，在画作背后笔走龙蛇，留下一段话。老者看着这段西班牙文，说，您能告诉我是什么意思吗？

画家说，我画的是我们中南美洲最壮丽的景观。我写的这段话是——从此，大自然的力量将永远追随着你。说完，他专注地看着老者，好像这是他所下的一个神秘符咒。

老者高兴极了，口中念念有词——大自然的力量，将永远，追随……

从豚鼠餐厅走出来，包括在那之后很长一段时间，我都用非常仰慕的目光看着老者，他不再是原本的那个他了，有大自然的力量在他背后撑腰，今非昔比了。我再有什么要和他争执的问题，一想到大自然的伟力什么的，马上就心虚腿软，乖乖退避。

那个老者，就是我家老芦。

那幅中美洲画家的画作，此刻正挂在我家墙上。

法国的浪漫主义作家夏多布里昂说过："每一个人，身上都拖带着一个世界，由他所见过、爱的一切所组成的世界，即使他看起来是在另外一个不同的世界里旅行、生活，他仍然不停地回到他身上所拖带着的那个世界去。"

一个人走了多远的路，去过多少个地方，见过多少人……这些一点都不重要。重要的是你曾在旅途中看到过什么，曾想到过什么，归来后你若隐若现地感到改变了什么。

从豚鼠餐厅走出来，包括在那之后很长一段时间，我都用非常仰慕的目光看着老者，他不再是原本的那个他了，有大自然的力量在他背后撑腰，今非昔比了。我再有什么要和他争执的问题，一想到大自然的伟力什么的，马上就心虚腿软，乖乖退避。

旅行像一柄生锈的犁铧，当它被老牛拉着，吃力地翻开土地的时候，似乎并没有什么明显的作用。你看不到鲜花和果实，只见硬邦邦的土层被剖开并有旧年的草根翻扬。但过了一段时间，泥土中有一些早就埋藏其内的生灵会惊醒和被晾晒，对世界原本麻木的神经像惊蛰后的蚯蚓，蠢蠢欲动。一些原本绝不会重叠的时间断环，曾发生在不同环境的故事片段，来自完全迥异之地的人的面孔，你的童年记忆，在旅行炼丹炉的火焰之中，突然奋不顾身地摞起来燃烧，栩栩如生。它们共同熔炼成记忆之汁，最终结晶为某种难以预料的琉璃。

常常觉得，出门在外，记忆就像拧干的一块海绵沉没在泉水中，吸取新的汁液。回来写成文字，就是加入自己的想象，化成稀薄酒浆。

我愿在静夜与你分享。

写完了美洲的游记，窗外正值酷暑。我过些天就要坐原子能破冰船到北极点去，是不是从现在开始就要锻炼自己的耐寒能力，多吃一些冰棍呢？

等我从北极点归来，再向大家报告新的旅程和感想。

旅行像一柄生锈的犁铧，当它被老牛拉着，吃力地翻开土地的时候，似乎并没有什么明显的作用。你看不到鲜花和果实，只见硬邦邦的土层被剖开并有旧年的草根翻扬。但过了一段时间，泥土中有一些早就埋藏其内的生灵会惊醒和被晾晒，对世界原本麻木的神经像惊蛰后的蚯蚓，蠢蠢欲动。

我们走很远的路，

花了很多时间，

然后成为自己。

毕淑敏首次深入非洲腹地

一场直面饥民、狮子、皇帝和荒野的谜之旅行。

全彩图文本

含百余张独家珍贵照片

附赠

非洲土著彩绘卡

&

非洲风情卡

图书在版编目（CIP）数据

美洲小宇宙 / 毕淑敏著 .—长沙 : 湖南文艺出版社 , 2017.2
ISBN 978-7-5404-7868-1

Ⅰ . ①美… Ⅱ . ①毕… Ⅲ . ①游记—作品集—中国—当代 Ⅳ . ① I267.4

中国版本图书馆 CIP 数据核字（2016）第 289478 号

©中南博集天卷文化传媒有限公司。本书版权受法律保护。未经权利人许可，任何人不得以任何方式使用本书包括正文、插图、封面、版式等任何部分内容，违者将受到法律制裁。

上架建议：畅销 · 文学

MEIZHOU XIAO YUZHOU
美洲小宇宙

著　　者：毕淑敏
出 版 人：曾赛丰
责任编辑：薛　健　刘诗哲
监　　制：蔡明菲　潘　良
特约策划：董晓磊
特约编辑：汪　璐
营销编辑：杜　莎　李　群　张锦涵
封面设计：壹　诺
版式设计：李　洁
出版发行：湖南文艺出版社
（长沙市雨花区东二环一段 508 号　邮编：410014）
网　　址：www.hnwy.net
印　　刷：北京尚唐印刷包装有限公司
经　　销：新华书店
开　　本：700mm×1000mm　1/16
字　　数：389 千字
印　　张：23.5
版　　次：2017 年 2 月第 1 版
印　　次：2017 年 2 月第 1 次印刷
书　　号：ISBN 978-7-5404-7868-1
定　　价：49.80 元

质量监督电话：010-59096394
团购电话：010-59320018